BASTEI
LÜBBE
TASCHENBUCH

Über die Autorin:

Mara Torres, geboren 1974 in Madrid, ist Journalistin, Moderatorin und Autorin. Sie hat Journalismus und Literaturwissenschaften studiert und zwei Sachbücher sowie zwei Romane veröffentlicht. Von 2006 bis 2018 war sie Chefmoderatorin der allabendlichen Nachrichtensendung *La 2 Noticias.* Für ihre journalistische Arbeit in Funk und Fernsehen wurde Mara Torres mit mehreren Preisen ausgezeichnet.

MARA TORRES

Fünf Tage und ein halbes Leben

ROMAN

Aus dem Spanischen
von Brit Düker

BASTEI
LÜBBE
TASCHENBUCH

BASTEI LÜBBE TASCHENBUCH
Band 17838

MIX
Papier aus verantwortungsvollen Quellen
FSC® C083411

Dieser Titel ist auch als E-Book erschienen

Vollständige Taschenbuchausgabe

Deutsche Erstausgabe

Titel der spanischen Originalausgabe: »Los días felices«

Textredaktion: Ann-Catherine Geuder, Lübeck
Umschlaggestaltung: Sandra Taufer, München
Unter Verwendung von Motiven von © shutterstock: windesign | isaxar
Satz: hanseatenSatz-bremen, Bremen
Gesetzt aus der Bembo
Druck und Verarbeitung: CPI books GmbH, Leck – Germany
ISBN 978-3-404-17838-4

2 4 5 3 1

Sie finden uns im Internet unter
www.luebbe.de
Bitte beachten Sie auch: www.lesejury.de

Meiner Schwester Aly

Aunque solo sea una esperanza,
porque el deseo es una pregunta cuya
respuesta nadie sabe.

LUIS CERNUDA, *La realidad y el deseo*

WINNIE: Oh, this *is* a happy day!
This will have been another happy day!
(Pause.) After all.
(Pause.) So far.

SAMUEL BECKETT, *Happy Days*

Gefühlsmäßig bin ich ein hoffnungsloser Fall. Früher oder später langweilt mich alles. Meine Mutter erzählt, beim Trinken an der linken Brust hätte ich die rechte nicht aus den Augen gelassen und schon angefangen zu weinen, noch bevor die Brust leer war, weil ich an die andere wollte. Ich hatte mich noch nicht satt getrunken und griff schon nach der nächsten.

Dieser Makel, immer das zu wollen, was ich nicht habe, hat meine Beziehung zur Welt geprägt, und besonders meine Beziehung zu Frauen. Allerdings muss ich einräumen, dass mich das nicht davon abhält, das Leben zu genießen. Im Gegenteil: Aus Angst, alles könnte nur von kurzer Dauer sein, stürze ich mich in jedes Abenteuer, als hinge mein Leben davon ab, kopfüber und ohne mich vergewissert zu haben, ob überhaupt Wasser im Schwimmbecken ist. Wenn ich auf die Schnauze falle, heule ich, drehe durch, bekomme Angstzustände und ziehe ernsthaft in Betracht, mich umzubringen. Wenn ich es dann leid bin, mache ich mich wieder auf den Weg, auf die Suche nach etwas, das ich selbst nicht genau kenne.

Halt, jetzt lüge ich.

Ich weiß genau, wonach ich suche. Ich suche sie seit zwanzig Jahren, sie heißt Claudia, und gestern Nachmittag um sieben nach vier hat sie mich angerufen. Das war vor vierundzwanzig Stunden.

Wie sagt Leopoldo immer: Um die Lebensgeschichte eines Menschen zu erzählen, genügt ein einziger Tag.

MIGUEL UND CLAUDIA

Als das Handy klingelte und Claudia mit ihrer tiefen, dunklen Stimme fragte, ob er mit ihr etwas trinken gehen wolle, sprang Miguel vom Sofa, hastete die fünf Stockwerke seiner Dachwohnung hinunter und rannte zu dem vereinbarten Café. Bevor er hineinging, atmete er tief durch, warf einen prüfenden Blick auf sein Spiegelbild in der Tür und fuhr sich durchs Haar. *Ach, egal.* Er trat ein.

»Hallo!«

Claudia, die mit dem Rücken zu ihm saß, drehte sich um, stand auf und gab ihm zwei Küsschen. Ein Zittern überfiel ihn, als er ihren Duft einatmete. Da war er wieder, ihr Duft.

»Ist das lange her!«

»Ewig.«

»Wie geht's dir?«

»Gut.«

»Und dir?«

»Gut.«

Sie schwiegen. *Mir geht's gut, dir geht's gut. Und jetzt?*

»Was möchtest du trinken?«

»Ein Bier.«

Miguel ging zur Theke und wartete darauf, bedient zu werden. Sie trank also immer noch Bier. Es hätte ja sein können, dass sie ihre Gewohnheiten geändert hatte und inzwischen lieber Wein oder Gin Tonic trank, einen Kaffee, Tee oder gar einen Kakao bestellte wie eine seiner Bekannten, die in Bars immer Milchshakes trank. Aber nein, sie war beim Bier geblieben, wie er. Er überlegte, worüber sie gleich reden könnten, suchte nach einem Thema, das nicht in ein, zwei Minuten erschöpft wäre, aber ihm fiel nichts ein. Er war wie blockiert. Wenn sie sich für morgen verabredet oder erst in ein paar Tagen getroffen hätten, hätte er Zeit gehabt, sich zu sammeln und auf das Treffen vorzubereiten, aber Claudia hatte ihm die Pistole auf die Brust gesetzt: »Hast du Lust auf einen Kaffee?«

Hast du *jetzt* Lust auf einen Kaffee, nicht morgen oder übermorgen oder in einer Woche, sondern jetzt. Und er war aus dem Haus gerannt, als gäbe es nichts Wichtigeres auf der Welt, als sie zu treffen. Er vergewisserte sich, dass er in der Eile nicht seinen Schlafanzug angelassen hatte. Puh, zum Glück nicht. Er sah unauffällig zum Tisch hinüber. Claudia spielte mit einer Papierserviette, faltete sie, und Miguel wurde warm ums Herz. Sie war immer noch die hübscheste Frau, die er je gesehen hatte.

»Du siehst toll aus«, sagte er, als er die Bierflaschen auf den Tisch stellte.

»Ernsthaft?«, antwortete sie mit einem Lachen.

»Quatsch! Ernste Gespräche waren doch noch nie unsere Stärke.«

Er mochte ihr Lachen. Die Lücke zwischen den Schneidezähnen verlieh ihr einen kindlichen Charme, der einem fast den Verstand raubte. Miguel musste daran denken, wie er sich in seiner Vorstellung schon unzählige Male durch den winzigen Spalt zwischen ihren Zähnen gequetscht hatte, in ihren Mund geschlüpft und durch ihren Hals in sie hineingerutscht war, fest überzeugt, dort den Rest seines Lebens verbringen zu können. »Hey, Claudia«, würde er dann zu ihr sagen und sie leicht in die Rippen boxen, »trink nicht so schnell, ich ertrinke gleich.« Oder: »Grübel nicht so viel, mir wird schon ganz schwindelig.« Oder: »Der neue Typ da schmeckt mir nicht, sag ihm, er soll abhauen.«

»Ich mag dein Lachen.«

»Ich lache schon lange nicht mehr so wie früher, Miguel. Zum Glück habe ich dich angerufen, und jetzt bist du da und gibst mir das Gefühl, dass noch nicht alles vorbei ist. Danke.«

Sie sagte das so dahin, als ob sie sagen würde: »Zum Glück ist morgen Sonntag. Danke.« Während er ihr zuhörte, löste Miguel das Etikett von der Bierflasche; ganz vorsichtig zog er an den Ecken, damit es nicht einriss.

»Du fragst dich sicher, warum ich dich angerufen habe, aber ich glaube, ich weiß es selbst nicht so genau. Gestern war ich den ganzen Tag traurig, und dann ist mir wieder eingefallen, wie ich dich auf der Party, auf der wir uns kennengelernt haben, tanzen sah. Erinnerst du dich noch an den Tag und die Party damals?«

Und ob er sich an den Tag erinnerte. Das war der Tag, an dem sie sich zum ersten Mal mit Küsschen begrüßt hatten. Und natürlich erinnerte er sich an die Party. Wie hätte er die vergessen können?

»Na klar. Mein zwanzigster Geburtstag.«

»Der zwanzigste? Wie das Leben manchmal rast.« Claudia strich die Serviette glatt, die sie eben zusammengefaltet hatte. »Ja, ich hab gestern den ganzen Abend an damals gedacht, hab kaum geschlafen, und als ich heute Morgen aufgewacht bin, da musste ich dich einfach anrufen. Und jetzt sitzt du hier« – sie sah ihn mit einem angedeuteten Lächeln an –, »und ich weiß nicht genau, worüber ich reden soll.«

»Warum warst du gestern traurig?«

»Vielleicht das Wetter. Der Frühling macht mich immer melancholisch.«

Er wusste, dass das nicht stimmte.

»Miguel, was soll ich dir sagen?«

»Du musst gar nichts sagen.«

I

Miguels zwanzigster Geburtstag

Erschrocken schlug er die Augen auf. Hey, was war das? In der Wohnung unter ihm spielte jemand auf Kastagnetten, um diese Zeit. Er lauschte angestrengt, woher die Musik genau kam, und schob sich dabei immer weiter über die Bettkante, bis er mit dem Kopf auf dem Boden aufkam. Hm. Er knipste die Nachttischlampe an, schob die Decke beiseite und beugte sich noch einmal aus dem Bett. Dann stellte er fest, dass das Geräusch, das ihn aufgeweckt hatte, nicht aus der Nachbarwohnung, sondern von den Pfosten des Bettgestells kam, die leicht auf dem lackierten Parkett klapperten. Das fehlte gerade noch. Ein Erdbeben. Miguel sah auf die Uhr: Viertel nach fünf. Er stand auf und sah an dem wackelnden Kleiderhaufen auf dem Stuhl, dass es sich tatsächlich um ein Erdbeben handeln musste. Er setzte seine Brille auf und ging in den Flur.

Zu seiner Verwunderung war noch niemand auf. Sein Bruder, gut, der schlief wie ein Murmeltier, sein Vater auch – aber seine Mutter?

Das Erdbeben wurde stärker, der Boden wackelte jetzt so sehr, dass der Kristallleuchter im Wohnzimmer klirrte und Miguel sich an der Wand festhalten musste. Und seine

Familie bekam nichts davon mit. Er schaffte es gerade so bis zum Elternschlafzimmer, öffnete die Tür und sah, dass das Bett benutzt, aber leer war. Eine starke Erschütterung brachte ihn zu Fall, doch es gelang ihm, auf allen vieren zum Zimmer seines Bruders zu kriechen. Als er hineinblickte, stellte er fest, dass die Bettdecke zusammengeknäult auf dem Teppichboden lag, als habe Diego fluchtartig das Bett verlassen. *Sind die denn bescheuert? Hauen einfach ab und lassen mich hier?*

Er kroch durch den Flur und floh aus der Wohnung, rannte am Aufzug vorbei die Treppe hinunter und hinaus in den Garten. Der Rasen lag verlassen im Licht der Straßenlaternen da, keine Menschenseele war auf der Straße, und es war eiskalt. *Wo zum Teufel sind die nur alle?* Miguel ging zum Hauseingang zurück und läutete bei Pecu Sturm. Nichts. Er drückte seine Handfläche auf alle anderen Klingeln – wieder nichts. Er war umgeben von leeren Wohnungen und wusste nicht mehr weiter. Ein tiefes Gefühl der Verlassenheit ergriff ihn. Ja, er hatte Angst, na und?

Er holte tief Luft, um so laut er konnte um Hilfe zu schreien, doch seine Kehle brachte keinen Laut hervor. Er warf sich auf den Boden und trat wild um sich, bis er durch sein Gebrüll hindurch endlich das Brummen eines Rettungshubschraubers hörte. Danke, Gott. Gott oder wer auch immer.

Er streckte seinen Rettern die Arme entgegen, aber bevor der Hubschrauber zur Landung ansetzen konnte, stürzten ringsum die Gebäude ein, der Boden unter ihm riss auf, und Miguel spürte, wie das Gewicht seines Körpers langsam ins Leere fiel.

»Miguel, wach auf! Schon zwanzig nach acht.«

Zwanzig nach acht? Oh nein! Mit einem Satz war er aus

dem Bett und im Bad, seifte sich unter der heißen Dusche ein, drehte dann das kalte Wasser voll auf und zählte bis sechzig, damit das eisige Wasser auch die letzten Überreste des Schlafs aus seinen Zellen vertrieb. Ausgerechnet heute musste er verschlafen!

Miguel trocknete sich mit dem Bademantel ab, der über dem Heizkörper hing, und schob ihn dann mit den Füßen über den Boden, der nass geworden war, weil er den Duschvorhang nicht richtig geschlossen hatte. Zurück in seinem Zimmer, zog er Jeans und ein Sweatshirt seines Bruders über, steckte ein paar Unterlagen in die Tasche und holte dann den Schlüssel aus der Küche, um sich schleunigst auf den Weg zu machen.

»Herzlichen Glückwunsch, mein Schatz! Komm her, ich will dir einen Kuss geben! Zwanzig Jahre, ist das zu fassen!«

»Schon gut Mama, bitte hör auf.«

»Hier, trink deinen Kaffee, er ist ganz frisch.«

»Keine Zeit. Hat Pecu schon geklingelt?«

»Ja, vor fünf Minuten, er wartet unten. Ich hab ihm nicht gesagt, er soll hochkommen, weil ihr ja spät dran seid. Ist heute nicht der letzte Prüfungstag?«

Warum bekam sie nur immer alles mit? Er hätte schwören können, dass er kein Wort darüber verloren hatte. Die letzte Prüfung hätte heute oder nächste Woche oder nie sein können. Aber mit Fragen wie *Ist heute nicht der letzte Prüfungstag?* zog ihm seine Mutter sein ganzes Leben aus der Nase.

»Der wurde auf nach Weihnachten verschoben.«

»Wie gut. Kommt ihr zum Essen nach Hause?«

»Nein.«

»Sag Pecu, dass ich Hackbällchen in Tomatensoße gemacht habe.«

»Hör auf, Mama! Wir gehen zu Mateo, du brauchst kein Essen zu kochen.«

»Aber wenn ich es doch schon fertig habe. Hast du Geld?«

»Nein. Gib mir was.«

»Wieso frage ich überhaupt, du hast ja sowieso nie welches. Ich frage mich wirklich, was du mit deinem Taschengeld anstellst.«

»Irgendwas halt.«

Magda nahm das Portemonnaie aus der Küchenschublade, zog einen Schein heraus und gab ihn Miguel.

»Mann, Mama, mit fünfhundert komm ich doch nicht weit.«

»Was heißt hier, ›Mann‹? Und was heißt, du kommst damit nicht weit? Soll ich dir sagen, wie weit ich mit fünfhundert Peseten komme?«

»Ja doch, aber heute ist mein Geburtstag.«

»Ja, und deshalb hab ich dir die Jeans geschenkt, die du da anhast.«

»Aber Pecu bekommt von seinem Vater freitags tausend.«

»Ist mir egal, was Pecus Vater macht. Wenn es fürs Essen bei Mateo nicht reicht, kommst du einfach nach Hause, Essen ist ja da.«

Miguel steckte den Schein in die Jackentasche, während seine Mutter ihm den Reißverschluss mit einem »Nicht dass du dich erkältest« bis unters Kinn zog, trat aus der Wohnungstür und öffnete den Reißverschluss wieder. Als er im Fahrstuhl nach unten fuhr, fiel ihm das Erdbeben wieder ein. Im Spiegel sah er, wie er rot anlief bei der Erinnerung an die Angst, die er mutterseelenallein zwischen den vielen Häusern verspürt hatte. *Egal. War ja nur ein Albtraum.*

»Alles klar, Mann?«

»Alles klar.«

»Glückwunsch.« Pecu deutete eine Umarmung an.

»Danke.«

»Hast du verschlafen, oder was?«

»Nein.«

»Na dann.«

Natürlich wusste Pecu, dass er verschlafen hatte, ausgerechnet an dem Morgen, an dem sie sich für das Turnierfinale seines geliebten Mus-Kartenspiels verabredet hatten. Aber dass er nicht weiter nachfragte, war eine der Eigenschaften, die Miguel an seinem Freund schätzte. Sie stiegen in den Bus und setzten sich in die hinterste Reihe.

»Ich hab von einem Erdbeben geträumt.«

»Gruselig.«

»Allerdings. Ich schlafe in meinem Zimmer und merke auf einmal, dass alle Gebäude wackeln, und keiner wacht auf! Stell dir das mal vor, alle außer dir schlafen tief und fest, obwohl eine Riesenkatastrophe im Anmarsch ist. Und dann stehe ich auf und muss euch alle rausholen, erst meine Eltern und meinen Bruder, dann renne ich zu dir und deinem Vater und nehme dabei noch die anderen Leute aus der Siedlung mit. Und am Schluss, ich weiß nicht wie, sitze ich in einem Hubschrauber und rette euch, gerade in dem Moment, als die Wohnblocks einstürzen.«

»Aha.«

»Und wenn ich nicht gewesen wäre, wärt ihr alle gestorben.«

»Ein echter Albtraum, oder?«

»Ach, Quatsch! Ist ja gut ausgegangen.«

Er musste schließlich nicht alles erzählen.

»Na dann«, sagte Pecu. »Spielt ja keine Rolle, ohne uns können die eh nicht mit dem Spiel anfangen.«

»Stimmt.«

Miguel schwieg. Pecu war sein bester Freund. Er wusste alles über Miguel, ohne dass dieser etwas erklären musste, und umgekehrt. Miguel lehnte sich ans Fenster und schaute hinaus, während der Bus durch die begrünten Alleen Cambrias in Richtung Innenstadt fuhr.

Der Bus hielt genau vor der hölzernen Eingangstür von Mateos Kneipe. Schon beim Hineingehen stieg Miguel der Geruch von Kaffee und frisch geröstetem Brot in die Nase, und er verspürte schlagartig einen Mordshunger.

»Na, was nehmt ihr? Ihr werdet schon erwartet.«

»Für mich einen Kaffee mit Churros und für ihn einen Saft und eine Schokoecke«, bestellte Pecu.

»Setzt euch hin, ich bringe es gleich.«

Es war gemütlich in der Kneipe. Mateo organisierte einmal im Quartal ein Mus-Turnier und ließ die jungen Leute so lange bleiben, wie sie wollten, auch wenn sie sich nur ein Bier, einen Kaffee oder gar nichts leisten konnten. Auch Claudia kam freitags oft hierher. Für einen Moment setzte Miguels Herzschlag aus, aber jetzt war nicht der passende Moment, um an sie zu denken.

»Packt die Kohle hier rein, wir fangen an.«

Mateo stellte ein Einmachglas auf den Tisch, und jeder Spieler warf zwanzig Fünf-Peseten-Stücke hinein. Miguel betrachtete das Glas. Wenn sie gewannen, bekämen sie den ganzen Einsatz, wenn nicht, müssten sie noch mal hundert Peseten blechen und mit ansehen, wie ihre Konkurrenten, die beiden Wahnsinnigen aus dem achten Semester, den Sieg und das ganze Geld einheimsten.

»Los, teilt endlich aus«, verlangte einer der Umstehenden. »Wir machen euch fertig.«

Miguel spürte, dass seine Stirn schweißnass wurde, atmete dreimal tief durch und konzentrierte sich dann auf das Spiel. Er studierte sorgfältig seine Karten, zählte sie im Kopf zusammen und achtete bei seinen Gegenspielern auf Geheimzeichen. Pecu musste er nur atmen hören, um Bescheid zu wissen. Die aus dem achten Semester waren Idioten, und einer von ihnen furzte ständig, wahrscheinlich weil er Bohnen zu Abend gegessen hatte, aber Miguel und Pecu waren so in das Spiel vertieft, dass sie nichts so leicht ablenken konnte. Sie hatten schon so viele Partien gespielt, dass sie, wenn sie am Tor zum Himmel – oder wo auch immer – gefragt werden würden: »Was habt ihr aus eurem Leben gemacht?«, guten Gewissens antworten könnten: »Mus gespielt.«

Die Geschichte des Fegefeuers kam Miguel in den Sinn – wie so oft war er mit seinen Gedanken ganz woanders –, als er in der letzten Runde mit dem Austeilen dran war und drei Könige und ein Ass bekam. Er sah die Könige in ihren Samtumhängen neben dem Kreuzass verzückt an und hatte das Gefühl, das schönste Blatt der Welt in der Hand zu halten. »Glück im Spiel, Pech in der Liebe«, hatte Mateo am Anfang der Partie gewitzelt. *Blöde Sprichwörter, können einem das ganze Leben versauen.*

»Órdago – ich geh aufs Ganze«, murmelte Pecu, ohne sich zu rühren.

»Wie soll denn das gehen, wo du hundertpro nichts hast?«, knurrte einer der Studenten aus dem achten Semester.

»Mein Kumpel hilft mir.«

Als Miguel die Karten auf den Tisch legte, brach sein Freund in Jubelschreie aus.

»Ja, ja, ja, ja, ja! Ich liebe dich, du Scheißkerl!«

Pecu drückte ihm einen Kuss auf die Stirn und leerte

das Glas mit den Münzen über ihm aus, während die ganze Bar einstimmte: »Miguelón, Miguelón, Miguelón!«

Miguel spürte, wie Hunderte, Tausende, ja Millionen silberner Münzen über seine Schultern prasselten. Münzen und sogar Scheine! Konfetti und Luftschlangen wirbelten durch den Raum, während Mateo gleich zwei Flaschen Champagner – nein, drei! – entkorkte. Eine Band mit Pauken und Trompeten kam herein, um dem Sieger zu gratulieren, während der Typ aus dem achten Semester seinen Hintern anhob und Furzgeräusche nachahmte. »Miguelón, Miguelón, Miguelón!« Er hatte zwar niemanden vor dem Erdbeben retten können, aber was machte das noch? Der Vormittag hatte eine viel bessere Überraschung für ihn bereitgehalten: Miguel Martín, Mus-Champion!

»Was kann ich dir bringen, Claudia?«

Claudia! Das magische Wort riss ihn aus seiner Fantasiewelt. Statt Champagner öffnete Mateo an der Bar ein paar Bierflaschen, die Musik kam aus der kleinen Stereoanlage auf der Fensterbank, und die Leute waren mit sich selbst beschäftigt. Unbemerkt ging Miguel unter dem Tisch in Deckung, als müsse er sich, wieder in der Realität angekommen, vor etwas schützen.

Claudia. Claudia, die ihre Freitage bei Mateo verbrachte.

Aus seinem Versteck beobachtete er die Lederstiefel mit den Absätzen, die verwaschene Jeans und den langen Strickpulli, den er noch nie gesehen hatte. Bestimmt war er neu. Er hätte gerne zugesehen, wie sie den Pulli im Laden in der Umkleidekabine anprobierte und dabei vor dem Spiegel posierte, bestimmt in Jeans und einem Spitzen-BH, dessen Bordüre die Brustwarzen streifte. Wow!

»Hey Champion, was soll das? Komm hoch!«, rief Pecu. »Was nimmst du, ein kleines oder großes Bier?«

»Ein großes!«

Als er aus seinem Schlupfwinkel auftauchte, saß Claudia neben Pecu. Sie hatte ihr langes Haar im Nacken mit einem Bleistift festgesteckt, und er stellte sich vor, wie sie ihrem Professor in der Vorlesung – Arithmetik oder Makroökonomie – zuhörte, während sie ihr Haar mit dem blauen Bleistift bändigte. Er hätte viel dafür gegeben, mit dem verfluchten Kommilitonen, der im Hörsaal direkt hinter ihr saß, zu tauschen. Er hätte dafür getötet.

»Also, ich stelle euch mal vor: Miguel, Claudia. Claudia, Miguel.«

»Hallo, Miguel.«

Sie hatte eine tiefe Stimme. Wow!

»Hallo, Claudia.«

Sie gaben sich zwei Begrüßungsküsschen, und im Bruchteil einer Sekunde realisierte er die Bedeutung dieses Ereignisses für sein Leben: *Das erste Mal, dass wir uns ein Küsschen geben.* Gut.

»Ihr kennt euch noch nicht, oder?«, fragte Pecu.

»Nein«, antwortete Claudia. »Studierst du hier? Ich hab dich noch nie gesehen.«

»Ja. Das heißt nein, ich meine doch, ich studiere hier, zusammen mit ihm, aber ich kannte dich auch noch nicht.«

Was hieß hier, er kannte sie nicht? Er hatte sie am 5. September zum ersten Mal gesehen, an einem Dienstagvormittag um Viertel nach zwölf. Er war gerade dabei gewesen, die Vorlesungen für das neue Semester zu studieren, als sich ein Mädchen neben ihn stellte und mit einem vierfarbigen Kugelschreiber in Windeseile etwas in ein Heft mit kariertem Papier schrieb. Sie trug blaue Riemchensandalen, Jeans-Minirock, weiße Bluse und Lederarmbänder an den Handgelenken. Ihre Haut war gebräunt und ihr Haar lang und gewellt; und als er etwas näher trat und einatmete, überflutete ihn ein wunderbarer Geruch, der keinem Parfüm und keinem anderen Duft, den er kannte, glich. Als sie fertig geschrieben hatte, klappte sie das Heft zu, und er sah, dass auf der Vorderseite in der oberen Ecke mit Filzstift *Claudia* geschrieben stand. Sie steckte das Heft ein, drehte sich um und ging den Gang entlang zum Ausgang, den Rucksack über der linken Schulter. Miguel starrte ihr hinterher. In diesem Moment, die Uhr des Sekretariats zeigte Viertel nach zwölf, überfiel ihn ein Schwindelgefühl, und er musste sich hinsetzen, um zu begreifen, was gerade geschehen war. Ohne ein einziges Wort hatte das Mädchen dafür gesorgt, dass jede einzelne Zelle in seinem Körper verrücktspielte. Es war wie eine Krankheit. Sie hatte ihn mit einer verdammten Krankheit angesteckt.

Das neue Semester fing erst einen knappen Monat später an, aber in den folgenden Wochen musste Miguel ständig an Claudia denken. Wie sollte er sich auf sein Studium konzentrieren, wenn sie ihm jeden Tag über den Weg laufen konnte? Er hegte die Hoffnung, dass sie gar nicht an der Uni eingeschrieben war, dass sie zum Sekretariat gegangen war, um für einen Bruder, Cousin, eine Freundin oder sonst wen das Kursangebot abzuschreiben.

Aber als das Semester losging, begriff Miguel, dass Claudia ihren eigenen Stundenplan aufgeschrieben hatte. Wenn er sie im Gang traf oder in der Kantine sah, beschleunigte sich sein Herzschlag dermaßen, dass es in seinen Schläfen pulsierte. Er wusste, in welchem Raum sie gerade Vorlesung hatte, er kannte ihre Freunde und Kommilitonen. Er wusste, welche Professoren sie unterrichteten, und er hatte am Schwarzen Brett die Noten ihrer ersten Prüfungen gesehen. Er wusste, dass sie verfroren war, denn als es Winter wurde, trug sie

Handschuhe, Mütze und einen Wollschal, den sie sich zweimal um den Hals schlang. Er wusste, dass sie rauchte, dass sie ihr Bier direkt aus der Flasche trank, dass sie wie alle anderen auch freitagmittags in Mateos Kneipe ging. Die Frage war nicht, ob Miguel Claudia kannte, die Frage lautete: Welchen Teil von Claudia kannte Miguel noch nicht?

Ab zwei Uhr mittags fiel eine Horde Studenten in die Kneipe ein. Auf dem Tisch türmten sich Jacken und Rucksäcke zu einem großen Haufen, und alles drängte sich an den Tresen, um dem Wirt zu winken und ein Sandwich mit Schinken oder Patatas bravas zu bestellen. Die Gruppen waren gemischt: Studenten aus dem achten Semester standen mit denen aus dem sechsten zusammen – denn Mariano Bosque war mit der ein Jahr jüngeren Rocío Piamonte zusammen; Leute aus dem zweiten Jahr standen bei welchen aus dem ersten – weil einer der Sanjurjo-Zwillinge aufgrund einer Meningitis das Jahr wiederholen musste; die aus dem einen Kurs standen mit denen aus dem Parallelkurs zusammen, um über die Studienabschlussfahrt zu sprechen; Studenten, die gerade eine Prüfung gemacht hatten, unterhielten sich mit denen, die sie vor einer Woche hinter sich gebracht hatten; diejenigen, die Lottoscheine für die Weihnachtslotterie verkauften, mit denen, die Karten für eine Silvesterparty anboten. Alles wurde freitags bei Mateo verhandelt. Nach den Seminaren wurde die Kneipe von jungen Leuten geradezu überschwemmt, sodass die Gläser und Teller um die Wette klirrten, während im Fernseher die Mittagsnachrichten liefen.

»Mariana«, rief Mateo seiner Frau zu, »zwei Sandwichs mit Omelett, einmal Käse-Schinken, einmal mit Schnitzel und einmal gemischt!«

Sobald Mariana eine Bestellung fertig hatte, stieß sie die

Schwingtür auf und stellte die Teller auf den Tresen. Der intensive Geruch nach Frittiertem strömte aus der Küche und vermischte sich mit dem Tabakgeruch im Schankraum. Es war Freitag, und die Ferien standen vor der Tür, was wollten sie mehr?

»Und ihr?«, rief Mateo und übertönte den Lärm der Studenten. »Was bekommt ihr?«

»Für mich ein Sandwich mit Tomate und Schinken und eine Portion Pommes. Und für dich?« Pecu drehte sich zu Miguel um.

Miguel sah Claudia an. »Möchtest du etwas?«

»Ja!«, Claudia wandte sich an Pecu. »Ein Sandwich mit Thunfisch und Paprika und ein kleines Bier.«

»Miguel, was willst du?«, wiederholte Pecu. »Sag endlich!«

»Ich auch eins mit Thunfisch und Paprika.«

»Thunfisch und Paprika? Du magst doch keine Paprika.«

»Doch, ab jetzt schon.«

Er hatte keine Lust, zu erklären, dass er von nun an alles mögen würde, was Claudia mochte.

»Aber gestern hast du doch stundenlang die Paprikastückchen herausgepult, die die Filipina in die Tortilla getan hatte.«

»Schon, aber gestern war gestern, und heute ist heute.«

»Okay«, seufzte Pecu resigniert, »ich geh an die Theke und bestell dir eins mit Rind, das hast du immer gemocht.«

»Von mir aus.«

Als sie allein am Tisch saßen, blinzelte Claudia mit ihren langen kupferfarbenen Wimpern und wandte sich zum ersten Mal Miguel zu, um ein Gespräch zu beginnen:

»Dein Freund kümmert sich um dich, was?«

Die Frage kam so überraschend, dass Miguel nicht antwortete. Ja, Pecu kümmerte sich um ihn. Sie konnte ja nicht wissen, wie sehr. Er holte Zigaretten und Feuerzeug heraus, bot Claudia eine an und gab ihr zuerst Feuer. Dann nahm er einen tiefen Zug und sah schweigend zu Pecu hinüber, der mit ein paar Leuten quatschte, während er auf die Bestellung wartete. Miguel strich instinktiv über die Innenseite seines Handgelenks.

»Siehst du das?«, fragte er Claudia und zeigte ihr eine Narbe. »Die habe ich ihm zu verdanken.«

Sie sah die Narbe verwundert an. Er wartete, bis das Rauchgebilde verschwand, das er mit der Zigarette in die Luft gezeichnet hatte.

»Wir waren mit vier Kumpels in einem Waldgebiet im Norden campen, wie jeden Sommer. Beim Abendessenmachen hab ich eine Dose geöffnet und mich geschnitten. Wir hatten den ganzen Nachmittag getrunken, aber Pecu wurde sofort wieder klar im Kopf, ich weiß nicht, wie. Er lief los und holte den Erste-Hilfe-Kasten, den er in seinem Rucksack hatte – sein Vater hatte darauf bestanden, dass er vor der Abfahrt einen Erste-Hilfe-Kurs belegte. Ich war so voll, dass ich nicht mal merkte, wie tief der Schnitt ging. Aber als das Blut nur so heraussprudelte, hat Pecu mir zur Desinfektion eine ganze Flasche Gin über die Wunde gekippt und mich genäht, als wäre er Chirurg.«

Es hatte geblutet, das schon, wenn auch nicht gesprudelt, und Pecu hatte ihn genäht, das auch, aber nicht so. Na und?

»Wirklich?«

»Wirklich. Der Arzt im Dorf hat später gesagt, dass mein Freund mir das Leben gerettet hat. Also, wenn du fragst, ob er sich um mich kümmert – an diesem Handgelenk siehst du die Antwort.«

Er hatte den Eindruck, das mit der Antwort am Handgelenk war ihm gut gelungen, fast schon poetisch. Unauffällig versuchte er, Claudias Reaktion zu beobachten, aber sie sah zu Pecu hinüber, der mit einem Teller Sandwichs zurückkam.

»Hier – eure Sandwichs, die Biere kommen gleich«, sagte er und setzte sich. »Worüber habt ihr gesprochen?«

»Nichts Besonderes.«

Eine halbe Stunde später unterhielten sie sich über Gott und die Welt, als würden sie sich schon ewig kennen. Miguel fühlte sich so wohl, dass er zeitweise vergaß, dass er seiner Traumfrau gegenübersaß, und seine Angst und das Bedürfnis, sich zu verstecken, waren verschwunden. Denn Claudia war nicht nur unglaublich hübsch, sondern auch sehr unterhaltsam und hatte etwas an sich – diese natürliche Art, die sie an den Tag legte, diese Gelassenheit, dieses *Das Leben ist das Leben, nichts weiter* –, das dazu führte, dass man an ihrer Seite ruhig wurde.

»Letzten Endes ist das Leben das Leben, nichts weiter«, hatte Claudia in irgendeinem Zusammenhang gesagt. Ihr Lachen war ansteckend, ihre Gesten hatten etwas Unverfälschtes, und ebenso natürlich strich sie sich das Haar aus der Stirn. Wenn andere etwas erzählten, verengten sich ihre Augen, und sie hörte interessiert zu, während sie über ihr Ohrläppchen strich. Manchmal biss sie sich auf die Unterlippe. Sie trank Bier aus der Flasche, rauchte eine nach der anderen und scheute sich nicht, die Pommes ins Ketchup zu tunken. Sie besuchte Konzerte und ging ins Kino. Sie las. Sie interessierte sich für Politik, ließ sich nicht blenden und verteidigte ihre Meinung energisch. Miguel kam zu dem Schluss, dass sie recht hatte: Ja, das Leben war letzten Endes das Leben, nichts weiter, und weil es so war, würde er dieser Frau für immer verfallen sein.

»Ah, du hast also einen Freund …«, hörte er Pecu sagen.

Miguel verschluckte sich. Er war so damit beschäftigt gewesen, ihr Lachen, ihre Hände, ihre Lippen und jedes bekloppte Detail an ihr zu studieren, dass er das Wichtigste der Unterhaltung nicht mitbekommen hatte. Mist!

»Ja, aber er ist dauernd mit seiner Band auf Tournee.«

Das Schlimmste, was einem im Leben passieren konnte, war, sich in ein Mädchen zu verlieben, dessen Freund Musiker war.

»Und was für Musik macht er?«

»Reggae.«

Das Zweitschlimmste, was einem im Leben passieren konnte, war, dass der Freund des Mädchens, in das man sich verliebt hatte, in einer Reggae-Band spielte.

»Reggae?«, sagte Pecu. »Okay, wenn er mal hier spielt, gehen wir alle zusammen aufs Konzert.«

Klar, Mann, aufs Konzert. Sich beliebt machen ist eine Sache, auf das Konzert des Möchtegern-Bob-Marley-Freunds deiner Angebeteten zu gehen eine andere. Allein die Vorstellung, den Rastafari auf der Bühne zu sehen und zu beobachten, wie Claudia seine Lieder mitsang, versetzte Miguel einen Stich mitten ins Herz. Eifersucht. Das fing ja gut an.

»Heute Abend machen wir zum Geburtstag von dem da eine Party bei mir zu Hause«, sagte Pecu. »Vielleicht haben du und deine Freundinnen ja Lust, zu kommen?«

»Du hast Geburtstag?«, fragte Claudia und drehte sich zu Miguel.

»Ja.«

»Herzlichen Glückwunsch! Wie alt wirst du?«

»Zwanzig.«

»Wir wollten heute auf das Konzert von einem Kumpel gehen, aber vielleicht können wir ja später noch vorbeikommen. Habt ihr eine Telefonnummer, damit ich euch Bescheid sagen kann?«, fragte sie.

»Miguelón, gib ihr deine, bei dir ist immer jemand zu Hause.«

Miguel sah, wie Claudia seine Telefonnummer auf eine Papierserviette schrieb und sie in die Gesäßtasche ihrer Jeans schob. Als sie den Pulli etwas hochzog, kam ein Unterhemd zum Vorschein. Dann zog sie den Reißverschluss ihrer Jacke hoch, wickelte sich in einen langen Schal und ging.

»Es riecht nach deiner Wohnung.«

Das sagte Pecu fast immer, wenn sie aus dem Fahrstuhl traten und auf dem Treppenabsatz warteten, während Miguel die Hintertür aufschloss. Magda kam fast zeitgleich in die Küche.

»Ihr seid schon da?«

Wenn sie vor ihr standen, dann wohl, weil sie da waren.

»Haben wir dich bei einem Schläfchen überrascht, Magda?«, fragte Pecu.

Ihr Haar war verstrubbelt, und sie strich den geblümten Kittel glatt, den sie zu Hause für gewöhnlich trug.

»Nein, nein, ich hab gerade einen Film geschaut, ihr wisst ja, dass ich während der Siesta nicht gerne schlafe.«

Was sie nicht zugeben wollte, stritt seine Mutter einfach ab.

»Aber Mama, wenn du geschlafen hast, warum sagst du es nicht einfach?«

»Hab ich nicht. Ihr riecht ganz schön nach Rauch, du

wirst schon sehen, was dein Vater dazu sagt. Habt ihr schon gegessen?«, fragte sie und holte eine Schüssel mit Hackbällchen.

Ja, sie hatten gegessen, aber sie hatten permanent Hunger, vor allem Pecu, der sich auf die Besteckschublade stürzte, um eine Gabel zu holen.

»Mama, hat jemand angerufen?«

»Soweit ich weiß, nicht.«

»Hat keiner angerufen, oder hast du telefoniert?«

»Ich hab mich ein bisschen mit deiner Tante unterhalten.«

»Wie lange?«

»Na ja, ein bisschen, keine Ahnung, eine Viertelstunde.«

Bestimmt war es eine halbe Stunde gewesen. Hoffentlich hatte Claudia es nicht versucht und das Telefon war besetzt gewesen.

»Verdammt«, sagte Miguel wütend. »Ich erwarte nämlich einen sehr wichtigen Anruf.«

»Wenn es so wichtig ist, ruft derjenige bestimmt noch mal an. Und ich hab dir schon oft gesagt, dass in diesem Haus nicht *verdammt* gesagt wird.«

Miguel ging ins Wohnzimmer und sah nach, ob der Telefonhörer richtig aufgelegt war. Dann hörte er den Anrufbeantworter ab. Nichts.

»Wer sollte denn anrufen, Miguel, was macht dich so nervös?«

»Lass ihn, Magda, es geht darum, dass vielleicht ein paar Mädchen heute Abend zur Party kommen.«

»Ach, ja? Was für Mädchen?«

»Keine«, antwortete Miguel.

»Aus der Uni«, antwortete Pecu.

Warum musste er ihr alles erzählen? Miguel stürmte in

sein Zimmer und warf die Tür hinter sich zu. Eine Minute später kam sein Freund herein.

»Was ist denn in dich gefahren?«

»Wieso erzählst du meiner Mutter alles? Damit sie mir nachher Löcher in den Bauch fragt?«

»Aber ich hab doch nur gesagt, dass vielleicht ein paar Mädchen aus der Uni kommen! Ich verstehe nicht, wieso du dich so aufregst, sie macht sich doch nur Sorgen um dich.«

Miguel wollte etwas entgegnen, aber er hatte keine Lust, mit Pecu über seine Mutter zu diskutieren.

»Sag mal«, sagte er, während er ein frisches T-Shirt aus dem Schrank zog, »glaubst du, die kommen?«

»Wer die?«

»Die. Claudia und ihre Freundinnen.«

»Keine Ahnung. Ich weiß auch nicht mehr als du.«

Was bedeutete »Ich weiß auch nicht mehr als du«? Dass sie kommen oder nicht kommen würden?

»Sag schon, glaubst du, sie kommen, oder nicht?«

»Mann, Miguelón, jetzt sei kein Idiot. Was weiß denn ich!«, antwortete er und warf sich aufs Bett. »Wenn sie kommen wollen, sollen sie kommen, wenn nicht, dann nicht. Was machst du? Gehst du duschen?«

»Ja.«

»Wenn du meinst. Aber wir müssen noch einkaufen, und dann gerätst du wieder in Hektik, ich kenne dich.«

»Nur fünf Minuten. Spiel doch so lange eine Runde. Hier«, sagte Miguel und drückte Pecu die Konsole in die Hand.

»Mann, bist du heute nervig!«

Während er das heiße Wasser auf seinem Körper spürte, fiel Miguel ein, dass das Telefon vielleicht klingeln könnte und er es unter der Dusche nicht hören würde. Seine Mutter käme auf der Suche nach ihm in sein Zimmer, und wenn er nicht da wäre, gäbe sie Pecu den Hörer. Er stellte sich vor, wie sie miteinander sprachen. Er sprang aus der Wanne und trocknete sich in Windeseile ab.

»Mama, kann ich das Auto haben?«

»Nein.«

»Komm schon, bitte Mama, mit dem Bus können wir den Einkauf für die Feier nicht transportieren. Bitte, bitte, bitte!«

»Nein.«

»Komm schon, Magda, gib uns das Auto. Ich verspreche, dass wir gut drauf aufpassen.«

»Na gut, ihr Nervensägen, und ihr seid wirklich Nervensägen«, sagte sie und holte die Schlüssel aus ihrer Tasche. »Aber in einer halben Stunde will ich es zurückhaben. Eine halbe Stunde. Keine Minute länger. Und macht keinen Quatsch!«

»Danke!«

Sie drehten ein paar Runden auf dem freien Feld und fuhren dann zum Supermarkt im Einkaufszentrum.

»Glaubst du, fünfzehn Liter reichen für alle?«, fragte Miguel.

»Warte, lass mal zählen, wer alles kommt. Wir beide. Alex, Iñaki, Carlos, Julio, Raúl, Almudena, Javi und seine Freundin. Dein Bruder Diego, Nerea und ihre Kollegen. Pedro und die Sanjurjo-Zwillinge …«

»Wie viele sind es?«

»Achtzehn.«

»Pack noch zehn drauf. Wir haben uns beim Mus eine goldene Nase verdient, wir können in die Vollen gehen.«

»Was für Alkohol?«

»Whisky, Rum, Gin, Martini.«

»Wir holen erst die Getränke und dann die Eiswürfel, Plastikbecher und Fressalien.«

»Meine Mutter hat Tortillas, Kroketten, Thunfisch-Empanadas, russischen Eiersalat und Sandwichs gemacht.«

»Deine Mutter ist der Hammer, Mann. Erinnere mich daran, dass ich ein paar Kroketten aufhebe fürs Frühstück morgen. Dann kaufen wir noch Oliven, Cracker und Chips mit Schinkengeschmack.«

»Sag mal, was machen wir, wenn Claudia und die anderen erst spät auftauchen und wir schon alles aufgegessen haben?«

»Was?«

»Wenn Claudia und ihre Freundinnen erst spät kommen und dann alles weg ist, was wir dann machen.«

»Dann hätten sie eben früher kommen müssen, was denn sonst! Bist du bekloppt, oder was?«

»Ich frag ja nur.«

»Hör mal, Miguel, du stehst doch nicht womöglich auf Claudia?«

»Nein.«

»Aha. Ich weiß ja nicht, ob du es gemerkt hast oder ob das unbewusst läuft oder so, aber seit wir bei Mateo waren, hast du fünfundzwanzig Mal gefragt, ob sie zur Party kommt.«

»Kann sein, aber ich steh nicht auf sie.«

»Aber wenn doch, sagst du mir Bescheid.«

»Jetzt laber mich nicht voll, ich steh nicht auf sie!«

»Dann hör mal für einen Moment auf, von ihr zu reden, ja?«

Ein feiner Geruch nach Weihrauch stieg Miguel in die Nase, als sie im Dachgeschoss aus dem Aufzug stiegen. »Es riecht nach deiner Wohnung«, dachte er. Sie betraten die Wohnung und gingen durch den Vorraum in das riesige Wohnzimmer mit Kamin, dessen bodentiefe Fensterfront den Blick auf die Terrasse mit Hängematten und in Töpfe gepflanzte Bäumchen freigab. Als sie das Licht einschalteten, spiegelten sich das Ecksofa, der lederbezogene Drehsessel und der Teppich aus Kuhfell in den Fensterscheiben und ließen den Raum doppelt so groß erscheinen. Durch eine Schiebetür, die als Raumteiler diente, gelangten sie in die Küche. Sie stellten die Einkäufe auf der Arbeitsplatte ab.

Pecus Wohnung begeisterte Miguel. Als Pecus Mutter fortgegangen war, hatte sein Vater das Penthouse gekauft und einen Architekten beauftragt, der die Zwischenwände herausriss, die Küche mit dem Wohnzimmer verband und die vier ursprünglichen Zimmer in zwei Schlafzimmer mit Bad verwandelte, die durch Schrankwände voneinander getrennt waren. Total abgefahren.

Sie packten gerade die Flaschen aus, da hörten sie den Schlüssel in der Tür.

»Und, was habt ihr eingekauft? Lasst mal sehen.«

»Leopoldo!« Miguel lief zu Pecus Vater und umarmte ihn.

»Hallo, junger Mann. Na, wie fühlt es sich an, zwanzig zu werden?«

»Gut!«, antwortete er. Er war froh, Leopoldo vor der Party zu treffen; er wollte ihm etwas sagen.

Pecus Vater zog sich die Pilotenmütze vom Kopf, legte sie auf einen der Küchenhocker und ging zu seinem Sohn.

»Und du?«, sagte er und begrüßte Pecu mit der Gettofaust.

»Wie geht's dir, Alter?«, erwiderte Pecu.

»Gut, gut, gut ...« Leopoldo durchwühlte die Einkaufstüte. »Ihr habt ja Alkohol für ein ganzes Bataillon gekauft. Wie viele seid ihr?«

»Zwanzig.«

»Oh my God!«

»Wann kommst du nachher zurück?«, fragte Pecu. »Damit wir wissen, wann wir die Leute rauswerfen sollen.«

»Ihr habt freie Bahn. Ich schlafe nicht zu Hause. Sturmfreie Bude.«

»Hör mal, Leopoldo ...«, sagte Miguel stockend. »Ähm, ich wollte nur sagen ... danke, dass ich hier feiern darf. Bei mir wäre das nicht gegangen, meine Eltern sind super nervig und immer zu Hause.«

»Man wird ja nicht jeden Tag zwanzig, Miguelón. Und wisst ihr was?«, sagte Leopoldo, öffnete den Kühlschrank und holte eine Champagnerflasche heraus. »Das feiern wir, bevor eure Freunde kommen und ihr die Wohnung wie ein Schlachtfeld hinterlasst, ich ausraste und mein Leben lang kein Wort mehr mit euch wechsle.«

Leopoldo schob eine der Terrassentüren auf und hielt die Flasche nach oben in den Himmel, um sie zu entkorken. In der Ferne war die Stadt zu sehen.

»Allez hopp! Ihr werdet begeistert von diesem Champagner sein. Den hab ich letztens in Paris geschenkt bekommen. So einen habt ihr noch nie getrunken und werdet ihn auch nie mehr trinken«, sagte er und füllte die Gläser, bis die prickelnden Bläschen den Rand erreichten. Er sah Miguel an. »Lass mich auf dich anstoßen, Miguelón. Ich wünsche dir eine tolle Geburtstagsparty, die der Auftakt zu einem Leben voller Gefühle und Leidenschaft sein soll. Ich wünsche dir alles, was du brauchst, um deine Träume zu verwirklichen! Du hast dich vorhin bei mir bedankt, aber ich muss mich auch bei dir bedanken, nämlich dafür, dass du dich wie ein Bruder um meinen Sohn kümmerst und ihn in deine Familie aufgenommen hast, so, als wäre es seine eigene.«

Miguel bekam feuchte Augen und versuchte, nicht zu blinzeln, damit es keiner merkte.

»Papa, mach keinen Mist, du heulst ja. Und Miguelón auch!«, sagte Pecu und prustete los.

»Wie groß ihr geworden seid, ihr Blödmänner! Und wie alt ihr mich macht!«

»Aber du bist doch wie wir!«

»Hör auf, Miguel, ich bin euch ein paar Generationen voraus.«

»Wie viel ist denn eine Generation?«

»Das kommt darauf an, aber ich messe die Zeit gerne in Fünf-Jahres-Schritten. Schaut«, sagte Leopoldo und hielt das Glas gegen das Licht, um die Blasen zu betrachten und sich die Aufmerksamkeit der Jungen zu sichern, »vor langer Zeit habe ich mal auf einer Reise einen alten Mann getroffen. Er betrachtete eine Kristallkugel voller Blasen und versicherte mir, für die Lebensgeschichte eines Menschen genüge ein einziger Tag. Und wenn der Mensch wissen wolle, wie sein Leben ist, müsse er nur alle fünf Jahre seinen Geburtstag beobachten, vom Morgen bis zum Abend: in welchem Bett er aufwacht, was er tagsüber tut, mit wem er sich umgibt, worüber er spricht, welche Personen um seine Torte herumstehen, was er geschenkt bekommt und unter welchen Umständen er wieder einschläft. Denn alle fünf Jahre, sagte dieser weise Mann, ändere sich die Welt, und sobald man sich dessen bewusst werde, sei man bereits ein anderer.«

»Das hast du dir ausgedacht, bestimmt bist du dieser Alte!«, rief Pecu aus.

Miguel dagegen hielt sein Glas wie Leopoldo hoch in die Luft und beobachtete die aufsteigenden goldenen Blasen. Wie würde er wohl in fünf Jahren sein? Ein »Anderer«? Worin würde dieser Andere dem Jetzigen gleichen? Würde der Andere alleine leben? Wo würde der zukünftige Miguel seinen Geburtstag feiern? Nicht mehr bei Leopoldo, darauf würde er bestimmt keine Lust mehr haben. Er wiegte den Kopf. Hm. Er hatte noch nicht mal seinen zwanzigsten Geburtstag gefeiert und dachte schon darüber nach, wie der fünfundzwanzigste sein würde. Pah.

Sie stießen an. Der Champagner hinterließ ein seltsames Kitzeln an Miguels Gaumen, das ungewohnt für ihn war, denn bei ihm zu Hause wurden besondere Anlässe mit einer Flasche Cidre begangen. »Er ist mir wohl etwas zu Kopfe gestiegen«, sagte Magda dann immer.

Miguel sah Vater und Sohn an und lächelte. Er war sehr gerne mit Leopoldo zusammen, und heute war er glücklich. Leopoldo ließ sie Wein und Sekt trinken, ging freitagabends aus, sprach mit ihnen wie ein Freund und war immer guter Laune. Er wirkte nicht wie ein Vater. Sobald sich die Gelegenheit böte, würde er ihm von Claudia erzählen, er wusste sicher alles über Frauen. Wenn Pecus Vater von seinen Reisen erzählte, malte Miguel sich immer aus, wie Leopoldo in einem Hotelzimmer mit lauter splitternackten Frauen in einem sprudelnden Whirlpool saß. Oder wie er an einem karibischen Sandstrand lag, um ihn herum Mulattinnen in Tangas und oben ohne. Oder in einem Restaurant in Tokio, wo er auf einer unbekleideten Asiatin sitzend rohen Fisch aß. In manchen Nächten wünschte er sich an seine Stelle und träumte von den Frauen in Leopoldos Leben, um sich einen runterzuholen.

»Ich hab ein Geschenk für dich, Miguel.«

»Wirklich?«

Leopoldo ging zum Wohnzimmerschrank und holte aus einer Schublade ein kleines, in Geschenkpapier verpacktes Päckchen heraus. Es war ein Gedichtband von Jaime Gil de Biedma. Auf der ersten Seite stand eine handschriftliche Widmung: *Für Miguel, zum zwanzigsten Geburtstag, damit er lernt, sich ins Leben zu stürzen, und erst spät merken möge, dass es eine ernste Angelegenheit ist. Herzlich, Leopoldo.*

»Hey, Kollege, ich hab auch ein Geschenk für dich«, sagte Pecu lachend. »Ich hab's im Einkaufszentrum ergattert mit dem Geld, das wir heute Morgen beim Mus verdient haben. Deshalb ist es ein Geschenk von mir und auch von dir selbst. Hier.«

Es war noch ein Buch. Eingepackt in Papier der Buchhandlung Paco. Miguel machte es auf.

Frauen von Charles Bukowski. Auch hier stand mit Kugelschreiber geschrieben eine Widmung auf der ersten Seite: *Damit Du was lernst und Dir die Seele aus dem Leib vögelst. Dein Freund Pecu.*

Im Rhythmus der Musik, die aus den Lautsprechern von Leopoldos Anlage dröhnte, bewegte Miguel sich hüpfend von der Mitte des Wohnzimmers Richtung Küchentresen, um sich noch einen Drink zu holen. Er öffnete den Kühlschrank, holte Eiswürfel heraus, goss sich noch ein Glas Whisky-Cola ein und schaute sich um. Die Wohnung quoll über vor tanzenden, trinkenden und rauchenden Leuten, und Pecu legte die Megahits des Jahres auf, echte Ohrwürmer.

Miguel schaute zum Küchenfenster hinaus und sah, dass Iñaki, Alex und sein Bruder Diego sich auf der Terrasse einen Joint drehten. Gut so. Es tröstete ihn, dass sein Bruder auch kiffte. Er schaute durch die offen stehenden Schiebetüren ins Wohnzimmer und sah Nerea, Diegos Freundin, zusammen mit anderen Leuten, die einfach mitgekommen waren und jetzt Unmengen von Cuba Libre in sich hineinschütteten. Bei Privatpartys in fremden Wohnungen kam es oft vor, dass Leute auftauchten, obwohl sie die Gastgeber gar nicht kannten.

In der Mitte des Wohnzimmers wurde getanzt, und hinter dem Barschrank mixten ein paar Leute Mojitos mit einer Flasche kubanischem Rum, die Leopoldo eigentlich versteckt hatte. Dabei redeten sie über Politik, um über irgendetwas diskutieren zu können. Sie gestikulierten wild, rissen die Augen und Münder auf, und einer war so rot im Gesicht, dass er gleich zu explodieren schien. Offensichtlich amüsierten sie sich bombig. Bombig – explodieren. Haha, so ein Blödsinn! Miguel lachte vor sich hin, er war glücklich.

Alle waren gekommen. Alle außer Claudia, aber das hatte er sich schon gedacht. Das Übliche eben. »Ja, ich komme, ich rufe später an, ich stoße nach dem Konzert dazu, ich will dir zum Zwanzigsten gratulieren, blablabla.« Von wegen! Bestimmt hatte sie nie die Absicht gehabt, zu kommen. Sicher war sie noch in diesem Drecksladen und applaudierte irgendeinem Blender mit seiner Gitarre, der garantiert auch Tamburin spielte. Miguel würde die Krise kriegen, wenn Claudia Tamburin gut fand. Logisch, wenn ihr Freund ein Musiker mit Rastas war, wieso sollte ihr nicht auch Tamburin gefallen? Vielleicht trug sie deshalb einen dieser klimpernden Hippie-Anhänger am Rucksack. Er versuchte, das Bild von Claudia, die mit ihrem Rastafari-Freund am Strand Tamburin spielte, aus dem Kopf zu bekommen, und schob sich eine Empanada in den Mund. Er hatte den Überblick verloren, wie viel er schon gegessen und wie viele Gläser er schon intus hatte. Wen interessierte das? Er schaute auf die Uhr: halb zwölf. Er trank einen Schluck, stellte das Glas auf die Anrichte und stürzte sich auf die Tanzfläche.

»Los, Miguelón, lass es krachen!«

Er galt als guter Tänzer. Hüftschwingend bewegte er sich bis zur Mitte des Wohnzimmers, warf sich rücklings auf den Boden und fing von den Umstehenden angefeuert an, sich zu drehen: »Miguelón! Miguelón! Miguelón!«

Während er über die Tanzfläche glitt, wollte er fühlen, was man in den letzten Minuten eines neunzehnjährigen Lebens so fühlt; wollte vor seinem inneren Auge vorbeiziehen sehen, was für immer vorbei war: die Grundschule, das Gymnasium und die Kurse am Nachmittag, die Streitereien mit seinem Bruder, die Fahrradrennen und Hallenfußballspiele, bei denen er nie ein Tor geschossen hatte. Er wollte sich noch einmal in der Turnhalle am Barren hängen sehen, um an Körperlänge zu gewinnen, oder sich dabei beobachten, wie er sich nachts gegen Pickel Zitronen auf die Stirn legte. Er wollte die Knutscherei im Park sehen. Die Sommer beim Campen. Das Vögeln auf dem Autorücksitz. Die kostenlosen Konzerte und Besäufnisse. Die Mädchen, die er gut gefunden hatte. Erinnerungen, die einen Lebensabschnitt beschließen, bevor ein neuer beginnt. Doch auf Miguels Netzhaut erschien nur das Bild eines langen gewellten Haarschopfs, der mit einem blauen Bleistift über dem Nacken zusammengehalten wurde.

»Coole Party habt ihr hier!«

Wer war das? Derjenige musste gerade erst gekommen sein, denn keiner sagt *Coole Party habt ihr hier*, wenn er schon länger da ist.

Claudia!

Er machte einen Satz und merkte, dass er allein mitten im Wohnzimmer stand, da sich alle um die drei neu angekommenen Mädchen geschart hatten. Blöde Schleimer. Miguel nutzte die Gelegenheit, um unbemerkt ins Bad zu verschwinden.

Er betrachtete sich im Spiegel. Na toll! Das Hemd war vom Tanzen durchgeschwitzt und hoffnungslos verknittert. Er setzte die Brille ab, putzte sie mit einem Stück Klopapier und wusch sich das Gesicht mit kaltem Wasser. Warum musste seine Traumfrau genau in dem Moment auftauchen, in dem er sich auf der Tanzfläche zum Idioten machte? Hätte sie nicht am Anfang der Party kommen können, als er frisch geduscht war, nach dem Aftershave seines Bruders roch, Drinks servierte und das Tablett mit den Kroketten noch herumreichen konnte, ohne zu schwanken? Warum musste sie jetzt kommen? Verdammter Mist, warum hatte er nur so ein Pech?

Als Miguel aus dem Bad kam, war alles wieder normal: Die Leute tranken und rauchten, und die Musik lief wieder in voller Lautstärke. Er ging zu Claudia. Mit offenem Haar war sie unglaublich hübsch.

»Hallo.«

»Hallo, Miguel.« Sie gaben sich zwei Küsschen. Die zweiten zwei Küsschen in seinem Leben. »Wo hast du gesteckt? Als wir hereinkamen, haben wir dich tanzen gesehen, und dann warst du verschwunden.«

»Ich dachte, du würdest nicht kommen. Woher kanntest du die Adresse?«

»Ich hab heute Nachmittag bei dir angerufen, aber deine Mutter hat gesagt, dass du unter der Dusche bist, und da hab ich mit Pecu gesprochen.«

Er hatte es gewusst! Und dieser Mistkerl von einem Freund hatte nichts gesagt.

»Übrigens, du tanzt ja richtig gut! Dabei wirkst du so schüchtern …«

Im Bruchteil einer Sekunde wurde er rot. Was sollte er sagen? Dass das nicht stimmte, dass er nicht schüchtern war, und wenn doch, dann nur ihretwegen? Dass ihm das Herz stehen blieb, wenn er sie sah? Dass es ihm schlecht ging, schlecht, aber auch gut? Das konnte er ihr sagen, dass es ihm schlecht, aber auch gut ging. Aber wie nur? Nein, so bescheuert war er nicht. Hey, die Musik war plötzlich aus, jemand hatte das Licht ausgeschaltet, und was zum Teufel …?

»Happy birthday tooo youuu, happy birthday tooo youuu, happy birthday, lieber Migueeeeel, happy birthday tooo youuu!«

Aus der Dunkelheit kam sein Freund mit einer großen Torte voller brennender Kerzen. Miguel hörte Claudias tiefe Stimme aus dem Gesang heraus, die etwas erfolglos versuchte, die richtigen Töne zu treffen. Verflixtes »Happy Birthday«. Die Melodie war nicht leicht.

»Los, Miguelón, puste die Kerzen aus und wünsch dir was! Mach schon!«

Er schloss die Augen und pustete. Die Gäste applaudierten, schalteten das Licht wieder an, und einer nach dem anderen beglückwünschte ihn mit Küsschen und Schulterklopfen zum Zwanzigsten. Er war im siebten Himmel.

So dunkel wie in Cambria ist der Himmel nirgendwo sonst auf der Welt, jedenfalls heute Nacht, dachte Miguel. Er lehnte am Terrassengeländer und verglich die Millionen Lichter der Stadt in der Ferne mit der Dunkelheit um ihn herum. Er war nach draußen gegangen, um einen Joint zu rauchen. Doch obwohl er sich eine Decke aus der Hängematte genommen hatte, war ihm kalt. Er ließ den Joint auf einem der Blumenkästen liegen und ging wieder hinein.

Immer noch wurde im Wohnzimmer getanzt, drei oder vier Gäste machten sich über die Tortilla-Reste her, und ein paar Pärchen befummelten sich auf dem Sofa. Miguel hatte keine Ahnung, wo Pecu war, er hatte ihn schon eine Weile nicht mehr gesehen. Claudia und ihre Freundinnen hatte er auch aus den Augen verloren, wahrscheinlich hatten sie sich verdrückt. Egal, wenigstens waren sie zur Party gekommen.

Als er auf dem Weg ins Bad an der Schrankwand zwischen den Schlafzimmern vorbeikam, hörte er Geräusche aus Leopoldos Zimmer. Er wurde ärgerlich, denn niemand durfte da rein, alle wussten, dass sie das Bad im Flur benutzen sollten. Zu seiner Überraschung stand die Schlafzimmertür halb offen, und er sah hinein. Er konnte nichts erkennen, das Licht war ausgeschaltet. Er trat näher, und als sich seine Augen an die Dunkelheit gewöhnt hatten, erkannte er auf dem Bett zwei Körper. Er hörte ein Stöhnen. Rasch wich er einen Schritt zurück. Er wollte nicht hinsehen, aber seine Neugier war stärker. Er sah genauer hin.

Nein. Nein, Quatsch, das war nicht möglich! Miguels Herz schlug schneller. Nein! Er presste die Hände gegen die Schläfen, um das Pochen in Schach zu halten. Nein, das konnte nicht sein! Er zitterte am ganzen Körper, oder schwankte der Fußboden? Er sah ein letztes Mal ins Schlafzimmer, und ein heftiges Beben durchlief seinen Körper. Nein! Das war nicht möglich!

Er drehte sich um und rannte blind vor Wut aus der Wohnung, stürmte die Hintertreppe hinunter, um nicht auf den Aufzug warten zu müssen. Im Garten angekommen, warf er sich ins nasse Gras und versuchte, das Bild aus dem dunklen Zimmer aus seinem Kopf zu verbannen.

Nein, da kam kein Rettungshubschrauber.

Es war seine Geburtstagsfeier. Seine verdammte Geburtstagsfeier. Und sie war mit ihren Freundinnen nach einem Konzert noch gekommen, war bis Cambria gefahren, um ihn zu sehen und ihm »Herzlichen Glückwunsch, Miguel« ins Ohr zu hauchen, ihn ganz dicht neben den Mund zu küssen und ihm den rechten Arm um die Schultern zu legen. Als er in der Küche gestanden hatte, war sie dreimal zu ihm gekommen, um sich nachschenken zu lassen, und er hatte ihr etwas erzählt, nichts Besonderes, aber er hatte ihr etwas erzählt. Er wusste nicht mehr, was genau, aber sie hatte gelacht, und ihr Lachen war so wunderschön gewesen, dass es ihn am Herzen kitzelte oder in den Eingeweiden oder wo auch immer. »Ich mag deine Art, Miguel. Ich unterhalte mich gerne mit dir.« Das hatte sie gesagt, verdammt, das hatte Claudia gesagt.

Er wankte so stark, dass er es nicht schaffte, den Schlüssel ins Schloss zu stecken. Das Schlüsselloch bewegte sich hin und her, und je mehr er versuchte, es zu treffen, desto weniger klappte es. Er flehte zum Himmel, dass seine Mutter nicht aufwachen und ihrem betrunkenen Sohn die Tür öffnen würde. Er konzentrierte sich noch einmal und *zack*, endlich drehte sich der Schlüssel im Schloss. Zum Glück.

Das Küchenlicht war ausgeschaltet, und das rote Licht an der Spülmaschine zeigte an, dass seine Eltern schon vor einer ganzen Weile zu Abend gegessen hatten. Aus dem Wohnzimmer drang ein schwacher Lichtschein.

»Miguel, Schatz, bist du schon da?«

Logisch war er da, deshalb hatte sie die Tür gehört.

»Ja.«

»War's schön?«

»Ja.«

Das war gelogen. Es war der schlimmste Tag seines Lebens gewesen. Sein bester Freund hatte im Bett des eigenen Vaters seine Traumfrau flachgelegt. Aber was machte das schon? Miguel hatte die Arschkarte gezogen.

Er ging ins Bad und hatte das Gefühl, sich übergeben zu müssen. Er würgte zwei oder drei Mal und beschloss dann, sich in seinem Zimmer zu verkriechen, sich ins Bett zu legen und abzuwarten, bis Übelkeit, Traurigkeit und Rausch nachließen.

Beim ersten Versuch, die Augen zu schließen, sah er, wie sich Claudias nackter Körper unter Pecus stürmischen Stößen bewegte. Eins, zwei, drei, vier. Er riss die Augen auf. Wollte das Bild aus seinem Kopf vertreiben. Eins, zwei, drei, vier. Nein, bitte nicht! Es durfte nicht passiert sein. Eins, zwei, drei, vier. Nein, bitte nicht!

Miguels Gedanken gerieten in eine Endlosschleife, in der das Bild der beiden Körper immer größer wurde. Er konnte an nichts anderes mehr denken, und ihm blieb die Luft zum Atmen weg. »Nein, bitte, das darf nicht passieren!«

»Miguel, Liebling, ist was?«

»Lass mich in Ruhe, Mama, und mach die Tür zu.«

»Aber geht's dir gut?«

»Ja doch, du sollst mich in Ruhe lassen, ich will allein sein.«

Seine Mutter schloss leise die Zimmertür, und ihre Plüschpantoffeln polierten auf dem Weg ins Schlafzimmer den Parkettboden im Flur.

Geh nicht, Mama, verdammt! Lass mich nicht allein in dieser beschissenen Nacht, ich verblute gleich. Komm zurück, bitte, komm und heile meine Wunden, wie damals, als ich im Park vom Rad gefallen bin und eine Platzwunde am Kopf hatte. Du hast Jod draufgemacht und bist bei mir am Bett geblieben, hast meinen Kopf gestreichelt, bis ich eingeschlafen war. Komm her, Mama, sonst verblute ich noch, sonst bin ich verloren. Frag noch mal, ob es mir gut geht, damit ich Nein sagen kann, dass es mir nicht gut geht und dass ich dich bei mir haben will.

Unter der Bettdecke vergraben hörte Miguel, dass seine Mutter sich hinlegte und die Nachttischlampe ausknipste. Er brach in Tränen aus. »Ich mag deine Art.«

Er weinte und weinte, bis er seinen ganzen Schmerz herausgeweint hatte. Erschöpft schaltete er die Schreibtischlampe an, nahm ein Heft vom Tisch und schrieb sorgfältig das Wort *Claudia* hinein. Er riss die Seite aus, stopfte sie sich in den Mund und kaute eine ganze Weile lang. Dann trank er einen Schluck Wasser, damit ihm der Name nicht im Halse stecken blieb, und schluckte alles auf einmal hinunter.

MIGUEL UND CLAUDIA

Sie verließen das Café und gingen die Allee entlang zum Parque Grande. Claudia wirkte entspannt. Ihre Art, beim Reden zu gestikulieren und die Augen halb zu schließen, als konzentriere sie sich oder als versetze sie das Gespräch an einen anderen Ort, war Miguel so vertraut, dass er kaum glauben konnte, dass sie sich so lange nicht gesehen hatten. Er zog die Serviette, mit der Claudia herumgespielt hatte, aus seiner Hosentasche, formte sie zu einer Blüte und steckte sie ihr ans Ohr, dann ging er weiter. Sie lächelte.

»Ich mag deine Art. Sehr. Schon immer.«

Sie drückte sich immer noch so übertrieben aus wie früher, zum Glück kannte er sie inzwischen.

»Rauchst du nicht mehr?«

Er hatte sie noch keine Zigarette anstecken gesehen.

»Nee. Du?«

»Ich auch nicht, obwohl ich es manchmal vermisse.«

Was für ein dehnbares und merkwürdiges Konzept ist das Vermissen, dachte Miguel in dem Moment, als er es ausgesprochen hatte.

»Musst du los, oder kannst du noch ein bisschen bleiben?«, fragte Claudia.

»Nein, ich muss nicht los. Und du?«

»Ich auch nicht.«

»Komisch, dass wir beide nirgendwohin müssen, oder?«

»Warum sagst du das?«, fragte Claudia.

»Weil du immer wegmusstest, du hattest immer irgendwas zu tun.«

»Du warst derjenige, der gegangen ist.«

Du, ich, welche Rolle spielte das heute noch?

»Hast du Lust, spazieren zu gehen?«, fragte er.

»Gerne.«

Der Frühling hatte den ersten Aprilsturm über die Stadt fegen lassen, und obwohl es am Nachmittag aufgeklart war, standen auf den Bürgersteigen noch Pfützen, und die Luft war kühl.

Miguel sah, dass Claudia sich die Ärmel ihres Pullovers bis über die Hände zog, vermutlich nicht, weil sie fror, sondern weil es eine ihrer Angewohnheiten war, die er nur allzu gut kannte. Sie zog die Bündchen der Ärmel lang und hielt sie irgendwie mit den Daumen fest, sodass nur noch vier Fingerspitzen hervorlugten.

»Ist dir kalt?«, fragte er sicherheitshalber.

»Nein, die Luft tut gut. Und dir?«

»Mir geht's gut.«

Der nahe gelegene Park füllte die Luft mit dem Geruch von nassem Gras, und Miguel überkam beim Einatmen eine merkwürdig wohlige Melancholie – aber nein, bloß nicht darüber nachdenken. Was er jetzt wollte, war, sich einfach neben Claudia treiben zu lassen.

Sie bogen rechts ab, in seine Straße, und kamen an seiner Haustür vorbei, aber er sagte nichts, fragte nicht: »Erinnerst du dich noch an meine Wohnung?«, und Claudia sagte auch nichts, fragte nicht: »Hier hast du gewohnt, stimmt's?«, obwohl Miguel registrierte, dass sie eine Sekunde lang zu der Holztür hinübergeschaut hatte.

»Miguel«, begann sie, wie immer, wenn sie ein bestimmtes Thema ansprechen wollte, »glaubst du, dass wir noch dieselben sind wie früher?«

Diese Frage hatte sie ihm schon bei verschiedenen Gelegenheiten gestellt, und er hatte nie gewusst, was er darauf antworten sollte. Leopoldo hatte einmal gesagt, dass sich die Welt alle fünf Jahre verändern würde, und sobald man sich dessen bewusst werde, sei man bereits ein anderer. Miguel bezweifelte das. Die Umstände veränderten sich, ja, aber das war vielleicht auch schon alles.

»Schau«, sagte er vor einem Schaufenster und zeigte auf ihrer beider Spiegelbild, »was glaubst du?«

»Dass du noch immer derselbe bist!«

Miguel wusste nicht, ob sie es ernst meinte oder nur so sagte, er wusste nur, dass sie nebeneinander sehr gut aussahen.

An der Ampel ergriff Claudia seine Hand, und sie gingen zum Haupteingang des Parque Grande.

II

Miguels fünfundzwanzigster Geburtstag

»He! Tritt nicht dahin, wo ich gerade gewischt habe!«

»Guten Tag, Faustina.«

»Von mir aus guten Tag, aber tritt nicht dahin, wo ich gerade gewischt habe.«

Da der ganze Boden noch feucht war, fragte Miguel sich, wie das gehen sollte. Während er auf Zehenspitzen an der Wand entlanglief, behielt er aus den Augenwinkeln die Portiersfrau im Blick, die das Kinn auf den Stiel des Wischmopps gestützt hatte und zu ihm herübersah. Noch nie hatte er einen Menschen gesehen, der einem Dackel so ähnlich sah: Im Verhältnis zu Armen und Beinen war ihr Körper viel zu lang, die Hände waren klein, die Augen winzig, die Nase gerade, und an ihren Ohrläppchen hingen schwere Ohrringe, die ihre Ohren in die Länge zogen. Wenn er sie sah, verspürte Miguel jedes Mal das Bedürfnis, ihr den Kopf zu tätscheln. Faustina war spröde und zu den Nachbarn richtig eklig, nur nicht zu ihm, denn die Mansardenwohnung gehörte ihrem im Ausland lebenden Sohn, und Miguel war ein guter Mieter.

Als er an ihr vorbeikam, lächelte er ihr zu. Faustina seufzte, hob einen Moment lang den Kopf und stützte ihr

Kinn dann wieder auf den Stiel des Wischmopps, bis Miguel nach oben verschwunden war. Sie mochten sich. Die Portiersfrau brachte ihm jede Woche die Post nach oben, um einen Blick in seine Wohnung zu werfen, wenn er aufmachte; sie polierte den bronzenen Türgriff und den Spion immer sorgfältig auf Hochglanz und kümmerte sich auch sonst auf ihre Art um ihn. Mehr als einmal hatte sie seine Haut gerettet, als er noch mit Marta zusammen war, die ein Faible für Überraschungsbesuche hatte.

»Du willst doch nicht hoch zu Miguel«, bellte sie dann und schob ihre Visage durch das Portiersfenster, »den Weg kannst du dir sparen, Mädchen, er ist nicht da.«

Aber er war da, und zwar nicht allein. Marta schickte ihm dann später eine Nachricht: *Schatz, ich war bei dir, aber die Portiersfrau hat mir gesagt, dass du nicht da bist. Schade! Ich hatte einen frisch gebackenen Kuchen für dich dabei.* Marta hatte ein sonniges Gemüt, und er mochte sie unheimlich gern. Oh Mann.

Miguel war mit einem Satz auf der Treppe und nahm immer zwei Stufen auf einmal bis ganz nach oben, wo eine schmale Treppe zu seiner Mansarde hinaufführte. Er hatte Glück gehabt, eine Wohnung genau gegenüber des einzigen Parks der Stadt zu finden, so konnte er noch vor Sonnenaufgang joggen gehen und war zurück, wenn die ersten Sonnenstrahlen durch die nach Südosten gelegenen Fenster der Wohnung schienen.

»Hier hast du den ganzen Tag über Sonne, sogar im Winter«, hatte Faustina bei der Besichtigung gesagt. »Ich möchte gar nicht mit dir tauschen, denn ich in meinem Alter vertrage das Licht nicht mehr so gut, und ich will verdammt noch mal endlich sterben, aber du …. Du bist ein junger Kerl, und in diesem Schlupfloch wirst du dich so richtig wohlfühlen.«

Er ging hinein, machte Musik an, zog die Sportsachen aus und steckte sie in die Waschmaschine, breitete die Tagesdecke auf dem Bett aus und machte sich einen Kaffee. Beim letzten Schluck verspürte er ein Brodeln in den Eingeweiden. Er schnappte sich einen Comic und machte es sich auf dem Klo bequem, denn genau darin bestand eine der Freuden seiner neuen Unabhängigkeit: Er konnte in seinem eigenen Badezimmer sein, ohne dass ihn jemand stresste, er solle sich beeilen, ohne dass jemand hereinkam und ihn nervte. Als er zu Ende gelesen hatte, sprang er unter die Dusche und warf sich auf das frisch gemachte Bett. Ein freier Freitag.

»Einen Tag was?«, hatte ihn sein Chef bei der Verwaltungsagentur gefragt.

»Einen Tag frei, Felipe. Ob ich den Freitag freinehmen kann.«

»Es gibt noch einen Haufen Arbeit, Miguelito.«

»Schon, aber ich habe Geburtstag.«

»Was soll das denn heißen? Mir war nicht bekannt, dass man an seinem Geburtstag freibekommen müsste.«

»Nein, Chef, nicht nur deswegen, sondern weil ich seit September jeden Abend bis spätnachts hier war und Sie mir nicht eine Überstunde bezahlt haben.«

Felipe sah über die Ränder seiner Brille. Er wurde weicher, wenn er »Chef« genannt wurde.

»Ich gebe dir den Freitag frei, aber lass das nicht zur Gewohnheit werden.«

Miguel betrachtete die dunkle, wurmzerfressene Holzbalkendecke und dachte an all die Dinge, die er an diesem Tag tun musste. Als Erstes die überfällige Grundreinigung. Dann würde er mit dem Bus nach Cambria fahren, an der Konditorei aussteigen und eine Torte besorgen, bei seinen

Eltern essen, mit dem Auto seiner Mutter zum Flughafen düsen und dann den Leuten Bescheid sagen, dass er zu seinem Geburtstag einen ausgeben würde. Er hatte alles im Griff.

Während er überlegte, wo er mit dem Putzen anfangen sollte, wurde er müde und drehte sich auf der Tagesdecke auf den Bauch. Aus dem Kopfkissen stieg ihm ein süßlicher Geruch in die Nase, ein Kribbeln lief ihm den Rücken hinunter, und sein Hosenschlitz begann zu drücken. Er mochte Ruth. Sehr. Sie und die kleine Tätowierung auf ihrem Rücken, ein winziges Bild der Fee Tinker Bell.

Miguel las die Nachricht, die Ruth auf den Nachttisch gelegt hatte: *Ich gehe. Love u.*

Wann war sie wohl gegangen? Er hatte überhaupt nichts mitbekommen. Sie hatten viel Spaß zusammen. Beide mochten sie Marihuana, Alkohol und Sex. »Und Rock 'n' Roll!«, jaulte Ruth, wenn sie rittlings auf ihm saß. Sie trafen sich ab und zu, und obwohl keinerlei Verpflichtung zwischen ihnen bestand, hatten sie Spaß daran, Eifersuchtsszenen und Zornausbrüche auf offener Straße zu inszenieren, als liebten oder hassten sie sich wirklich. Dabei wussten sie beide, dass sie nur mit der Idee einer Liebesbeziehung spielten. Im echten Leben gab es kein »wir«, sie stellten einander keine Fragen, und Ruth hatte nicht einmal daran gedacht, dass er Geburtstag hatte, vielleicht wusste sie es auch gar nicht.

Das Klingeln seines Handys weckte Miguel.

»Sag mal Schatz, du schläfst doch nicht etwa?«

»Wie spät ist es?«

»Eins.«

Ein Uhr! Na und? Seine Mutter und die Uhrzeit. Die ganze Welt und die Uhrzeit.

»Ich ziehe mich an und gehe los.«

»In Ordnung, mach langsam. Ich wollte fragen, ob ich dir zum Kabeljau noch Kroketten machen soll und ob du die Torte mitbringst oder ob ich kurz zu Clotildes Konditorei gehen und sie kaufen soll.«

»Kabeljau ist gut. Ich hab keine Zeit mehr, die Torte zu besorgen.«

»Gut, dann mache ich auch Kroketten.«

Miguel stieg aus dem Bus und schlug den Weg zur Wohnung seiner Eltern ein. Er war ihn im Laufe seines Lebens schon so oft gegangen, dass er jeden Laden, jede Ampel und jede Zeichnung auf dem Pflaster des Bürgersteigs auswendig kannte. An unzähligen Vormittagen war er zur Grundschule und später zum Gymnasium gelaufen, immer bemüht darum, nicht auf die Fugen der Bodenplatten zu treten.

Wenn ich es schaffe, bis zum Ende der Straße auf keine zu treten, gewinnen wir das Spiel. Oder: *Wenn ich an der Ampel bis sieben zähle und es grün wird, bestehe ich die Prüfung.* Oder: *Wenn ich den Mann fünfzehn Meter vor mir überhole, fange ich am Wochenende was mit einer Tussi an (rennen gilt nicht).* Das war seine Liturgie gewesen. Dazu gehörte auch, eine Faust zu ballen, wenn ein Tanklaster vorbeifuhr, und sie erst wieder zu öffnen, wenn er einen Hund sah, denn einer aus seiner Klasse versicherte immer, Tanklaster würden Wünsche erfüllen.

»Aber Achtung!«, hatte der Junge gewarnt, »es darf nicht irgendein Hund sein. In dem Moment, in dem du deiner Faust den Wunsch einhauchst, musst du die Rasse bestimmen, die den Wunsch befreien kann.«

Einmal, als Miguel den Dalmatiner ausgesucht hatte, der nachmittags immer durch den Park rannte, führte ihn dessen Besitzer just an dem Tag nicht aus, und Miguel konnte seine Faust stundenlang nicht öffnen, sodass sich die Nägel in die Handfläche bohrten. Pecu war da anders. Er machte die Faust ganz unbekümmert wieder auf, wenn er nach fünf Minuten noch keinen Hund gesehen hatte.

»Pecu, das ist dreist! Wir haben doch noch gar keinen Hund gesehen!«

»Macht nichts, ich hab meinen Wunsch eh schon wieder vergessen.«

Er ging an der Apotheke, der Bäckerei und dem Supermarkt vorbei und bog in die Straße ein, die durch eine der Grünanlagen von Cambria zur Wohnsiedlung seiner Eltern führte. Auf dem gepflasterten Weg über die Rasenfläche hörte er das Motorengeräusch eines Rollers, und ein Gefühl der Wehmut überfiel ihn. Es war eine Vespa. Fast automatisch setzte Miguel sich auf den Rasen, und während er die Kleeblätter ausrupfte, die sich zwischen die Grashalme geschmuggelt hatten, und dem sich entfernenden Geräusch lauschte, dachte er an den Nachmittag, an dem sie die rote Vespa zum ersten Mal gesehen hatten, in der Garage, mit einem Geschenkband am Rückspiegel.

»Die ist für euch beide, ja?«, hatte Leopoldo gesagt. »Aber passt bitte auf: Wenn euch mit dem Roller was passiert, bekomme ich erst einen Herzinfarkt, und dann bringen mich Miguels Eltern um.«

Sie waren außer sich vor Freude gewesen. Ihre rote Vespa war die schönste auf der Welt, und die Welt lag ihnen zu Füßen, verchromt und glänzend wie die Stoßdämpfer des Rollers. Sie vergaßen Magdas altes Auto, und die Vespa wurde eine Verlängerung ihrer selbst. Eine Verabredung auf dem Tennisplatz vor ihrem Haus? Sie fuhren mit der Vespa hin. Ein Abendessen bei Alex, der in der Nachbarsiedlung wohnte? Mit der Vespa. Ein Besäufnis, und jemand musste Eiswürfel besorgen? Sie fuhren mit der Vespa los. Sie fuhren beide, wobei Pecu lieber Miguel fahren ließ, denn so konnte er die Mädels besser checken, die ihren Weg kreuzten.

Jener erste Sommer mit der Vespa war der beste ihres Lebens. Claudia hatte ihren Reggae-Freund verlassen und kam fast täglich mit dem Bus aus dem Stadtzentrum nach Cambria, um die Nachmittage mit ihnen zu verbringen. Miguel und Pecu holten sie mit der Vespa an der Haltestelle ab, und sie quetschten sich zu dritt auf die Sitzfläche, Claudia in der Mitte, mit gekreuzten Fingern, damit die Polizei sie nicht erwischte. Im Rückspiegel sah Miguel, wie Pecu ihr Haar hochhob und ihren Hals küsste, aber was machte das schon, solange sie seine eigene Taille umfasst hielt und er ihre Brüste auf dem Rücken spüren konnte? Denn während Pecu und Claudia ihre Romanze genossen, lebte er seine ganz eigene Art von Liebesgeschichte. Die Freundschaft machte Miguel zu einem natürlichen Verbündeten, sodass es ihm möglich wurde, Claudias Vorlieben zu entdecken und herauszufinden, welche Situation sie am liebsten hatte, welche Kommentare sie zum Lachen brachten. Zwar war es nicht er, der sie küsste, aber dafür wäre es auch nicht er, der ihr Leid zufügte, wenn alles schiefgehen sollte.

Dass Claudia mit seinem besten Freund zusammen war, garantierte Miguel so etwas wie Immunität, durch die er sich geschützt fühlte und die es ihm erlaubte, das Leben zu genießen, ohne etwas dafür zu erwarten. Die gemeinsamen Abende, an denen sie ihre Freundschaft bei Bierchen und Zigarette vertieften, waren der reinste Genuss, und in diesem Sommer fühlte Miguel sich so vom Glück begünstigt, dass er sogar eine Nachricht für die Gäste seiner Beerdigung aufschrieb, falls er tödlich verunglücken sollte. *Wenn es mit der Vespa passiert ist, sollt ihr alle wissen, dass ich gegen meinen Willen starb, und zwar verdammt glücklich.*

Die Erinnerung stach ihm ins Herz. Er hasste es, an Claudia zu denken, aber sie kam ihm immer wieder und mit einer solchen Beharrlichkeit in den Sinn, dass er sich einen Tanklaster herbeiwünschte, damit er sich den Wunsch, sie für immer zu vergessen, in die Faust hauchen konnte. Er sah auf die Uhr seines Handys. Halb drei. Er stand vom Rasen auf und beeilte sich, zu seinen Eltern zu kommen.

»Dann schließen wir das Geschäft ab und sehen uns im neuen Jahr, um die Einzelheiten zu besprechen … Gleichfalls, gleichfalls, frohe Weihnachten auch für euch, wenn wir uns nicht mehr sprechen. Tschüss, tschüss.«

Sein Vater Ricardo legte auf und setzte sich zu den anderen an den Esstisch. »So, das wär erledigt. Und«, fragte er und sah Miguel an, während er seine Serviette faltete, »was tust du hier um diese Uhrzeit?«

»Heute ist mein Geburtstag.«

»Ach, stimmt ja, Sohnemann. Und wie alt wirst du?«

»Fünfundzwanzig.«

»Fünfundzwanzig … jetzt bist du ein richtiger Mann.«

»Schon klar.«

»Aber abgesehen davon, müsstest du nicht bei der Arbeit sein?«

»Ich habe frei.«

»Was hast du?«

»Ich habe frei, Papa.«

»Aha … und was hat Felipe dazu gesagt?«

»Dass es okay ist, schließlich könnte ich sonst nicht hier sein, oder?«

»Ich will nicht, dass du die Leute um Gefallen bittest, denn wer sich nachher revanchieren darf, bin ich.«

»Du musst dich bei niemandem revanchieren, Papa. Es ist meine Arbeit und mein freier Tag.«

»Hoffentlich der letzte.«

Miguel fiel auf, dass seine Mutter den Kabeljau geräuschvoller servierte als nötig, wie so oft, wenn ihr der Tonfall eines Gesprächs missfiel.

»Miguel, Schatz, nimm dir doch Kroketten«, sagte sie und zeigte auf die Schüssel auf dem Tisch. »Und Diego, gib mir deinen Teller.«

Sein Bruder reichte ihr den Teller, während er auf das Display seines Handys starrte.

»Ich mag es nicht, wenn ihr mit diesen Geräten am Tisch sitzt.«

»Aber ich habe Nachrichten bekommen, Papa.«

»Und die kannst du nicht nach dem Essen lesen?«

»Aber sie sind von Nerea.«

»Aber, aber! Den lieben langen Tag dieses ›Aber‹. Könnt ihr denn nicht anders reden?«

»Aber heute Morgen ist sie beim Ultraschall gewesen, und sie haben gesagt, dass es ein Mädchen wird.«

Seine Eltern vergaßen Ausdrucksweise und Kroketten, rissen Mund und Augen weit auf und riefen im Chor:

»Ein Mädchen!«

Man hätte glauben können, Diego hätte ihnen gerade den Weltfrieden verkündet, es fehlte nur noch, dass die Musiker des Porzellanorchesters, das seine Eltern in einem Hotel auf Mallorca gewonnen hatten, aus der Vitrine heraustraten und zu spielen anfingen. Miguel wurde bei dem Spektakel leicht unwohl, und er beeilte sich, den Kabeljau aufzuessen.

»Übrigens«, sagte Ricardo vor dem Nachtisch und

klaubte mit dem Messer die Krümel von der Tischdecke auf, »ich habe euch im Wohnzimmer die Pläne meiner Kooperative hingelegt, damit ihr euch eine Wohnung aussucht und wir reservieren können. Lasst euch nichts vormachen: Die mit der besten Lage sind die auf der rechten Hausseite. Ich schätze, in vier bis fünf Jahren werden die doppelt so viel wert sein. Also …«

»Papa«, unterbrach ihn Miguel und bemühte sich, laut und deutlich zu sprechen.

»… Anfang des Jahres setzen wir uns dann mit dem Bankdirektor zusammen …«

»Papa.«

»Mensch, ich rede doch gerade.«

»Rechnet nicht mit mir.«

»Was?«

»Ihr sollt nicht mit mir rechnen.«

Es wurde still am Tisch.

»Was willst du damit sagen?«

»Dass ich die Wohnung nicht will.«

»Was meinst du, Magda?«, sagte Ricardo und sah seine Frau an, die gerade mit der Torte aus der Küche zurückkam. »Ist unser Sohn ein Idiot, oder tut er nur so?«

»Bitte, Ricardo, wir feiern doch heute.«

»Sag's mir, ist er ein Idiot, oder tut er bloß so?«

»Verdammt, Papa, ich will mir keine Wohnung kaufen.«

»Weder verdammt noch sonst was! Hier wird nicht geflucht! Mein Gott, nicht zu fassen.« Ricardo wappnete sich mit Geduld: Er rückte die Brille zurecht, stützte die Ellenbogen auf den Tisch und legte das Kinn in die Hände. »Willst du mir sagen, dass du auf eine Investition verzichtest, die die Chance deines Lebens ist? Ist es das, was du mir sagen willst?«

»Nein, ich sage dir, dass ich mir jetzt keine Wohnung kaufen möchte. Mehr sage ich nicht. Dass ich mich nicht verschulden werde.«

»Magda«. Ricardo sah wieder seine Frau an. »Ist es möglich, dass wir einen derart hirnlosen Sohn haben? Ich schwöre dir, dass mir das einfach nicht in den Kopf will, wo er doch so schlau wirkt. Sieh mal, Miguel«, sagte er und wandte sich seinem Sohn zu, »wenn du nicht in der Wohnung wohnen willst, kaufst du sie und verkaufst sie später wieder, kapierst du das? Scheinbar kapierst du's nicht, aber ich erkläre es dir gerne noch mal von vorne: Mein Partner und ich haben eine Kooperative auf die Beine gestellt, deren Aufbau uns viel Zeit, Kraft, Verwaltungsaufwand und Kontakte gekostet hat. Diese Wohnungen stellen für jeden, der halbwegs geradeaus gucken kann, eine sehr gute Investition dar, aber du sagst einfach Nein. Der feine Herr möchte keine Wohnung! Der feine Herr verzichtet auf Kredite! Der feine Herr ... Der feine Herr ... Der ...« Ricardo verschluckte sich und schlug auf den Tisch. »Darf man vielleicht erfahren, für wen du dich hältst und was zum Teufel in dich gefahren ist?«

Der Schlag ließ die Baiser-Torte erzittern, und Miguel zitterte auch, aber noch bevor jemand etwas sagen konnte, klingelte Diegos Handy, und er ging dran.

»Nerea gratuliert dir herzlich«, sagte er, als er auflegte.

»Kann ich aufstehen?«, fragte Miguel.

»Du kannst tun und lassen, was du willst.«

In seinem Zimmer warf er sich aufs Bett und kauerte sich wie ein Embryo zusammen. Sein Blick fiel auf das *Star-Wars*-Poster an der Wand. In seinem Kopf ertönte Darth Vaders Stimme: »Ich bin dein Vater.« Er drehte sich um und betrachtete sein Zimmer. Alles war noch genauso wie vor seinem Auszug.

»Wie ich mich darauf freue, wenn ihr endlich auszieht, dann mache ich alles so, wie ich es will, ich hab die Nase voll«, hatte seine Mutter immer gesagt. In Diegos Zimmer wollte sie den Hometrainer stellen und in Miguels die Nähmaschine. Doch sein Bruder hatte schon vor zwei Jahren geheiratet, er selbst wohnte seit Anfang Januar in der Mansarde, und alles war unverändert geblieben, so, als wären sie nie weggegangen und könnten jeden Moment zurückkommen.

»Kann ich reinkommen?«

»Nein.«

Magda kam herein, setzte sich aufs Bett und strich ihm übers Haar. Miguel wollte nicht wie ein Fünfjähriger behandelt werden und drehte sich weg.

»Warum bist du so zu deinem Vater?«

Er antwortete nicht.

»Er will nur das Beste für euch.«

»Er will nur das Beste für sich.«

»Warum sagst du das?«

»Weil er immer nur will, dass die Geschäfte gut laufen.«

»Das stimmt nicht, Miguel, sag so was nicht.«

»Will er etwa mit einer Wohnung, die ich bezahlen muss, seine Schuld begleichen?«

»Dein Vater muss keine Schuld begleichen, denn er muss sich für nichts schuldig fühlen.«

»Nein, warum auch?«

»Dafür, dass er sich für euch abgerackert hat, soll er sich dafür schuldig fühlen?«

Nein, Mama, täusch dich mal nicht, wer sich für uns abgerackert hat, bist du. Wer sich um uns gekümmert hat, bist du, und wer Nacht für Nacht darauf gewartet hat, dass Papa nach Hause kommt, bist du.

Schweigend drehte Miguel sich zur Wand und betrachtete die Kratzspuren, die er als kleiner Junge hinterlassen hatte, wenn sein Vater nicht aus dem Büro nach Hause kam. Miguel hatte damals bis in die frühen Morgenstunden wach gelegen und mit den Fingernägeln die Wandfarbe abgekratzt, während er hörte, wie die Uhr im Wohnzimmer schlug: Halb zwei. Zwei. Viertel nach zwei. Drei. Halb vier. Daher der merkwürdige Zwang, die Zeit unter Kontrolle zu haben. Nachts schlug er die Zeit damit tot, auszurechnen, wie viele Stunden Schlaf ihm noch blieben. Denn er konnte nicht einschlafen, bevor er nicht hörte, wie sich die Zugseile des Aufzugs in Gang setzten und sich der Schlüssel im Schloss drehte – egal, ob er in der ersten Stunde eine Prüfung hatte oder in einem Fußballspiel Kopf und Kragen riskieren würde. »Euer Vater hat so viel Arbeit«, sagte Magda dann morgens. Ständig musste sie ihn rechtfertigen.

»Ärgere dich nicht, Schatz, in die Baubranche zu investieren kann nie schaden.«

»Das glaubt er.«

»Nein, Miguel, das glaubt nicht nur dein Vater, die ganze Welt weiß, dass das Geld da gut investiert ist.«

»Ist mir egal, was die ganze Welt denkt. Glaubst du denn, ich hab gar nichts gelernt? Was ich nicht will, ist das, was ich bei euch gesehen habe, Mama: Ihr habt diese Wohnung und die am Strand, und eure Jahre gehen mit dem Abbezahlen von Schulden dahin. Ich weigere mich, so zu leben. Wann begreift ihr das endlich mal!«

»Ich dulde diese Vorwürfe nicht, Miguel, ich dulde sie nicht! Wir verbringen unser Leben damit, euer Studium, eure Kleidung, euer Essen und alles andere zu bezahlen, und du redest, als hätten wir etwas Schlechtes getan. Schön, dass du das Leben hier in Cambria genossen hast, und schön, dass du Spaß hattest, wenn wir nach Salinas gefahren sind! Außerdem liebst du es, mit deinem Freund Pecu Skifahren zu gehen, oder? Und rate mal, wieso das möglich ist? Weil sein Vater ein Appartement im Skigebiet gekauft hat. Also komm mir nicht mit solchem Blödsinn wie: ›Unsere Jahre gehen dahin mit dem Abbezahlen von Schulden.‹ Wir haben alles für euch getan, begreif du das endlich mal!«

Ihr Ton beunruhigte Miguel. Er hatte seine Mutter noch nie so wütend erlebt.

»Es tut mir leid, Mama, wenn dich ärgert, was ich sage, aber ich möchte die Wohnung nicht.«

»Es ärgert mich nicht, dass du sie nicht willst, Miguel, das ist mir egal. Was mich ärgert, ist, dass du es später bereuen wirst, weil du immer erst das eine sagst und später das andere.«

»Ich werde es nicht bereuen.«

»Gut. Denk ein paar Wochen darüber nach, und dann sprechen wir noch mal darüber«, beendete Magda das Thema. »Um wie viel Uhr kommt Pecu?«

»Um sechs.«

»Brauchst du das Auto?

»Ja.«

»Aber dir ist schon klar, dass das Auto auch ein Besitz ist?«

»Es reicht, Mama.«

»Stimmt, es reicht. Ich habe die Nase auch voll von dir. Ihr macht mich noch alle verrückt, alle zusammen.« Magda stand vom Bett ihres Sohnes auf. »Ich hab dir den Schlüssel und den Garagenöffner auf die Kommode am Eingang gelegt.«

»Okay.«

»Und macht keinen Mist.«

»Mama, bitte, wir sind keine Kinder mehr.«

»Okay, also macht keinen Mist.«

Er fuhr langsam durch die Hauptstraße der Siedlung, die von herbstlich gestutzten Bananenstauden und entlaubten Pappeln gesäumt war. Auf dem begrünten Mittelstreifen zwischen den Fahrbahnen sah er riesige Tannen und immergrüne Büsche. Die Gärten waren so gepflegt, dass sie fast künstlich wirkten. Rechts und links der breiten Bürgersteige verliefen kleine Bewässerungsgräben für die Bäume, und dahinter begannen die Wohnanlagen mit Schwimmbad und Gemeinschaftsflächen. Dicke Hecken schützten die Privatsphäre der Eigentümer.

Das war Cambria: ein Wohngebiet am Rande der Stadt, zu schön, zu langweilig und zu weit weg vom lauten Treiben des Stadtzentrums, wo man an jeder Ecke eine Bar fand, ins Kino oder Museum oder in eine Kneipe gehen konnte. Wieso sollte er sich in Cambria eine Wohnung kaufen, wenn es ihn überhaupt nicht reizte? Die Siedlung, die für seine Eltern den Fortschritt symbolisiert hatte, bedeutete für ihn nur Vergangenheit. Die Altstadt mit ihren engen Gässchen, wo er jetzt wohnte, verband er mit Gegenwart und Zukunft. Was zum Teufel sollte er mit einem Apartment in einer Wohnanlage mit Garten? Miguel war fasziniert von der Stadt.

Als er in den Kreisverkehr einbog, um die Straße zum Flughafen zu nehmen, dachte er an den Tag, an dem er beschlossen hatte, aus Cambria wegzuziehen. Es war jetzt gut ein Jahr her, dass Pecu mit Leopoldos Auto zum Flughafen gefahren war und ihm zum Abschied aus dem Autofenster zugenickt hatte. »Tschüss! Tschüss!«, hatte Miguel geantwortet. Er hatte am Eingang der Siedlung gestanden und gewinkt. Und auf einmal hatte er seine Umgebung nicht mehr wahrgenommen, sondern sich auf einer Holzbank vor Gericht sitzen sehen. Ein kleiner dürrer Mann im schwarzen Talar und mit weißer Perücke blickte ihn über seine Brillengläser hinweg an.

»Nun, Miguelito«, sagte der Mann in Schwarz mit einer flötenartigen Stimme und ging im Saal auf und ab. »Als Sie dreiundzwanzig waren, ist Ihr bester Freund nach Austin gegangen, auf die Ranch des Freundes seiner Mutter. Wissen Sie, wo Austin liegt? In den USA, in Texas. Weit weg. Sehr weit weg. Richtig weit weg von Cambria, Pecus Freunden, seiner Familie. Aber Ihren Freund hat das nicht abgehalten, und er fuhr hin, um zu reiten, neue Leute zu treffen, Englisch zu lernen, Amerikanerinnen flachzulegen und die Welt zu entdecken … Und Sie, verraten Sie mir, was Sie in dieser Zeit getan haben? Sie sind zu Hause bei Ihren Eltern geblieben. Warum?« Der Mann streckte den Arm aus und zeigte mit dem Zeigefinger auf Miguel. »Weil Sie ein Feigling sind.«

Er hasste ihn. Er hasste den Mann im Talar mit seiner abstoßenden Stimme. Miguel war von der Anklagebank aufgestanden, hatte sich auf ihn gestürzt und ihm ein paar Faustschläge auf seine beschissene kleine Nase versetzt.

»Wer hat jetzt Angst, wer?«, hatte er geschrien, als er auf dem kraftlosen, abgemagerten Körper des Juristen saß, während das Publikum im Gerichtssaal zu applaudieren begann. »Wer ist jetzt der Feigling? Wer?«

Als er wieder in die Wirklichkeit zurückgekehrt war, hatte er auf dem Bürgersteig gekniet, Leopoldos Auto war nicht mehr zu sehen und nur das Brummen des Rasenmähers in der Ferne zu hören gewesen. Leicht benommen war Miguel aufgestanden, und genau in diesem Moment war ihm klar geworden, dass seine Tage in Cambria gezählt waren. Er hasste das schmächtige Männchen, denn er wusste, dass es recht hatte. Er konnte nicht länger hinter den Heckenzäunen leben, die den Ort, wo er aufgewachsen war, von der Außenwelt trennten.

Als er jetzt zum Flughafen fuhr, schwirrten verschiedene Bilder durch Miguels Kopf, die sein Leben in der Stadt in den vergangenen Monaten geprägt hatten: die Arbeit bei der Verwaltungsagentur, die Abschlussarbeit, die Anmietung der Mansardenwohnung, die endlosen Nächte, Claudia. Da war er wieder, ihr Name, und seine Kehle wurde rau. Er nahm den Fuß vom Gaspedal und konzentrierte sich darauf, einen Parkplatz im Parkhaus zu finden.

»Ich hab in letzter Minute noch einen Transatlantikflug reinbekommen«, hatte ihm Leopoldo drei Tage zuvor am Telefon gesagt. »Ich bin nicht vor Freitagnacht zurück, und Pecu landet um sechs Uhr abends. Könntest du ihn abholen?«

Flughäfen waren Miguel unheimlich. Sie waren zu groß und zu bombastisch, und da er kurzsichtig war, konnte er die winzigen, im Zehnsekundentakt weiterblätternden Buchstaben auf den Anzeigetafeln nicht erkennen. Er hatte Angst, sich in den Gängen zu verirren oder die Durchsagen nicht zu verstehen, wenn die Trolleys laut über den Marmor ratterten, und außerdem mochte er die durcheinanderwuselnden Menschen nicht. Er wusste nie, ob sie sich vor Trauer oder vor Freude weinend umarmten, ob sie weggingen oder gerade ankamen, ob sie in ihrem Koffer Kleidung, Drogen oder Erinnerungen hinter sich herzogen. Dennoch hatte es ihn riesig gefreut, dass Leopoldo ihn gebeten hatte, seinen Sohn bei dessen Rückkehr aus Austin abzuholen.

In fünfzehn Minuten sollte das Flugzeug landen, und Miguel wartete am Ausgang direkt hinter der Absperrung. Eine Familie rührte sich ebenfalls nicht von der Stelle, sie hielt ein Schild hoch, auf dem in großen bunten Buchstaben *Welcome Home, Andrea!* stand.

Wer wohl Andrea war? Es konnte jede x-beliebige Frau sein, sogar die Frau seines Lebens. »Wir haben uns auf dem Flughafen kennengelernt«, würde sie später zu ihren Freunden sagen, »und ich fand ihn unwiderstehlich.« Warum nicht? Miguel, der Unwiderstehliche.

Er lachte über seine eigene Blödheit und sah auf die Uhr. Noch zehn Minuten, bis das Flugzeug aus den USA landen sollte. Er war nervös. Vielleicht hätte er auch ein Schild für Pecu machen sollen, schließlich freut sich jeder über so eine Begrüßung. Neun Minuten. Achteinhalb Minuten. Acht Minuten.

Miguel verließ seinen Platz direkt an der Absperrung, lief zur Toilette und holte sich ein großes Stück Klopapier. Er zeichnete einen Bierkrug mit Schaum darauf und schrieb darüber: *Welcome to Mateo's Bar!* Dann band er sich das Papier um die Stirn, knotete es so gut es ging an der Seite fest und schaute in den Spiegel. Mein Gott, wie bescheuert! Mit einem Lächeln verließ er die Toilette, stellte sich wieder in die erste Reihe vor der Absperrung und wartete. Endlich gingen die Türen auf.

Eine Gruppe von Ausländern in Sandalen und Tennissocken erschien. Nach Miguels Ansicht übertrafen sie jedes Klischee, jede Kopie, jedes Souvenirfigürchen. Die Türen gingen zu. Sie gingen wieder auf. Ein junges Pärchen mit einem vollen Gepäckwagen kam heraus. Ohne einander zuzuhören, führte es eine völlig sinnlose Diskussion. Miguel beobachtete sie und dachte sich, wie unsinnig die ganze

Reise gewesen sein musste, geradezu lachhaft. Die Türen gingen wieder zu. Als sie erneut aufgingen, kam eine Familie mit einem narkotisierten Hund in einem Käfig heraus, aber Miguel blieb keine Zeit mehr, weiter seinen Gedanken nachzuhängen, denn genau hinter ihnen erschien Andrea, ein Priester von mindestens siebzig Jahren. »Welcome home, Andrea«, murmelte Miguel.

Und Pecu? Er wurde langsam unruhig. Die Türen gingen auf, und er sah die Besatzung herauskommen, aber wo war Pecu?

»Miguelón!«, hörte er jemanden rufen.

Woher …? Er drehte sich um und sah seinen Freund am Ende des Ganges. Er zog einen Koffer hinter sich her und rannte auf ihn zu. Mann, freute er sich! Endlich. Endlich!

»Hey! Herzlichen Glückwunsch, Champion!« Pecu umarmte ihn so heftig, dass er ihn hochhob. »Was hast du da um den Kopf, du Blödmann?«, sagte er mit Blick auf das beschriftete Klopapier, bevor es zerriss und herunterfiel.

»Nichts, wir sind mit den anderen bei Mateo verabredet.«

»Cool, ich sterbe für ein Bier!«

»Wir sind mit anderen bei Mateo verabredet« und »Ich sterbe für ein Bier.« Dieselben Sätze wie immer, stellte Miguel erleichtert fest, obwohl sein Freund nach über einem Jahr im Ausland gerade erst gelandet war.

»Wieso bist du aus einem anderen Ausgang gekommen?«, fragte er, als sie zum Parkplatz gingen, um das Auto zu holen.

»Weil sie den Ausgang in letzter Minute geändert haben, aber du bist auf Flughäfen ja immer so nervös, dass du nichts mitbekommst.«

Er kannte ihn wie einen Bruder.

Freitagabends, nach dem studentischen Trubel, verwandelte sich Mateos Kneipe in eine Bar, in der sich die Männer zum Dominospielen trafen und die Frauen bei einem Snack eine Partie des Kartenspiels Brisca spielten. Es roch nach Zigarren und ältlichem Parfüm, und statt Bier servierte Mateo Sahnelikör und Sol y Sombra, ein Mixgetränk aus Anis und Weinbrand, in Likörschalen.

»How are youuuu?«, rief er ihnen über den Tresen zu, als er sie hereinkommen sah. »Mariana! Sieh mal, wer da ist!«

»Pecu! Willkommen, mein Lieber!« Mateos Frau kam aus der Küche, trocknete sich die Hände an der Schürze ab und drückte ihnen zwei laute Schmatzer auf die Wangen. »Und dir herzlichen Glückwunsch, Miguel! Fünfundzwanzig, oder?«

»Ja, fünfundzwanzig!«

In Windeseile füllte sich die Bar mit Freunden, die Miguel gratulieren und Pecu willkommen heißen wollten, und nach kurzer Zeit schien es, als wäre sein bester Kumpel nie fort gewesen. Pecu unterhielt sich hier und da und kippte ein Bier nach dem anderen herunter, während er von den kleinen Abenteuern auf der texanischen Ranch seiner Mutter erzählte, zu der er in den letzten Jahren kaum Kontakt gehabt hatte. Als Miguel ihn so sah, ebenso zufrieden über seine Rückkehr wie über seinen Weggang, fiel ihm jener Nachmittag vor vielen Jahren wieder ein, an dem er Pecu gefragt hatte, warum sich seine Eltern hatten scheiden lassen. »Ist halt so«, hatte Pecu geantwortet. Miguel hatte nicht weiter nachgefragt.

»Wie geht es Claudia, Miguel?«

Er verschluckte sich.

»Keine Ahnung, schon lange nichts mehr von ihr gehört.«

»Wieso?«

»Ist halt so.«

»Okay. Möchtest du noch was?«

»Nein, ich geh kurz mal raus.«

»Zieh deine Jacke an, draußen ist es saukalt.«

Er verließ die Kneipe, zündete sich eine Zigarette an und lehnte sich an eine der Fensterbänke.

Ist halt so. Es gab Antworten, die trotz ihrer Kürze alles sagten.

Nach dem Sommer mit der Vespa und der Rückkehr an die Uni war es mit der Beziehung zwischen Pecu und Claudia langsam, aber sicher bergab gegangen. Pecu begann, mit anderen Mädchen anzubandeln, und sagte ihr, dass er sich niemandem verpflichtet fühlen wolle, und ihr schien das nicht allzu viel auszumachen. Manchmal hatten sie wieder etwas miteinander und gingen ein paar Wochen zusammen aus, aber beide merkten, dass ihre Beziehung sich nicht weiterentwickelte. Da sie alle drei denselben Freundeskreis hatten, wurde die im ersten Sommer geschlossene Freundschaft zwischen Miguel und Claudia tiefer, während Pecu und Claudia versuchten, ihre Gefühle füreinander zu klären.

»Hey, Miguel, sag deinem Freund, er soll mich nicht mehr anrufen«, forderte sie ihn auf.

»Warum sagst du es ihm nicht selbst?«

»Weil ich es ihm schon hundert Mal gesagt hab und er mich trotzdem anruft.«

»Dann geh doch nicht dran.«

»Am Ende knicke ich immer ein, weil ich selbst nicht genau weiß, was ich will. Aber es hat keinen Zweck mit Pecu, der macht sein eigenes Ding.«

»Du kennst ihn ja, Claudia.«

»Und du kennst mich. Deshalb sag ihm von mir, er soll gehen, mit wem er will, und mich in Ruhe lassen. Langsam ödet mich diese Geschichte an.«

Während diesem Hin und Her, das mehrere Semester andauerte, lernte Miguel verschiedene Mädchen kennen, in die er sich hätte verlieben können – wenn er nicht jedes Mal nach dem ersten gemeinsamen Wochenende die Flucht ergriffen hätte, weil er glaubte, ersticken zu müssen. Eine von ihnen, die mit den unvergesslichen Leopardenstrümpfen, behauptete: »Dein Problem ist, dass du eine emotionale Behinderung hast, die dir das Leben versauen wird. Du bist einfach unfähig, zu lieben.«

Dummes Zeug! Was Miguel jedoch nicht leugnen konnte, war die Tatsache, dass er nach der Phase der Verführung, in der die Endorphine nur so sprudelten, das Interesse verlor. Seine Beziehungen konnten ein paar Tage, zwei Wochen oder sogar Monate dauern, aber sobald er spürte, dass sie auf das zusteuerten, was er *Den verdammten Wendepunkt* nannte, beendete er sie, ohne mit der Wimper zu zucken. Nicht weil seine Fähigkeit zu lieben gestört gewesen wäre, sondern weil er fürchtete, diesen verdammten Point of no Return zu erreichen, ab dem Beziehungen endlos zu werden drohten. Die Vorstellung, eine Wohnung, ein Zimmer und ein Bett mit einer Frau zu teilen, die ihm so vertraut war, dass er sie komplett durchschaute, war unerträglich für ihn. Und gleichzeitig versetzte ihn die Aussicht in Panik, selbst zu einem gläsernen Partner zu werden. Wenn er jedoch eine Beziehung beendet hatte, litt er wochenlang und verfluchte die Liebe. Er schwelgte in seiner Traurigkeit, die manchmal nur gespielt war, bis eine neue Leopardin am Horizont auftauchte und ihn dazu brachte, sich mit neu aufkeimender Hoffnung auf die Sache einzulassen.

Nachdem Pecu beschlossen hatte, nach Texas zu gehen, bat ihn Claudia eines Tages, einen Pakt zu unterschreiben.

»Du bist mein bester Freund, und sein Weggang bedeutet nicht, dass ich mich auch von dir trenne. Ich will dich nicht verlieren.«

»Ich dich auch nicht.«

»Mit diesem Dokument, das wir jetzt besiegeln«, sagte sie und setzte ihre Unterschrift auf die Rückseite des Etiketts, das Miguel gerade von seiner Bierflasche gelöst hatte, »verpflichten wir uns, uns keinen Freitag allein zu lassen. Die restliche Woche kann jeder machen, was er will, aber die Freitage sind heilig für uns. Egal, was wir vorhaben, jeder plant den anderen mit ein.«

»Abgemacht.« Miguel setzte seinen Namen neben ihren. »Hör mal, Claudia«, fragte er dann, »stinkt es dir nicht, dass Pecu weggeht? Mir nämlich schon.«

»Ach was, mir nicht, es ist besser so. Er liebt mich nicht und ich ihn auch nicht, das haben wir schon lange geklärt.«

Jeden Freitag holte Miguel Claudia mit der Vespa am Möbelladen ab, wo sie nachmittags arbeitete. Wenn sie ihn vor dem Schaufenster parken sah, sprang sie auf und rannte hinaus, um ihn zu umarmen. Dann gingen sie ins Kino, etwas essen oder zum Tanzen in irgendeinen Laden mit guter Musik. Manchmal trafen sie Freunde von ihm, manchmal Freunde von ihr, manchmal verabredeten sie sich mit Kollegen von Miguel und manchmal mit Kollegen von Claudia – und manchmal wollten sie auch gar keine Bekannten treffen, sondern unterhielten sich lieber stundenlang in einem Café über das, was sie in der Woche erlebt hatten, oder sie spazierten durch die Stadt und spielten Spielchen wie

Was wäre ich … Das Spiel ging so: Der eine suchte sich eine Sache aus und stellte dem anderen eine Frage, die mit *Was wäre ich* anfing.

»Was wäre ich, wenn ich ein Wetterphänomen wäre?«

»Ein Sommersturm.«

»Wenn ich ein Getränk wäre?«

»Ein im Eichenfass gereifter Rotwein.«

»Und wenn ich ein Möbelstück wäre? Oder ein Lied? Eine historische Epoche?«

»Spiel vorbei, Claudia, du fragst viel zu schnell und lässt mir keine Zeit, zu überlegen.«

Sie sprachen auch oft über Politik, diskutierten über Filme, die sie gesehen hatten, oder stritten, wenn sie dasselbe Buch gelesen hatten, stundenlang darüber, ob ein Autor überbewertet war oder nicht. An manchen Tagen taten sie gar nichts und verbrachten einfach den ganzen Abend im Parque Grande. Sie nahmen eine Bank am See in Beschlag und saßen schweigend da, betrachteten das Wasser und die Enten, bis einer der beiden ein neues Gespräch begann und sie ihm zum Beispiel von ihrer Großmutter Renata erzählte.

»Meine Großmutter kennt Volkslieder aus allen Jahrzehnten. Sie hat immer ein Lied auf den Lippen.«

»Dann lass mal hören.«

Er musste nicht insistieren. Sofort stimmte Claudia ein Lied an, und Miguel schmunzelte, da sie ziemlich schief sang.

»War das gut?«

»Sehr gut.«

»Lüg nicht, ich singe furchtbar.«

»Ich will mehr davon.«

»Noch eins?«

»Bitte.«

Als sich Miguel von dem Gehalt, das er bei Felipe verdiente, die kleine Mansardenwohnung leisten konnte, war Claudia die Erste, die sie sah. Sie half ihm beim Umzug und machte Vorschläge, wie er die Wohnung kostengünstig einrichten konnte. Sie war das erste Mädchen, mit dem er auf dem Wohnzimmerboden ein paar Biere trank, die Erste, mit der er auf dem von seinem Bruder geerbten Teppich Pizza aß, und die Erste, die auf seinem neuen Sofa einschlief, nachdem es endlich geliefert worden war, während er eine Arbeit für die Verwaltungsagentur fertigstellen musste.

»Los, kleines Murmeltier, ich bin fertig.«

»Hab ich lange geschlafen?«

»Mehr als zwei Stunden.«

Nach einer Weile kam das Gerücht auf, Claudia und Miguel wären ein Paar, und angesichts der Möglichkeit, dass dieses Gerücht den Atlantik überqueren und bis zur texanischen Ranch von Pecus Mutter vordringen könnte, rief Miguel seinen Freund eines Nachmittags an.

»Wir gehen jeden Freitag zusammen aus.«

»Schön für euch, oder?«

»Ja, aber wir sind nur Freunde.«

»Fragst du mich etwa um Erlaubnis? Ich werd dir mal was sagen, Miguel: Niemand gehört niemandem.«

Am anderen Ende der Leitung dachte Miguel einen Moment lang nach. Sein Kumpel war der größte Freidenker, den er kannte. Er war nicht wie er selbst, mit seiner Eifersucht und der beschissenen Unsicherheit, aber man kann auch leicht »Niemand gehört niemandem sagen«, wenn man derjenige ist, der weggegangen ist.

»Miguelón.«

»Was?«

»Nichts, du bist so still.«

»Entschuldige, was hast du gesagt?«

»Ich hab gesagt, du sollst mit deinem Leben machen, was du willst und was dich deiner Meinung nach glücklich macht. Aber pass bei Claudia auf, sie ist ein Magnet.«

Es nervte ihn, dass Pecu von Claudia sprach, als sei er der Einzige, der sie kannte. Auch Miguel wusste um ihre Anziehungskraft, jeder wusste das, ja und? Sie waren Freunde, und die Freundschaft war sein Schutzschild.

»Ich hab dir schon gesagt, dass wir nur Freunde sind.«

»Nur für den Fall.«

Zwei Monate später war Miguel bis über beide Ohren in Claudia verliebt. Er erwischte sich dabei, dass er jede gemeinsame Minute genau Revue passieren ließ, ob sie sich auf die Unterlippe gebissen oder ihr Ohrläppchen berührt hatte, ob es ihr geschmeckt hatte, wenn sie bei ihm probierte, ob sie bei Regen nass werden wollte, es bedauerte, keinen Regenschirm mitgenommen zu haben, oder sogar absichtlich in eine Pfütze getreten war. Manchmal verabredeten sie sich mit Freunden, und Miguel beobachtete, wie sie sich dann verhielt: ob sie über deren Witze lachte, sich wohlfühlte oder lieber nach Hause gehen wollte. Er musste Claudia nur einen Augenblick lang ansehen, um zu wissen, wie es ihr ging, und er gewöhnte sich so sehr an sie, dass es beängstigend war. Nachts wälzte er sich im Bett herum und träumte mit offenen Augen von seiner großen Liebe. Es fühlte sich so an, als schliefe sie neben ihm. Morgens, wenn er das Frühstück zubereitete, glaubte er, die Dusche laufen zu hören. Abends, wenn er auf dem Sofa lag, meinte er, den Schlüssel im Schloss zu vernehmen, und stellte sich vor, wie sie in die Wohnung kam, mit einer Tasche voller leckerer Sachen fürs Abendessen.

Noch nie hatte Miguel jemanden dermaßen geliebt. Er rief die anderen Mädchen, mit denen er ausgegangen war, nicht mehr an, weil er nicht in der Lage war, mit jemand anderem als Claudia zusammen zu sein. Und wenn der Freitag vorbei war, wurde alles noch schlimmer. Von Samstag bis Donnerstag lief er wie ein Zombie durch die Gegend und erledigte gewohnheitsmäßig die alltäglichen Aufgaben, als hätte er einen gewaltigen Kater. Er setzte die Kaffeekanne auf den Herd, ohne Wasser hineingefüllt zu haben, trug verschiedenfarbige Socken und vergaß mehrere Tage hintereinander zu essen. Er sah ständig aufs Handy, ob sie angerufen hatte, las immer wieder die Nachrichten, die sie ausgetauscht hatten, und hörte die Lieder, zu denen sie zusammen getanzt hatten. Manchmal hasste er sie, denn dafür, dass er sie so wenig sah, nahm sie viel zu viel Raum in seinem Leben ein. Jede einzelne Sekunde seiner Zeit widmete er ihr: dieser Frau, die immer wegging, die samstagmorgens immer etwas zu erledigen hatte.

»Warum bleibst du nicht noch, und wir unternehmen etwas?« »Ich kann nicht, ich hab viel um die Ohren.«

Sie ging, weil sie viel um die Ohren hatte, und er war total von der Rolle, weil er immerzu an sie denken musste: *Was hat sie wohl an? Mit wem trifft sie sich? Mit wem telefoniert sie?* Ob ihr das T-Shirt gefallen würde, dass er sich gerade gekauft hatte? Ob sie den Schund, der im Fernsehen lief, gemeinsam ansehen würden, wenn sie bei ihm wäre? Ob sie den Taxifahrer mögen würde? Ob sie mit ihm zu diesem Lied tanzen würde?

Eines Sonntags, nach einem nicht enden wollenden Wochenende, an dem sich die Bilder von Claudia vervielfacht hatten – ihre Bewegungen, ihre Sätze, ihr Lachen, wie sie beim Überqueren der Straße seine Hand genommen hatte, wie sie sich das Haar mit einem Gummiband, das sie am Handgelenk trug, zusammengebunden hatte, wie sie gesagt hatte: »Schade, dass der Freitag schon vorbei ist!« –, schrieb Miguel ihr eine Nachricht, die aus zwanzig Buchstaben, vier Leerzeichen und einem Punkt bestand:

Ich bin in dich verliebt.

Um 16:34 Uhr drückte er auf »Senden«, setzte sich in seiner Mansarde aufs Sofa und wartete. Es vergingen zehn Minuten. Achtzehn Minuten. Eine halbe Stunde. Eine Stunde. Eine Stunde und zwölf Minuten. Er sah zweihundertfünfzig Mal aufs Display und bereute fünfhundert Mal, auf »Senden« gedrückt zu haben. Er wünschte sich inbrünstig, dass die Nachricht irgendwo im Universum verschwinden möge, dass Claudia das Telefon ins Klo gefallen war, dass sie es verloren hatte, dass es geklaut worden war. Ja, er betete, dass es ihr geklaut worden war. Er war so nervös, dass er sein eigenes Handy aus dem Fenster werfen wollte, und vielleicht wäre es das Beste, gleich hinterherzuspringen.

Mitten in der Nacht, um 01:32 Uhr, als Miguel alle Zigaretten dieser Welt geraucht, sämtliche Biere getrunken und jegliche Hoffnung verloren hatte, summte sein Handy, und das Display leuchtete auf. Eine Nachricht von Claudia.

Miguel, ich habe deine Nachricht gelesen und den ganzen Abend darüber nachgedacht, was ich dir antworten kann. Es ist so: Du bist so wichtig für mich, dass ich dich bei mir haben will, dich sehen und wissen möchte, dass ich auf dich zählen kann. Aber ich will nicht alles kaputt machen. Wenn ich mich in dich verliebe, werde ich nicht mehr ich selbst sein können. Immer wenn ich dich sehen werde, werde ich versuchen, dich zu verführen, ich werde meine Worte anders wählen, auf jede Frau eifersüchtig sein und dich nicht mehr so lieb haben wie jetzt, sondern auf eine schmutzigere Art und Weise und weniger frei. Eines Tages werden wir einander verraten, uns Schmerz zufügen, und einer von uns wird leiden. Und das will ich nicht, Miguel, nicht mit dir. Ich werde nicht zulassen, dass ich mich in dich verliebe, weder jetzt noch irgendwann. Ich hoffe, du kannst das verstehen und begehst nicht die Dummheit, aus meinem Leben zu verschwinden, wenn du das hier gelesen hast. Wenn du das versuchst, halte ich dich am T-Shirt fest und lasse dich nicht gehen. Bitte versteh mich. Küsschen. Ich hab dich sehr lieb.

Er las die Nachricht immer wieder, bis die Buchstaben vor seinen Augen verschwammen. Er traute sich nicht, zu blinzeln. Er las die Sätze im Ganzen und dann in Teilen: *Wichtig für mich. Dass ich dich bei mir haben will. Eifersüchtig. Schmutzigere Art und Weise und weniger frei. Einer von uns wird leiden.* Er las sie ein ums andere Mal. *Und das will ich nicht, Miguel, nicht mit dir.* Nein. *Ich hoffe, du kannst das verstehen.* Nein. Er verstand es nicht. *Eines Tages werden wir einander verraten, uns Schmerz zufügen. Bitte versteh mich.* Er verstand gar nichts. *Halte ich dich am T-Shirt fest.* Er verstand es nicht. *Ich hab dich sehr lieb.* Dieses *sehr* verriet sie, sie liebte ihn nicht. *Küsschen.* Er merkte, dass er zitterte, und als er die Augen schloss, um sich zu beruhigen, tropften die Tränen auf das Display seines Handys. Eine unendliche Leere breitete sich in seinem Körper aus, und er rang nach Luft. *Ich werde nicht zulassen, dass ich mich in dich verliebe, weder jetzt noch irgendwann.* Er schaltete das Telefon aus. Er musste raus auf die Straße, an die Luft.

»Komm rein, Miguel, du erfrierst da draußen noch!«

Es hatte zu schneien begonnen.

»Ich komme!«

»*Ich gehe auch hin?* Wie bist du denn auf diese Idee gekommen?«, hörte er Iñaki Pecu fragen, der von seinem Masterstudium in den USA erzählte.

»Ich musste eine Hausarbeit für ein Seminar über soziale Netzwerke abgeben und hatte ein paar verrückte Tage hinter mir, weil in Austin gerade drei coole Konzerte stattfinden sollten. Unsere Kohle reichte nur für eins, und wir konnten uns nicht einigen, auf welches wir gehen sollten. Da hatte ich einen Geistesblitz, ich weiß auch nicht, wieso. Ich hab einen Blog eröffnet, ihn *Ich gehe auch hin* genannt und die Informationen reingeschrieben, die ich über die drei Events gesammelt hatte, plus meine persönlichen Argumente für eines davon. Ich bat meine Freunde, es zu lesen, und wir eröffneten ein Diskussionsforum, das uns bei der Entscheidung helfen sollte. Jeder sollte Infos über das von ihm favorisierte Konzert zusammentragen, objektive und subjektive Argumente sowie Hilfreiches bezüglich Erreichbarkeit, Restaurants, nahe gelegenen Bars und Alternativen. Der Blog funktionierte, und unabhängig von der Hausarbeit beschloss ich, ihn weiter zu betreiben. Jetzt enthält er Veranstaltungen für die nächsten sechs Monate.«

Miguel bemerkte, dass in der Kneipe kein Mucks mehr zu hören war außer Pecus heller Stimme. Sogar Mateo hatte aufgehört, die Gäste an den Tischen zu bedienen, und hörte zu, die Arme auf den Tresen gestützt.

»Schreibst du nur über Konzerte?«, fragte Alex.

»Ich hab auch Kinofilme, Theater und Festivals mit reingenommen. Wer sich beteiligen will, muss sich im Blog anmelden und bei dem Event, zu dem er gehen möchte, *Ich gehe auch hin* eintragen. So bilden sich verschiedene Fan-Communitys zu den jeweiligen Kulturbereichen. Dann vereinbaren wir einen Treffpunkt, um gemeinsam hinzugehen, und abgesehen davon, dass wir so durch Gruppenrabatte Geld sparen, lernen wir auf diese Weise einen Haufen Leute aus verschiedenen Städten kennen, die dann wiederum mithelfen, indem sie über Events in ihren Wohnorten informieren.«

»Eine Frage«, unterbrach Alex noch einmal. »Bekommst du Geld für deine Erfindung?«

»Vor Kurzem haben wir Lokalwerbung schalten können, und wenn alles so läuft, wie ich hoffe, werde ich die Idee eines Tages an eine große Firma verkaufen und mich dumm und dämlich verdienen.«

Pecu hatte es einfach im Blut. Miguel erinnerte sich daran, wie sein Freund mit neun Jahren sein Kindermädchen gebeten hatte, für eine ganze Mannschaft Essen zu kochen, unter dem Vorwand, es finde ein Fest im Gemeindesaal der Siedlung statt. Er hatte der Filipina in den Ohren gelegen: »Aber dein Essen, das aus deinem Land.« Als sie fertig war, hatte er alles in Plastikschüsseln gefüllt und es runter zum Schwimmbad getragen. »Das Geheimnis der Philippinen, Ihr Körper dankt es Ihnen!«, hatte er gerufen und das Essen mit so viel Witz und Charme angepriesen, dass am Ende die gesamte Nachbarschaft anstand. Pecu war gut darin, alles Mögliche zu verkaufen: Sammelbilder, Mitschriften aus der Schule, diverse Fahrradteile und auch Leopoldos Schallplatten. Er hätte seine eigene Mutter verkaufen können, wenn sie in der Nähe gewesen wäre.

»Habt ihr kein Zuhause, oder was?«

»He Mateo, schmeißt du uns raus?«

»Genau. Ich schmeiße euch jetzt raus – wir stehen seit sieben Uhr früh in der Küche. Also, auf geht's, alle raus hier!«

Sie stiegen ins Auto, und Miguel fuhr bis Cambria, um Pecu nach Hause zu bringen. Doch als sie schon im Viertel waren, beschlossen sie, noch auf einen Absacker zum *Boss* zu fahren. *Der Boss* war der einzige Laden in der Gegend, der bis zum frühen Morgen geöffnet hatte. Es war auch der Laden, in dem die jungen Leute alles zum ersten Mal taten: vom Besäufnis übers Vögeln bis zum Drogenkonsum auf den Toiletten. »Wenn es euren Eltern egal ist, wieso sollte es mir dann nicht egal sein«, pflegte der Besitzer zu sagen. Sie setzten sich an einen ruhigen Tisch ganz hinten.

»Pecu?«

»Was?«

»Nichts.« Die Frage brannte Miguel schon länger unter den Nägeln, aber er wusste nicht, ob Pecu darüber sprechen wollte.

Sein Freund nahm einen Schluck Cuba Libre.

»Du willst wissen, wie es mit meiner Mutter war, stimmt's?«, sagte er. »Du versuchst schon den ganzen Abend, mich danach zu fragen.«

»Ja, stimmt schon.«

Sie hatten nur selten über sie gesprochen, aber Miguel erinnerte sich noch genau an die Gerüchte, die in der Siedlung die Runde machten, als er noch klein war. Es hieß, Leopoldo hätte ein Vermögen für die Penthousewohnung und noch mal so viel für die Modernisierung bezahlt, die gut sechs Monate gedauert hatte. Die Nachbarinnen verbrachten ihre Nachmittage damit, durch die Gardinen der Küchenfenster zu schauen, während Leopoldo zusammen mit dem Architekten die Baumaßnahmen auf der Terrasse beaufsichtigte. Eine Frau war nie dabei.

»Er ist ein Don Juan, was sonst«, hörte Miguel die Leute tratschen. Und als Leopoldo dann eines Tages mit einem Schwimmring in der einen und einem vierjährigen Kind an der anderen Hand am Schwimmbad auftauchte, trauten die Nachbarn ihren Augen kaum. »Der kommt hier mit einem Kind an, jetzt reicht's aber.«

Leopoldo nahm Pecu jeden Sommer mit in die USA und brachte ihn zu seiner Mutter, aber als der Junge alt genug war, alleine zu reisen, flog er nicht mehr hin, weil er sich nicht von seinem Vater trennen wollte. Daher war Miguels Verwunderung groß gewesen, als Pecu von einem Tag auf den anderen entschieden hatte, ein Jahr in Austin zu studieren und Leopoldo alleine zurückzulassen. Leopoldo, offenkundig tieftraurig, begann, ausgedehnte Spaziergänge durch Cambria zu unternehmen.

»Ich habe den Eindruck, dein Vater hat es schwergenommen.«

Als Pecu Miguels Bemerkung hörte, zog er bedächtig an seiner Zigarette und fing gedankenverloren an, die Dinge auf dem Tisch zu ordnen. Er legte das Feuerzeug auf die Zigarettenpackung, den Aschenbecher schob er in die Tischmitte, und die Gläser stellte er auf die Bierdeckel, als könnte er auf diese Weise Ordnung in seine Gedanken bringen.

»Mein Vater war immer ein Gott für mich«, sagte er schließlich. »Er ist das Wichtigste auf der ganzen Welt für mich, und ich liebe ihn über alles. Aber vor einiger Zeit habe ich gelernt, dass es keine Götter gibt.«

Pecu ließ den Blick zum Fenster des Etablissements schweifen. Es schneite schon eine Weile, und die Schneeflocken hatten eine zwei Zentimeter dicke Schicht auf der Fensterbrüstung gebildet.

»Er hat mir immer erzählt, dass er eines Abends nach Hause gekommen sei und meine Mutter wäre fort gewesen, einfach so. Ich war an dem Tag bei meiner Großmutter, sodass ich nie erfuhr, was passiert war, und die Geschichte meines Vaters erschien mir glaubwürdig. Sie hatte keine

Lust mehr auf uns und war gegangen.« Er sah Miguel an und brachte ein schwaches Lächeln zustande.

»Hast du dich nicht gewundert, dass sie dich nicht mitgenommen hat?«

»Nein. Wenn du vier bist, wunderst du dich über gar nichts. Du hältst das, was ist, für normal, und für mich war es normal, dass sie weg war. Eines Nachts erzählte mir mein Vater, wie sie sich ineinander verliebt hatten. Sie verbrachten den Sommer beim Zelten in der freien Natur, badeten nackt im Meer, aßen frische Tomaten und Salat, sangen Lieder zur Gitarre und schauten zusammen in den Sternenhimmel. Alles total romantisch – bis ich geboren wurde und die Idylle zerbrach. Bum! Mein Vater wurde zu dem Spießer, der schon immer in ihm gesteckt hatte, ließ verlauten, seinem Sohn solle es an nichts fehlen und er habe nicht vor, ihn in einem Zelt großzuziehen. Schließlich zogen sie in die Stadt, und meine Mutter erstickte fast an diesem konventionellen Leben. Sie wollte kein Leben, das daraus bestand, das Abendessen vorzubereiten und darauf zu warten, dass mein Vater von seinen Reisen zurückkehrte. Eines Abends brachte sie mich zu meiner Großmutter, und anstatt das Abendessen zu machen, packte sie die Koffer und verschwand. Mein Vater kaufte die Wohnung hier in Cambria und begann ein neues Leben. Ich habe nie gesehen, dass er um sie geweint hätte, ich bin sicher, dass er sie nie geliebt hat. Einmal habe ich ihn gefragt, warum er nicht traurig war, und er hat geantwortet, er leide nur wegen mir. Auf das Sorgerecht hat sie verzichtet.«

»Und dann ist sie nach Austin gezogen?«

»Als sie fortging, war sie schon in einen Texaner verliebt. Ein amerikanischer Millionär, dem sie jetzt paradoxerweise jeden Abend das Essen zubereitet. Er wollte sich nie mit einem Kind belasten, deshalb hat sie mich nicht mitgenommen. Lange Zeit habe ich die Liebe, die meine Mutter für ihn empfand, idealisiert. Wie kann ein Gefühl so stark sein, dass jemand alles zurücklässt, sogar einen Sohn von vier Jahren?«

»Aber eines verstehe ich nicht, Pecu. Als du alt genug warst, um alleine zu reisen, wolltest du nie zu ihr. Warum bist du dann letztes Jahr auf einmal hingeflogen?«

»Ich weiß nicht genau. Ich glaube, ich war auf der Suche nach dem Beweis, dass wahre Liebe wirklich existiert. Aber vergiss es, Miguel, das ist eine Farce. Noch nicht einmal die beiden halten es miteinander aus. Sie kann weder sein Übergewicht ertragen noch seine deplatzierten Witze noch seine Bierfahne. Und er hasst ihre schlechte Laune und dass sie ihn permanent daran erinnert, dass sie mich seinetwegen zurückgelassen hat. Ich würde sagen, sie hassen sich, wagen aber nicht, es zuzugeben, weil sie sich aneinander gewöhnt haben und in ihrer Beziehung gefangen sind.«

Pecu rührte die Eiswürfel mit dem Finger um, und Miguel nahm einen Schluck aus seinem Glas. Einen Moment lang schwiegen sie. Es lief *No surprises* von Radiohead.

»Weiß du was?«, sprach Pecu weiter, als das Lied zu Ende war. »Die Liebe ist eine Lüge, ein Zustand, bei dem Realität und Fiktion durcheinandergeraten und der uns zu Betrügern macht. Wir lieben, ohne zu wissen, wen wir lieben, noch wer wir sind. Wenn wir verliebt sind, passen wir uns unserem Partner so weit an, dass wir am Ende sogar gemeinsam denken, ohne uns darüber bewusst zu sein, ob wir dabei uns selbst treu bleiben. Wir sind dazu fähig, uns die Neigungen des anderen zu eigen zu machen, seine Lektüren und seine Art, das Leben zu sehen, und nach und nach verlieren wir dabei uns selbst. Auf diesem Weg kommt uns auch die Leidenschaft abhanden, und wir hören auf, verliebt zu sein. Doch was tun wir? Wir wollen es nicht wahrhaben, denn das würde das Ende der Beziehung bedeuten, und wir klammern uns an unsere glückliche Zeit, in dem naiven Glauben, sie könnte zurückkommen. Eines Nachts schauen wir in den Spiegel und fragen uns, wer wir sind und wer wir vor unserer Beziehung waren, und den meisten Leuten gefällt nicht, was sie sehen, aber sie wischen das Spiegelbild mit einer Handbewegung weg und gehen wieder ins Bett.«

Donnerwetter, Pecu war richtig philosophisch aus Austin zurückgekehrt!

»Ist dein Vater schon zurück?«, fragte Miguel, als sie wieder im Auto saßen.

»Ich glaube schon«, antwortete Pecu und lehnte sich aus dem Fenster. »Im Wohnzimmer brennt Licht, bestimmt ist Damián bei ihm. Na dann«, sagte er, stieg aus und holte sein Gepäck aus dem Kofferraum. »Wir sehen uns morgen auf der Party.«

»Bis morgen.«

Bevor er losfuhr, hupte Miguel. »Hey!«

Pecu drehte sich um, weil er glaubte, er hätte etwas im Auto vergessen. »Was?«

»Nichts, ich freue mich nur, dass du wieder da bist.«

»Hau endlich ab, Mann!«

»Tschüss.«

»Bis morgen.«

Während er abwartete, dass Pecu durch den Garten ins Haus ging, drehte Miguel sich eine Zigarette. Ja, er hatte ihn vermisst. Sehr sogar. Er hatte schon lange keinen so schönen Abend mehr verbracht, erst in der Kneipe mit den Kollegen und dann im *Boss*, alleine mit Pecu, bis in die frühen Morgenstunden. Es war ein toller Tag gewesen, und dennoch war er besorgt. Sein Freund kam ihm trotz seiner scheinbar kraftvollen Ausstrahlung emotional geschwächt vor. »Mein Vater war immer ein Gott für mich, aber vor einiger Zeit habe ich gelernt, dass es keine Götter gibt.« Etwas an diesem Gedanken beunruhigte Miguel. »Das Leben ist nicht wie im Film«, hatte er Pecu im *Boss* resigniert sagen hören, als spräche er zu sich selbst. Und er hatte recht, das Leben war nicht wie im Film, aber das wusste jedes Kind.

Miguel zündete die Zigarette mit dem Zigarettenanzünder an, nahm einen tiefen Zug und sah zur Penthousewohnung hinauf. Was er sah, ließ ihm fast das Herz stehen bleiben. Verdammte Scheiße! Was war das? Was zum Teufel war das?

»Bestimmt ist Damián bei ihm«, hatte Pecu gesagt. Scheiße! Jetzt verstand er, warum Leopoldo nicht gelitten hatte, als Pecus Mutter gegangen war. »Ich bin sicher, dass er sie nie geliebt hat.« Logisch! Jetzt begriff Miguel, warum sein Freund von einem Tag auf den anderen gegangen und Leopoldo damals monatelang so untröstlich gewesen war.

Auf Leopoldos Reisen gab es weder Frauen in Tangas noch oben ohne noch Jacuzzis mit nackten Tussis. Er stand auf Typen! Deshalb hatte Pecu gesagt, dass sein Vater ein Gott für ihn gewesen war, bis ihm klar geworden sei, dass es gar keine Götter gebe. Denn das hier war etwas völlig anderes, als dass sich deine Eltern einfach nicht mehr liebten – verdammt, etwas völlig anderes! Miguel war so aufgewühlt, dass er sofort das Weite suchen wollte.

Er raste wie ein Irrer über die Hauptstraße und bog in Richtung Stadtzentrum ab. Sein Puls überschlug sich fast. In seiner Straße angekommen, parkte er schwungvoll ein, rannte zum Hauseingang, schloss die alte Tür auf und stapfte, etwas ruhiger geworden, langsam die Stufen hinauf. Auf den Treppenabsätzen hielt er jedes Mal kurz inne, um die Gedanken, die ihm durch den Kopf gingen, zu sortieren.

Im ersten Stock stieg ihm bei der Erinnerung daran, wie er sich in Gedanken an Leopoldos Frauen einen runtergeholt hatte, die Schamesröte ins Gesicht. Er fühlte sich aufs Übelste verraten und schwor, ihm das nie zu verzeihen. Im zweiten Stock konnte er dann auf einmal Verständnis für seine Situation aufbringen. Im dritten hasste er ihn abgrundtief. Im vierten warf er sich vor, dass er nicht früher kapiert hatte, was es mit Damián auf sich hatte, dem Freund, der nicht von Leopoldos Seite wich. Im fünften tat ihm Pecu leid, und er empfand tiefe Zuneigung zu seinem Freund.

In der Wohnung ging er direkt zum Kühlschrank, öffnete eine Dose Bier und beschloss, Pecu eine Nachricht zu schreiben.

Pecu, ich weiß über deinen Vater Bescheid. Es tut mir leid. Nein, das klang wie Beileid.

Pecu, Kollege, ich bin da, wenn du mich brauchst. Nein, das klang, als läge jemand im Sterben.

Pecu, Alter, dein Vater bleibt ein Held für mich, und ich hoffe, für dich wird er das eines Tages auch wieder.

Pecu, Alter, was zum Teufel soll ich dir sagen?

Pecu, so was passiert.

Pecu, wir schaffen das.

Pecu, Damián ist okay.

Er schrieb und löschte, schrieb und löschte, schrieb und löschte.

Pecu, Gott sei Dank bist du wieder da. Er drückte auf »Senden«.

Zehn Minuten später kam die Antwort: *Was zum Teufel ist los mit dir? Du bist irgendwie komisch.*

Ich bin komisch? Das überlass ich deinem Vater.

Da hast du recht. Der ist noch komischer als du, und das will was heißen. Ich hau mich aufs Ohr. Schönen Geburtstag noch.

Miguel starrte aufs Display und wartete auf einen Hinweis, der seine Vermutung bestätigte. Er brauchte ein Zeichen, irgendetwas, das ihm erklärte, wer Leopoldo wirklich war.

Das Handy piepte. Noch mal Pecu. Gut. *Morgen, Samstag: Party bis zum Umfallen. Nur das zählt!*

Blöd, das erklärte gar nichts. Miguel ließ sich aufs Sofa fallen und ging ihr Gespräch im *Boss* noch mal durch. »Die Liebe ist eine Farce und macht Betrüger aus uns«, hatte Pecu gesagt. Aber wen meinte er damit? Leopoldo? Damián? Seine Mutter und den Texaner? Seine eigenen Eltern, Magda und Ricardo? Miguel hatte in fünfundzwanzig Jahren noch nie erlebt, dass sie sich auf den Mund küssten oder länger umarmten, nicht einmal im Bad hatte er sie nackt erwischt oder im Bett oder sonst wo. Waren seine Eltern womöglich Betrüger? Aus wem machte die Liebe Betrüger?

Er trank einen Schluck Bier, und Marta, seine Ex, kam ihm in den Sinn, warum auch immer. Nur wenige Tage nach jener Nachricht von Claudia hatte er angefangen, sich mit ihr zu treffen. Er hatte sich so an diese Beziehung geklammert, dass er, als er sein unsinniges Verhalten realisierte, über seine eigene Feigheit in Wut geriet und mehrmals gegen die Wand schlug. Dennoch führte er die Beziehung noch monatelang weiter. Marta war süß und lieb, und er brauchte sie, weil sie ihn vom Denken abhielt. Wenn sie ihn gedankenverloren vor sich hin starren sah, überraschte sie ihn mit einem Essen, das sie gekocht hatte, oder sie tauchte mit Kinokarten auf oder schlug vor, shoppen zu gehen. Sie liebte ihn von Herzen, und Miguel ließ sich lieben, denn er brauchte jemanden, der ihn seine Verletzung vergessen ließ.

Als Marta ihn schließlich bei einem seiner Seitensprünge erwischte und schwor, ihn nie mehr sehen zu wollen, schmerzte Miguel nicht ihre Abwesenheit, sondern dass jemand, der ihn so sehr geliebt hatte, ihn jetzt nicht mehr liebte. Allein die Vorstellung, allein zu bleiben, genügte, um ihn in Angst und Schrecken zu versetzen, und sein Egoismus nahm ungekannte Ausmaße an. Er weinte ins Telefon, flehte um Verzeihung, versprach ihr ewige Liebe und wartete wochenlang tieftraurig darauf, dass Marta wieder mit einem Möhrenkuchen vor seiner Tür stehen würde. Er kam sich vor wie ein Schuft, weil er nicht fähig gewesen war, sie so zu lieben wie sie ihn. Um sich selbst zu bestrafen, verwandelte er sein Leben in ein Chaos, das ihn Stück für Stück fertigmachte. Sein Kühlschrank war immer leer, und meistens aß er abends aus Konservendosen, deren Inhalt er im Stehen, auf die Küchenanrichte gestützt, verschlang. Er leckte erst seine Finger, dann den Teller ab. Rauchte eine nach der anderen. Trank allein. Schlief in Klamotten und Schuhen auf dem Sofa, bis er, steif vor Kälte, ins Bett kroch. Seine Kumpels Alex und Iñaki tauchten an den Wochenenden besorgt bei ihm auf und zwangen ihn, rauszugehen, damit er aufhörte, sich wegen Marta fertigzumachen. Nur er selbst wusste, dass er gar nicht ihretwegen litt. Wer also war der Betrüger?

Bevor er sich hinlegte, ging Miguel die Glückwünsche auf dem Handy durch. Der von Ruth gefiel ihm: *Glückwunsch, Sunnyboy. Ein Kuss aufs Mäulchen.* Er hatte Dutzende Nachrichten von Freunden, Freundinnen, Verwandten, von Nerea und dem kleinen Embryo, den Kommilitonen aus der Uni und den Kollegen. Heute Abend hatte er allen bei Mateo eine Runde Bier ausgeben, aber nicht richtig feiern wollen, falls der Flug aus Austin Verspätung haben sollte. Stattdessen hatte er alle für den nächsten Tag zu einer großen Geburtstagsparty eingeladen.

Er schaltete das Handy stumm, legte es auf den Nachttisch und las eine Weile, bis er müde wurde. Als er das Licht ausschalten wollte, sah er, dass er einen Anruf verpasst und eine Nachricht auf der Mailbox hatte. *Claudia.* Er starrte auf den Namen, bis ihm die Augen wehtaten, und drückte schließlich auf »Löschen«, ohne die Mailbox abgehört zu haben.

MIGUEL UND CLAUDIA

»Wie oft hast du an mich gedacht?«

Einfacher wäre die Frage: »Wie oft hast du nicht an mich gedacht?«, denn die Antwort darauf kannte er: »Nie. Ich habe immer an dich gedacht.«

»Ich weiß nicht, Claudia. Und du?«

»Ich an dich sehr oft. Tausend Mal. Millionen Mal.«

»Woran hast du gedacht?«

»Daran, wie du mich geliebt hast.«

»Ich habe dich sehr geliebt, das stimmt.«

»Jetzt nicht mehr?«

Miguel schwieg und betrachtete die Spiegelung der Laternen im See, die durch die Wasserbewegung wie ein weißer, dahingeworfener Pinselstrich aussah. Wenn er die Kontaktlinsen herausnahm, sah alles so aus, verschwommen und undeutlich. Diese Weltwahrnehmung eines Kurzsichtigen mit vier Dioptrien hatte etwas für sich. Er ärgerte sich, keine Jacke mitgenommen zu haben. Vor ein paar Minuten war die Sonne untergegangen, und es wurde schon ziemlich kühl.

»Ist dir kalt?«, fragte er Claudia zum zweiten Mal.

»Ja, jetzt ein bisschen.«

Er hatte es gewusst, ihre Nase war gerötet. Es war wie damals. Miguel musste sie nur kurz ansehen, um zu wissen, ob es ihr gut ging, ob ihr heiß oder kalt war, ob sie sich wohlfühlte oder langweilte. Er kannte jede einzelne Tonlage ihrer Stimme, die Art, wie sie sich durchs Haar fuhr und sich auf die Lippe biss, wenn sie etwas loswerden wollte. Er hatte sie jahrelang so genau beobachtet, dass er glaubte, sie besser zu kennen, als sie selbst sich kannte. Heute, nachdem er sie so lange nicht gesehen hatte, wurde ihm wieder bewusst, bis zu welchem Punkt er fähig gewesen war, sie zu lieben.

»Möchtest du woanders hingehen, raus aus dem Park?«

»Okay. Wozu hast du Lust?«

»Gehen wir zu mir«, sagte er im Geiste, wie er es früher unzählige Male laut gesagt hatte. Jetzt traute er sich nicht.

»Wohnst du noch in der Mansarde?«, fragte sie auf einmal. »Wir sind vorhin daran vorbeigekommen, stimmt's?«

Miguels Herz machte einen Luftsprung.

»Ja, ich war zwischendurch ausgezogen, aber ich wohne jetzt wieder da. Willst du hingehen?«

»Ja!«

»Dann los!«

Sie ließen den Parque Grande hinter sich und setzten ihren Spaziergang fort, bis sie vor der alten Holztür standen. Miguel steckte den Schlüssel ins Schloss, drückte die Tür auf, und Claudia sprang die Treppen hinauf. Wenn sie ein Tier gewesen wäre, wäre sie ein Rehkitz.

»Du musst nicht rennen, Bambi.«

»Ich freue mich so, sie wiederzusehen!«, rief sie vom zweiten Stock herunter.

Als sie die Wohnung betrat, zog sie sich als Erstes die Stiefel aus.

»Wie schön! Das ist die schönste Wohnung, die ich kenne.«

»Claudia, du übertreibst!«

»Nein, tue ich nicht, für mich ist es so.«

Sie sah zur Decke hoch und bemerkte die neuen Holzbalken. Sie betrachtete die Möbel in der Küchenecke und das selbst gebaute Regal, ging ins Badezimmer und sah ins Schlafzimmer.

»Du hast renoviert, oder?«

»Das war schon so, als ich sie wieder gemietet habe.«

»Gefällt mir gut. Kann ich mir was zu trinken nehmen?«

»Klar.«

Du kannst dir was zu trinken nehmen und auch alles andere, was du möchtest, denn alles in dieser Wohnung gehört dir, weil ich alles für dich gemacht hab. Das Sofa, die Lampe, der neue Teppich, den du unter deinen Füßen spürst. Die Bücher und der Karton voller Filme. Die Platten, die wir immer wieder gehört haben. Die Sachen sind da, weil ich weiß, dass du sie magst, und als ich aus der Mansarde ausgezogen bin, wusste ich, dass du eines Tages wieder hier sein würdest, zusammen mit mir. Frag mich nicht, wieso, ich wusste es einfach. Manche Dinge weiß man einfach.

»Ich hab mir auch 'ne Packung Chips genommen«, sagte Claudia und kam mit zwei Bierdosen und einer Schüssel Chips zurück. »Sag mal, hast du hier nie mit jemandem zusammengelebt?«

»Nein, hier nicht.«

III

Miguels dreißigster Geburtstag

Das Geräusch der Dusche von nebenan weckte ihn auf. Miguel sah auf die Uhr seines Handys: 7.05 Uhr. Ihm blieben noch zehn Minuten, bevor der Wecker klingelte, und zehn Minuten Schlaf können schon die Welt bedeuten. Er zog die Decke über den Kopf und versuchte in seiner Höhle weiterzuschlafen. Er hörte den Schrankschlüssel, ein quietschendes Scharnier, Schubladen, die auf- und zugezogen wurden, einen Reißverschluss. Was zum Teufel trieb Sofia da bloß? Ach ja, der Koffer. Er machte die Augen wieder zu und versuchte wegzuhören, aber es ging nicht. Er gab auf. Wer kann schon schlafen, wenn der Föhn im Bad nebenan läuft. Er schaltete den Wecker des Telefons aus und die Nachttischlampe an. Donnerstag. Immer noch Donnerstag.

Miguel wollte gerade aufstehen, da hörte er, wie sie auf Zehenspitzen den Flur entlangkam, und beschloss, im Bett zu warten.

»Herzlichen Glückwunsch, Schatz!«

Sofia warf sich auf ihn und küsste ihn. Miguel vergrub die Nase in ihrem Haar und atmete ein. Es roch frisch gewaschen, war am Hinterkopf noch etwas feucht, und er roch am Hals das Parfüm, das er ihr vor ein paar Wochen geschenkt hatte. Er umfasste ihre Taille und warf sie auf den Rücken, schob den Rock hoch und bewegte sich auf ihr, bis er in ihr war. Er war noch nicht einmal richtig wach. Gleich darauf wand sie sich stöhnend, und als er aufs Kopfkissen sank, konnte er einen Schrei nur mühsam unterdrücken.

»Eines Tages weckst du noch die Nachbarn auf«, sagte sie und lachte.

»Und wenn schon. Wie spät ist es?«

»Zwanzig nach sieben. In zehn Minuten kommt das Taxi.«

»Wann bist du zurück?«

»Morgen Abend, das Flugzeug landet um sechs.«

»Gute Reise, Liebling.«

»Danke, Liebster. Ciao.«

Liebling, Liebster, mein Herz, Schatz. Seit sie zusammengezogen waren, nannten sie sich oft so. Meine Kleine, meine Schöne, Hübsche. Wenigstens nannten sie sich nicht Schlumpf. Schlumpf, mein Gott! Er mummelte sich in die Bettdecke ein und lauschte den Geräuschen von nebenan: wie sie in die Küche ging, den Kühlschrank öffnete, um die Milch herauszunehmen, eine Tasse in die Mikrowelle stellte. Er hörte das Geräusch des Drehtellers in der Mikrowelle, bis es *kling* machte. *Kling*. Er hörte, wie sie mit dem Teelöffel den Zucker verrührte, bevor sie trank, den Wasserhahn aufdrehte, um die Tasse auszuwaschen, und sie in die Spülmaschine stellte. Das laute Klingeln der Gegensprechanlage unterbrach die alltägliche Geräuschkulisse.

»Komme schon!«

Aber anstatt zu gehen, stürmte sie durch den Flur ins Schlafzimmer und riss die Rollläden hoch.

»Jetzt steh mal auf, Miguel, du verschläfst sonst noch!«

Sie gab ihm einen flüchtigen Kuss.

»Jetzt gehe ich aber. Das Taxi wartet.«

Vom Bett aus sah Miguel, wie sie zum letzten Mal im Spiegel des Schranks überprüfte, ob Kleid und Schuhe zusammenpassten, bevor sie den Mantel zuknöpfte, die Tasche griff und ging.

»Ich lege den Einkaufszettel in die Küche«, sagte sie beim Hinausgehen. »Vergiss nichts. Bis morgen!«

Das durchs Fenster fallende Licht blendete ihn, und in seinem halb wachen Zustand wusste er auf einmal nicht mehr, ob Sofia gerade tatsächlich ins Zimmer gestürmt war, ohne zu fragen den Rollladen hochgezogen und ihn an den Einkauf erinnert hatte, oder ob es ein Albtraum gewesen war, den er in den letzten zehn Minuten geträumt hatte.

»Alles Gute für die Dreißiger, Schatz!«, rief sie, bevor sie die Tür laut hinter sich zuschlug.

Es war kein Albtraum, der Tag hatte gerade angefangen. Dreißig Jahre, Mist verdammter, tschüss Zwanziger. Er hätte alles dafür getan, noch liegen bleiben zu können. Trotzdem gab er sich einen Ruck und schlug die Decke zurück. Vielleicht würde ihn ja eine ordentliche Dusche in seine neue Existenz befördern.

Sein Gesicht wurde nass, und ein paar Minuten lang dachte er an gar nichts und ließ nur das warme Wasser über sich laufen. War das schön. Am liebsten wäre er stundenlang unter dem Wasserstrahl geblieben, der ihm das Gefühl gab, sich langsam körperlich aufzulösen. Als ihm die Gasrechnung einfiel, drehte er den kalten Wasserhahn auf, zählte bis fünfzehn und stieg aus der Dusche. Er setzte die Kontaktlinsen ein und sah nach dem Rasieren, dass es schon Viertel vor acht war. Schon wieder diese Hetze, wenn er nur wüsste, in welcher verdammten Minute die Zeit immer anfing, gegen ihn zu laufen. Und obendrein musste er auch noch das Bett machen, die Aufgabe, die ihn am meisten Zeit kostete. *Hey. Cool bleiben. Sie schläft ja heute Abend gar nicht hier, yeah!* Miguel schmiss die Kissen einfach aufs Bett und schlug inmitten der zerwühlten Bettlaken einen Purzelbaum vor Glück, denn auf den Genuss eines ungemachten Betts musste er, seit sie zusammenlebten, verzichten. Er vermisste die Vormittage in seiner Mansarde, als er nach dem Aufstehen weder das Laken glattziehen noch die Kopfkissen in Form klopfen noch das Bettzeug auslüften musste. Er vermisste die Nächte, in denen er sich einfach in das ungemachte Bett legen konnte. Den Moment, wenn er die am Fußende zusammengeknäulte Bettdecke an einem Ende zu fassen bekam, sie mit einem Ruck über sich zog und spürte, wie sie einen Moment in der Luft schwebte, bevor sie auf seinen Körper herabsank und er einschlief. Aber kein Thema, alles gut, wenn er das Bett machen musste, dann tat er es. Dafür gab es ja Abmachungen, dass man sie einhielt, und wer zuletzt aufstand, musste das Bett machen und fertig. Außerdem hatte er es schon tausend Mal gemacht, mein Gott. »Es dauert nur zwei lächerliche Minuten, Schatz, das kostet dich doch nichts«. Sofía hatte recht, Mann, es dauerte nur zwei lächerliche Minuten, das kostete ihn nichts. Pah, Schwamm drüber.

Miguel saß auf einem Barhocker, bestellte einen Milchkaffee und zog die Unterlagen aus der Aktentasche, um sie noch einmal durchzugehen, bevor er zum Büro hochfuhr. Die Bedienung brachte ihm das Frühstück. Während er den Kaffee abkühlen ließ, schaute er sich um und verspürte wie jeden Morgen seit nunmehr vier Monaten eine leichte Unruhe. Die Cafeteria war voller junger Manager, ein seltsamer Stamm von Unberührbaren, die im Finanzzentrum mit beneidenswerter Selbstverständlichkeit durch die Flure zwischen ihren verglasten Büros liefen, als seien sie dort zu Hause. Anders als die Manager, die er bisher kennengelernt hatte, trugen sie jedoch weder Gelfrisuren noch Köfferchen noch dunkle Anzüge, sondern ihr Haar war zerzaust, und sie kombinierten ihr Jackett mit Röhrenhosen. Moderne Leute, die sogar dann noch Stil an den Tag legten, wenn sie versuchten, sich eine mit Sahne gefüllte Brioche einzuverleiben. Dazu krümmten sie den Rücken und streckten den Kopf etwas nach vorne, während sie mit einer Hand die Brioche festhielten und mit der anderen ihre Krawatte schützten – wenn sie eine trugen. Sie lächelten unentwegt. Bestellten ihr Frühstück und lächelten. Sprachen über aktuelle Themen und lächelten. Schlürften ihren Kaffee und lächelten. Unterhielten sich abwechselnd auf Spanisch und Englisch und lächelten. Zeigten sich Handyfotos oder Lieder auf dem iPod und lächelten. Hoben die Hand, riefen lächelnd den Namen der Bedienung (»Sonsoles, setz es auf meine Rechnung«) und gingen, ohne zu bezahlen. Miguel beobachtete sie schweigend und wusste nicht, ob er sie beneidete oder ob sie ihn einschüchterten.

Er sah auf sein Handy. Noch eine Viertelstunde, bevor er hochgehen würde. Während er die Unterlagen durchging, tunkte er das Croissant in den Milchkaffee. Als er in den durchweichten Teig biss, fiel ein dicker Tropfen auf sein Hemd. Mist. Er lief auf die Toilette, um den Fleck auszuwaschen, aber er wurde nur noch schlimmer. Er bat die Bedienung um ein Fleckenspray, doch der Fleck wurde noch *viel* schlimmer. Warum war er nur so ein Trottel? Wieso musste er das Croissant in den Milchkaffee tunken wie in der Bar, in der er damals mit Felipe gefrühstückt hatte, dem die Krümel der Madeleines immer im Schnurrbart kleben geblieben waren? »Du hast da was …«, hatte Miguel dann gesagt und gezeigt, wo. »Wo, da?«, hatte Felipe gefragt, und statt um eine Serviette zu bitten, hatte sein damaliger Chef sich die Schnurrbarthaare abgeleckt, die dick und drahtig waren wie bei einem Seelöwen. Aber das war früher. Jetzt frühstückte er, Miguel Martín, in der Cafeteria des Finanzzentrums der Stadt und gehörte zur renommierten Belegschaft von Ambrosi & Sheep, wann würde er das endlich mal begreifen?

Er versuchte, den Fleck mit dem Jackett zu verdecken, packte seine Unterlagen ein, zahlte unter den mitleidigen Blicken der Bedienung und stieg im Foyer des Nebengebäudes in einen der Fahrstühle zu den Büros der Firma.

»Guten Morgen«, sagte er, als er am Empfang angelangt war.

»Guten Morgen«, kam die freundliche Antwort.

In der neunten Etage lief er zu seinem Platz ganz am Ende des Großraumbüros, vor einer der verglasten Wände. Ohne das Jackett abzulegen, setzte er sich, schaltete den Computer ein und legte das Handy neben die Aktentasche.

»Das ist Ihr Platz, Herr Martín«, hatte ihm eine der Sekretärinnen erklärt, als sie ihn an seinem ersten Tag zu seinem Arbeitsplatz geführt hatte. »Hier sind die Schlüssel zu Ihren Schubladen und dem Schrank, wo sie Ihren Mantel aufhängen können. Und keine Sorge«, hatte sie gesagt und auf einen großen Ficus gezeigt, den Miguel bereits wie alles um ihn herum mit einem gewissen Verantwortungsbewusstsein gemustert hatte, »ich kümmere mich darum, dass er gegossen wird.«

»Kann ich das machen?«

»Was können Sie machen?«

»Ihn gießen. So hätte ich wenigstens eine Aufgabe, wenn ich morgens ankomme.«

»Selbstverständlich. Und falls Sie etwas brauchen, ich bin auf der Null.«

Auf der Null zu sein – das musste sein, als befinde man sich im Nichts. Vielleicht wäre es korrekter gewesen, zu sagen: »Falls Sie etwas brauchen, wählen Sie die Null auf dem Telefon«, aber die Unternehmenswelt besaß ihre eigenen Codes, und der Platz der Sekretärin befand sich eben auf der Null, so wie sich seiner beim Ficus befand – was auch gleichbedeutend mit dem Nichts war, denn die Pflanze war so groß, dass sein Tisch hinter ihr verschwand.

Miguel öffnete die Aktentasche und zog sein Heft heraus. Er war der Einzige, der bei der Arbeit ein Schreibheft benutzte. Und wenn schon, es beruhigte ihn. Er zeichnete mit dem Kugelschreiber geometrische Figuren oder übte immer wieder seine Unterschrift, zwar ohne Sinn und Verstand, aber so wirkte er konzentriert, ja sogar beschäftigt. Denn obwohl Miguel schon seit September in der Firma war und einen dreimonatigen Weiterbildungskurs gemacht hatte, war ihm noch kein Klient zugewiesen worden, sodass er die vielen Stunden ohne wirkliche Aufgabe totschlug. Anfang Dezember hatte er um einen Unternehmensbericht von Ambrosi & Sheep gebeten, weil er es leid war, dass sie ihm keine Arbeit gaben, und jetzt brütete er darüber. Er studierte die Geschichte des Unternehmens und vertrieb sich die Zeit damit, das Profil und die Entwicklung der Kunden zu analysieren. Er hatte sich bereits eigene Gedanken dazu gemacht, sogar richtig kluge, wusste jedoch nicht genau, wo und wann er sie anbringen sollte.

Er würde also auf seine Gelegenheit warten. Doch bis es so weit war, lehnte er sich auf seinem Stuhl zurück und betrachtete im Schutz des Ficus' bewundernd die neunte Etage. Die verglasten Wände, die weißen Tische, die blauen Stühle, der schwere graue Teppich. An den Tischreihen dies- und jenseits des Gangs hauten seine Kollegen auf die Tastaturen ihrer Computer, gingen ans Handy, tauschten komplizenhafte Gesten aus (»Gehen wir zusammen essen? Trinken wir nachher noch einen?«), oder sie standen auf, um einen Kunden zu empfangen, den sie in den Besprechungsraum baten. Er war gerne dort. Nachdem er jahrelang in der alten Verwaltungsagentur von Felipe gearbeitet hatte, einer Bruchbude mit Blick auf einen Innenhof, wo sich die Berichte vom Fußboden bis zur Decke gestapelt hatten, war sein jetziger Arbeitsplatz zwischen dem Ficus, dem abschließbaren Schrank und dem Ausblick auf die Stadt zu seiner kleinen neuen, faszinierenden Welt geworden, die es zu entdecken galt.

Sein Handy auf dem Tisch vibrierte, und er las die SMS seiner Freundin: *Hebe gerade ab, Schatz. Ich liebe dich.* Dankbar für die Ablenkung, ergriff er das Handy und überlegte, was er auf ein kurz vor dem Abheben im Flugzeug getipptes *Ich liebe dich* antworten könnte. Denn wenn das Flugzeug abstürzte – es würde nicht abstürzen, so was passierte nicht – oder ihm während Sofias Abwesenheit etwas zustoßen sollte, wären diese Nachrichten auf ihren Handys das Letzte, was von ihnen bliebe. Angesichts dieser Verantwortung, was konnte er da antworten? Auf keinen Fall konnte er *Ich liebe dich* schreiben, denn das hatte sie bereits geschrieben, und Lieben war eine ernste Angelegenheit. Das Klingeln des Telefons auf seinem Schreibtisch riss ihn aus seinen Gedanken.

»Herr Martín, ich rufe aus dem Vorstandsbüro an. Herr Ambrosi möchte Sie sehen, können Sie hochkommen?«

»Bitte was?«

»Herr Martín?«

»Ja, natürlich, selbstverständlich, ich komme schon. Danke.« Weshalb wollte der Vorstand ihn sehen? Er hatte nichts Falsches getan, nicht dass er wüsste. Wobei genau das das Problem war, dass er nichts tat. Er wurde so nervös, dass er fast den Ficustopf umgestoßen hätte, als er seinen Schlupfwinkel eilig verließ.

»Sie sind also Miguel Martín, kommen Sie herein, bitte sehr, stehen Sie nicht da wie Piksieben.« Der umgangssprachliche Ausdruck, der mit einem starken englischen Akzent vorgebracht wurde, amüsierte ihn, aber seine Anspannung war so groß, dass er nicht zu lächeln wagte.

»Möchten Sie einen Kaffee?«

Bei dem Wort »Kaffee« sah er sich mit seinem neuen Anzug in einer riesigen Frühstückstasse plantschen, mit Milchschaum bis zum Kinn. Verflixter Fleck, er würde ihm für immer im Gedächtnis bleiben.

»Nein danke, ich habe gerade einen getrunken.«

»Wenn Sie erlauben«, sagte Herr Ambrosi höflich, »mache ich mir einen Tee.«

Tee. Natürlich. »Lieber Tee, wenn Sie nichts dagegen haben«, hätte Miguel antworten sollen, aber er war nicht schnell genug gewesen. Gut, was soll's, zu spät. Er sah sich neugierig um. Die Wände des Büros waren mit Nussbaumholz verkleidet, und auf dem Parkett lag ein Wollteppich, über den sich der Enkel beinahe lautlos bewegte. Hey. Er hatte ja Pantoffeln an! Im Büro! Der Chef trug Hausschuhe im Büro! Okay, es gehörte ihm, also konnte er in Pantoffeln, im Bademantel oder wie er wollte kommen, sogar in Unterhosen. Er stellte sich seinen Chef in Unterhosen vor.

Mit Hosenträgern, Unterwäsche und Pantoffeln. Hatte er jetzt den Verstand verloren? Rasch schlug er sich das Bild aus dem Kopf, um ein unpassendes Lachen zu verhindern, und konzentrierte sich auf das, worauf er sich konzentrieren musste. Das war im Moment allerdings gar nichts, denn der Enkel war immer noch mit der Zubereitung seines Tees beschäftigt. Herr Ambrosi wurde von der ganzen Welt »der Enkel« genannt. Man tratschte sogar, er selbst nenne sich so, wenn er einem Befehl mehr Nachdruck verleihen wollte und in der dritten Person von sich sprach: »Wenn der Enkel sagt, dass dieses Dokument in einer halben Stunde fertig sein muss, dann muss es in einer halben Stunde fertig sein!« Wie er da in Pantoffeln seinen Teebeutel in der Tasse hin und her schwenkte, war er Miguel auf den ersten Blick sympathisch. Es hieß, er pflege zu sagen: »Ich werde *der Enkel* genannt, weil ich einer bin.« Und so war es auch, denn sein Großvater war der Gründer der Firma.

»Sie können hier Platz nehmen«, befahl er und zeigte auf einen der beiden Sessel vor dem Kamin.

Miguel gehorchte.

»Herr Martín«, sagte der Enkel und studierte ein Dokument, das er aus einer braunen Ledermappe zog, »Sie sind im September zu uns gekommen. Nun sagen Sie mir doch bitte … fühlen Sie sich wohl hier?«

Wenn man in Betracht zog, dass er seit seinem Arbeitsbeginn nur gelesen und aus dem Fenster geschaut hatte, ja, dann konnte man das durchaus bejahen.

»Es geht mir gut. Ehrlich gesagt, würde ich gerne anfangen, einen Kunden zu betreuen«, sagte er aufrichtig.

»Das kommt. Früher, als Sie es sich vorstellen können, nur keine Eile.«

Nein, Eile hatte er nach den vergangenen vier Monaten

keine mehr. Jetzt brannte es ihm förmlich unter den Fingernägeln. Er sagte nichts. Der Enkel steckte das Dokument zurück in die Mappe und zog den Reißverschluss wieder zu. Er sah Miguel an.

»Ihr Lebenslauf kann sich wirklich sehen lassen, und ich muss sagen, dass Sie das Auswahlverfahren mit Bravour bestanden haben, und zwar sowohl die Einzel- als auch die Gruppenaufgaben.«

»Danke.«

»Danken Sie nicht mir, sondern Ihren Eltern, denn sie haben Ihr Studium doch bezahlt, oder?«

»Ja …«, bestätigte er und lief rot an.

»Gut.« Der Enkel griff wieder nach der Mappe, öffnete den Reißverschluss und holte das Papier erneut heraus.

»Ich sehe, dass Sie nach der Universität als Praktikant in einer Verwaltungsagentur gearbeitet haben, die Sie dann eingestellt hat. Zugleich haben Sie ein Masterstudium in Unternehmensführung absolviert. Ist das korrekt?«

»Das ist korrekt.«

»Ich lese, Sie haben heute Geburtstag. Richtig?«

»Das ist richtig.«

»Wie alt werden Sie?«

»Dreißig.«

»Sehr gut«, sagte er und machte die Mappe wieder zu.

»Sie, Miguel Martín, beginnen jetzt einen neuen Lebensabschnitt, in dem Sie zu Ambrosi & Sheep gehören. Deshalb bleibt mir nur zu wünschen, dass wir Ihren Erwartungen entsprechen werden.«

Machte er sich über ihn lustig? Wer sollte welchen Erwartungen entsprechen: Er denen des Unternehmens oder das Unternehmen seinen? Denn der Enkel hatte *wir* gesagt, aber vielleicht hatte er *Sie* sagen wollen: »Ich hoffe, dass

Sie unseren Erwartungen entsprechen werden.« Das waren zwei sehr verschiedene Dinge, aber jetzt war er völlig durcheinander und wusste nicht mehr, ob der Enkel das eine oder das andere gesagt hatte.

»Sind Sie einverstanden?«

Als er die Frage vernahm, wäre Miguel beinahe aufgestanden, hätte die Hand wie ein Soldat an die Schläfe geführt, die Hacken zusammengeschlagen und gerufen »Ja! Ja, mein Herr!« Aber er sagte nur: »Natürlich.« Natürlich oder was auch immer.

»Das gefällt mir, Sie verstehen die Dinge auf Anhieb.«

Der Enkel begann, durch das Büro zu schlendern.

»Wie Sie sicher wissen, hat mein Großvater, Augusto Ambrosi, diese Firma vor mehr als achtzig Jahren gegründet. Er kam aus Painswick, einem der schönsten Dörfer Großbritanniens, inmitten der Hügel der Grafschaft Gloucestershire, von der Sie sicher schon gehört haben wegen des Käse-Ruennens, oder?«

Erst als der Enkel zu erzählen begonnen hatte, fiel Miguel auf, dass sein Chef das R nicht richtig aussprechen konnte: Er sagte *Ruennen* statt *Rennen*. Sofort fiel ihm Nachete Sandoval ein, einer aus seinem Kurs, der dasselbe Problem hatte und der immer mit folgender Frage aufgezogen wurde: »Okay, wie sagt man noch zu einem Nashorn?« Und der arme Nachete, der clever war und später Kurssprecher wurde, antwortete: »Ich sage lieber Ruennruad, damit wir alle was zum Rueden haben«. Die Erinnerung an Nachete brachte ihn zum Lachen und Herr Ambrosi sah ihn mit beglückt glänzenden Augen an.

»Sie kennen das Ruennen?«, fragte er.

»Das, in dem derjenige gewinnt, der am schnellsten den meisten Käse essen kann?«

»Wow! Nein!«, korrigierte sein Chef. »Es geht darum, schneller als ein Käse zu sein, der einen schlammigen Hügel hinunterrollt! Es ist das lustigste Ruennen der Welt! Die Teilnehmer haben am Ende Prellungen, Quetschungen und geschwollene Knöchel, aber der Gewinner erhält den besten Käse der Saison!«

Miguel konnte kaum fassen, dass er im Büro des Vorstands über Leute sprach, die einem Käse hinterherrannten. Aber er lachte, als hätte er nie etwas Lustigeres gehört, zusammen mit dem Enkel, der sich vor lauter Lachen ein paar Tränen mit einem Taschentuch abwischen musste.

»Oh my God! It's so funny!«

»Of course.«

Of course. Nice to meet you. You are very nice. I have a problem. Today's my birthday und kaum ein Wort mehr. Es störte ihn gewaltig, kein Englisch zu können.

»Ich möchte ein Semester im Ausland studieren, um Englisch zu lernen«, hatte er zu Hause verlauten lassen, als Pecu nach Austin gegangen war.

»Weder Englisch noch sonst was«, hatte sein Vater geantwortet. »Die sollten Spanisch lernen, das wäre gut.«

»Ich finde die Idee sehr gut, Liebling!«, hatte Magda dagegen gesagt. »Wenn du arbeiten gehst, sparst du dir was an, und dann gehst du ins Ausland, wie und wann du willst.«

»Genau das werde ich tun!«, hatte Miguel geantwortet, die Tür hinter sich zugeschlagen und sich in seinem Zimmer eingeschlossen, voller Empörung über seine Eltern, die ihn nicht verstanden.

Aber als er anfing zu arbeiten und Geld zu verdienen, gab er es lieber fürs Ausgehen und Klamotten und Joints und die Miete der Mansarde und blablabla aus. Das bereute er jetzt.

»Ich sehe, Sie hören mir genau zu. Das ist eine der Stärken, die der Test beim Auswahlverfahren ergeben hat. Hören Sie gut zu, ich lese es Ihnen vor.«

Er stand wieder auf und griff nach der Ledermappe. Miguel wurde ganz nervös von dem vielen Mappe-Nehmen und Mappe-wieder-Hinlegen. Der Enkel las:

»Manchmal wirkt er seltsam abwesend, als sei er nicht präsent, sondern ganz woanders, und kurz darauf antwortet er trotzdem exzellent auf jede Frage, die ihm gestellt wird. Die Prüfungen haben ergeben, dass Miguel Martín einen herausruagenden Verstand besitzt. Wie finden Sie diese Einschätzung?«

»Gut.«

Was sollte er dazu sagen. Einerseits fühlte er sich geschmeichelt, und andererseits hätte er Herrn Ambrosi das Dokument gerne aus den Händen gerissen und alles gelesen, was dort über ihn geschrieben stand: dass heute sein Geburtstag war, dass seine Eltern ihm das Studium bezahlt hatten, dass er noch den Master gemacht hatte und der ganze Mist. Als ob sie über sein ganzes Leben Bescheid wüssten. Womöglich stand in dem Bericht auch, dass seine erste Freundin, mit der er im Alter von dreizehn Jahren zusammengekommen war und die er an einem Sommertag im Schwimmbad geküsst hatte, ihn verlassen hatte, weil er sich nicht getraut hatte, ihre Brüste anzufassen. Oh Mann. Sein Unternehmen spionierte ihn aus. Hundertprozentig spionierten sie ihn aus. Er schlug sich auf die Stirn und schüttelte den Gedanken ab.

»Ist etwas?«

»Nein, entschuldigen Sie. Es ist nichts.«

»Sehen Sie, Miguelón … Darf ich Sie Miguelón nennen?«

»Natürlich.«

O Gott, wo war er hier nur hingeraten?

»Sie werden sehen, Miguelón, ich habe von Ihruen Eltern gesprochen, weil es sehr wichtig ist, dass man denjenigen dankbar ist, die das eigene Leben maßgeblich mitbestimmt haben. Diejenigen, die uns begleitet haben und begleiten, haben uns zu dem gemacht, was wir sind. Alles andere ist nicht so wichtig. Wissen Sie, warum diese Firma, die heute in den wichtigsten Städten der Welt vertreten ist, Ambrosi & Sheep heißt?«

Er wusste es, da es in der Dokumentation stand, die er seit Monaten studierte, aber er ließ den Enkel weiterreden – gegen das Bedürfnis, eine Geschichte zum Besten zu geben, kam man nicht an.

»Mein Großvater war der Sohn eines Schäfers aus Painswick, der eine Herde mit über hundert Schafen besaß, die er täglich auf die Weide trieb. Mein Urgroßvater ist nie zur Schule gegangen, er konnte weder lesen noch schreiben und ruechnete mit den Fingern. Aber indem er Käse, Milch und Wolle verkaufte, verdiente er ein kleines Vermögen, das seinem einzigen Nachkommen, Augusto Ambrosi, den Universitätsbesuch ermöglichte. Als mein Großvater mit dem Abschluss in den Händen in sein Dorf zurückkehrte und seinem Vater danken wollte, führte der ihn auf den Hügel, auf dem seine Schafe grasten. Er zeigte mit dem Hirtenstab auf die Herde und sagte: ›Mir schuldest du nichts, sondern ihnen. Bei ihnen musst du dich bedanken.‹«

Miguel hatte den Eindruck, dass die Stimme des Enkels brüchig wurde. Herr Ambrosi ging zu dem großen, den Raum dominierenden Tisch aus Kirschholz, auf dem ein Bilderrahmen stand, der zwei Fotos enthielt. Er zeigte ihn Miguel. Die Schwarz-Weiß-Fotografie rechts zeigte eine Nahaufnahme eines Mannes, offensichtlich der Schäfer und

Urgroßvater des Enkels. Die andere Fotografie, die dasselbe Format wie das Porträt hatte, zeigte ein Schaf, das aufmerksam in die Kamera blickte.

»Das Schaf Bala, sein Lieblingsschaf.«

Miguel war so perplex, dass er nicht wusste, was er tun oder sagen sollte.

»Sie müssen wissen«, sagte der Enkel, und seine Stimme klang nun wieder ernst und professionell, »dass wir die Arbeit in unserer Unternehmensberuatung so verstehen, als hüteten wir eine Herde. Jeder Angestellte von Ambrosi & Sheep ist ein Schäfer, der eine bestimmte Zahl an Schafen unter seinen Fittichen hat: Das sind die Klienten, die exzellent beruaten werden müssen. Wir begleiten sie zu den besten Weiden, wir sorgen für Unterschlupf, wenn sie frieren, für Nahrung, wenn sie Hunger haben, und für Wasser, wenn sie durstig sind. Ihnen gilt unser ganzes Bemühen, denn der Erfolg unserer Klienten ist auch unser Erfolg. Es reicht dabei nicht, einen Hügel auszuwählen, auf dem eine andere Herde bereits gegrast hat. Es darf nicht passieruen, dass man einen Sturm nicht vorhergesehen hat, oder die neuesten Technologien des Melkens, Käsemachens oder Scherens nicht kennt oder zu spät auf den Viehmarkt kommt. In diesem Unternehmen ist man immer vor den anderen da. Und wenn der Wolf kommt, ziehen wir die Flinte heraus und jagen zu Ehruen des alten Schafs Bala diskret eine Kugel durch den Lauf. Verstehen Sie?«

Was gab es da nicht zu verstehen.

»Und da heute Ihr Geburtstag ist, werde ich Ihnen das erste Schaf Ihruer Herde übergeben.«

Er hob den Telefonhörer ab und drückte auf eine Taste. »Dolly, bringen Sie mir das Dossier, das ich heute Morgen bestellt habe, und das Paket, das der Kurier gebracht hat, please.«

Die Sekretärin klopfte und trat ein. Miguel war so nervös gewesen, als er gekommen war, dass er sie gar nicht richtig wahrgenommen hatte. Aber jetzt bemerkte er, dass sie mit ihrem weißen, lockigen Haar und dem rosigen Teint wie ein pummeliges Schaf aussah. Das Schaf Dolly. Er unterdrückte ein Kichern. Dolly legte ein Dossier und ein in Geschenkpapier eingeschlagenes Paket auf den Bürotisch.

»Happy birthday, Mister Martín«, sagte sie freundlich beim Hinausgehen.

Wusste hier jeder alles über ihn, oder was?

»Hier sind alle wichtigen Informationen über das erste Unternehmen, das in Ihruen Verantwortungsbereich fällt«, sagte der Enkel und übergab Miguel das Dossier. »Und hier ist ein Geschenk zu ihrem dreißigsten Geburtstag. Machen Sie es auf.«

Miguel zog die rosafarbene Schleife auf, packte das Geschenk vorsichtig aus und öffnete die darin befindliche Kiste. Sie enthielt einen feinen Strickpulli mit V-Ausschnitt.

»Die Wolle ist aus Painswick, die beste der Welt. Ziehen Sie ihn heute an, dann müssen Sie Ihruen Kaffeefleck nicht mit dem Jackett verdecken, hören Sie auf mich.«

»Oh. Vielen Dank.« Die Rührung bewirkte, dass er ins Englische fiel: »Thank you so much, Mister Ambrosi.«

»Es war schön, Sie kennenzulernen, Miguel Martín.«

»Nice to meet you, Sir.«

Er zog den Pullover an, verabschiedete sich von Herrn Ambrosi und ging denselben Weg zurück, den er gekommen war, das Dossier in der einen und das Jackett in der anderen Hand. Das war das seltsamste Gespräch seines Lebens gewesen. Aber er hatte sich als vertrauenswürdig erwiesen und seinen ersten Auftrag erhalten, was ihm Selbstbewusstsein und ein tiefes Gefühl von Zufriedenheit verlieh.

Er legte den Umschlag mit den Unterlagen seines ersten Klienten auf den Tisch und erinnerte sich daran, dass er Sofias Nachricht bisher unbeantwortet gelassen hatte. Er griff nach dem Handy, um die SMS noch einmal zu lesen. *Hebe gerade ab, Schatz. Ich liebe dich.* Instinktiv las er auch die Nachricht davor, die er gestern geschrieben hatte: *Bin gleich da, stehe an der Ampel.* Und ihre davor: *Schon zu Hause, wie lange brauchst du noch?* Und davor: *Ich brauche noch etwas.* Und die davor: *Ich bin fertig, kaufe noch Brot und komme nach Hause, und du?* Und immer weiter so und, wenn er gewollt hätte, hätte er den Rest seines Lebens immer weiterlesen können, denn die letzte Nachricht, die mit *Hebe gerade ab, Schatz. Ich liebe dich*, war nur eine von Tausenden, seit sie zusammen waren. Sie erzählten sich alles über SMS, es gab Tage, da riefen sie einander nicht einmal an, wozu auch? Er schrieb: *Ich auch* und drückte auf »Senden«. Jetzt fühlte er sich ruhiger.

Sofia ließ ihn ruhig werden wie keine andere seiner festen Freundinnen zuvor. Er hatte es sofort gespürt, als er sie zum ersten Mal sah. Sie war mit ein paar Freundinnen am Tresen einer Bar ins Gespräch vertieft gewesen, und Miguel hatte beobachtet, wie aufgeregt die anderen Mädchen redeten, die Augen aufrissen und wild gestikulierten, während Sofia mit übergeschlagenen Beinen und einem Cocktailglas in der Hand auf einem Barhocker saß, lächelnd zuhörte und nur sprach, wenn sie etwas gefragt wurde. Sie hatte große dunkle Augen und langes dunkelbraunes Haar, das sie auf einer Seite mit einer Haarspange festgesteckt trug. *Wir werden immer dieselben wie damals auf dem Schulhof sein*, hatte er in einer psychologischen Zeitschrift gelesen. Jetzt wusste er, dass dieses unbekannte Mädchen, das ihn von den anderen unbemerkt angesehen hatte, das Mädchen war, das ihm auf dem Schulhof gefallen hätte.

»Ich heiße Miguel«, hatte er gesagt, als er zu ihr gegangen war.

»Ich bin Sofia«, hatte sie geantwortet.

»Du hältst mich bestimmt für einen Idioten, aber darf ich dich zum Abendessen einladen, auch auf das Risiko hin, dass du sicher schon was viel Besseres vorhast?«

»Du kommst mir eher wie ein Glückspilz vor«, hatte sie gesagt, einen kleinen Kalender aus ihrer Tasche gezogen und ihre Telefonnummer auf einen Zettel geschrieben, den sie aus dem Kalender riss und Miguel überreichte, »denn morgen hab ich noch nichts vor.«

Miguel hatte sie am nächsten Tag angerufen, einen Tisch in einem Restaurant reserviert, und ehe er sich's versah, lagen in seinem Bad zwei Zahnbürsten, ein kleines Necessaire mit Cremes und Make-up und ein Täschchen mit Tampons. Im Kühlschrank waren immer Milch und Saft, in der Speisekammer lagerten Brot und Müsli, und auf der Anrichte stand ein Obstkorb. Sofia war ohne Vorankündigung in sein Leben getreten, und Miguel hatte sofort angenommen, dass es für immer sein würde. Er rief die Mädchen nicht mehr an, die er sonst am Wochenende immer getroffen hatte, er klapperte die Bars nicht mehr wie ein Straßenköter ab und hörte auf, andere Frauen zu verführen. Er war verliebt, und zum ersten Mal in seinem Leben wurde seine Liebe erwidert. Auch wenn Sofia nicht ganz bei ihm einzog, verbrachte sie doch die Wochenenden dort, und als der Sommer vorbei war, beschlossen sie, in die Wohnung zu ziehen, die Miguel in der Kooperative seines Vaters gekauft hatte.

»Fast hätte ich sie nicht gekauft«, sagte er, als sie zur Besichtigung fuhren.

»Wie das? Sie ist doch wunderschön. Und so hell.«

»Schon, aber ich wollte lieber in der Mansarde im Stadtzentrum wohnen und nicht hier …. Am Ende haben mich meine Eltern aber überzeugt.«

»Das haben sie gut gemacht. Cambria ist ein herrliches Viertel. Die Wohnung hier gefällt mir, sie ist geräumig und lichtdurchflutet, und wir haben ein Schwimmbad und einen Garten.«

»Schön, dass du sie magst. Ich mag dich.«

Sie liebten sich auf dem Fußboden des leeren Wohnzimmers, dann auf dem Fußboden des Schlafzimmers und dann im Flur. Und während Miguels stürmische Attacken Sofias Körper über den lasierten Holzboden schoben, dachte er über das so nah und doch so fern scheinende Konzept von Zukunft nach.

Das Handy vibrierte auf dem Tisch. Seine Mutter war dran. »Herzlichen Glückwunsch, Liebling! Ich habe schon mal angerufen, aber du bist nicht drangegangen.«

»Ja, Mama, ich bin am Arbeiten.«

»Ja, ich weiß, und wie geht's dir?«

Was heißt denn »Wie geht's dir?« Reichte es nicht, dass er sagte: »Ich bin am Arbeiten?«

»Gut, ich hatte ein Gespräch mit meinem Chef, und er hat mir endlich einen Klienten anvertraut.«

»Ach, Schatz, was bin ich stolz auf dich, das freut mich so. Was ich fragen wollte, kommst du zum Essen?«

»Nein, ich hab keine Zeit. Ich gehe später mit Freunden etwas trinken, um zu feiern.«

»Ach so. Und, kommt Pecu?«

»Ja klar.«

»Sehr gut, grüß ihn von mir und frag ihn, wann er uns

endlich mal besucht, ihr beiden seid ja ganz schön treulose Tomaten. Und morgen kommst du zum Essen?«

»Nein, Mama, morgen feiere ich mit Sofia Geburtstag.«

»Ach so. Mit Sofia. Ist sie heute nicht da oder was?«

»Nein, sie musste weg zum Fotografieren, ich muss sie morgen am Flughafen abholen, und dann machen wir uns einen ruhigen Abend. Sie wird müde von der Reise sein, und ich will auch zu Hause bleiben, wenn ich heute Abend ausgehe.«

Ich hab meinen ersten Klienten, gehe mit Freunden etwas trinken, Pecu kommt auch, Sofia kommt morgen, ich hole sie vom Flughafen ab, sie wird müde sein, ich auch, wir machen uns einen ruhigen Abend. In einem Wimpernschlag hatte Magda sein ganzes Leben aus ihm herausgeleiert.

»Geht es dir gut mit Sofia?«

»Jaaa, und wie«, antwortete er.

»Schön, schön, schauen wir mal, wie lange deine Verliebtheit anhält.«

»Warum sagst du das?«

»Nur so.«

»Mama, wenn du so was sagst, dann hast du einen Grund dafür.«

»Ach was. Ich hab doch nur gefragt, ob du zum Essen kommst, du hast angefangen von Sofia zu reden, Sofia hier, Sofia da.«

»Ich muss jetzt mal aufhören.«

»Gut, Schatz, du gibst mir noch Bescheid, wann du zu Hause feiern willst, du weißt ja, du bist uns zu nichts verpflichtet. Tschüss, Küsschen.«

Sie legte auf. »Du bist uns zu nichts verpflichtet.« Sie hatte das mit einem gewissen Unterton gesagt. Die Eifersüchteleien seiner Mutter amüsierten ihn. Kam sie sich etwa entthront vor? Er griff noch mal zum Handy und wählte ihre Nummer.

»Hast du was vergessen?«

»Nichts, Mama, nur, dass ich dir keinen Kuss geschickt habe.«

»Keinen was?«

»Keinen Kuss.«

»Ach so, ich habe verstanden, ›dass ich dir noch keinen Käse geschickt habe‹, und gedacht: *Ach, sieh mal an, er hat Käse für uns gekauft.*«

Zwischen dem Ruennen auf den Hügeln von Gloucestershire und den Fantasien seiner Mutter nahm der Käse an seinem Geburtstag eine prominente Rolle ein.

»Haha. Warum kommt ihr nicht am Sonntagnachmittag auf einen Imbiss? Ich tische euch eine Käseplatte auf, versprochen.«

»Schon gut, Schatz, aber mach jetzt lieber Schluss, nicht, dass sie dich telefonieren sehen.«

»Ich hab dich lieb.«

»Was?«

»Nichts.«

»Schreck lass nach, ich habe ›Ich hab dich lieb‹ verstanden und gedacht: *Huch, die haben deinen Sohn vertauscht.*«

»Ach was, ich bin's noch.«

Er legte auf und sah aus dem Fenster. Die Stadt zeichnete sich gestochen scharf vor dem wolkenlosen Winterhimmel ab, draußen musste es eiskalt sein. Er dachte daran, wie oft er sich vorgenommen hatte, die Verwaltungsagentur von Felipe zu verlassen, in der er miserabel bezahlt und ausgebeutet wurde. Aber er hatte es lange Zeit nicht gewagt, weil ihn alle warnten: »Bleib lieber dort, draußen weht ein rauer Wind.« Schließlich war er dank seiner Beharrlichkeit bei Ambrosi & Sheep unter Vertrag genommen worden, aber trotzdem dachte er oft, dass er letzten Endes immer das tat, was andere von ihm erwarteten, und nicht das, was er wirklich wollte. Das Gefühl, immer fremde Erwartungen zu erfüllen, quälte ihn. Warum war er in Felipes Agentur gegangen? Weil sein Vater den Kontakt hergestellt hatte und er ihn nicht enttäuschen wollte. Warum hatte er einen Master gemacht? Weil Magda darauf bestanden hatte, dass ein Studium allein nicht ausreichte, und er sie nicht enttäuschen wollte. Warum war er nach Cambria zurückgekehrt? Weil er Sofia nicht enttäuschen wollte. »Ein Loch unter dem Dach in einem Haus ohne Aufzug gegenüber einer geräumigen Wohnung mit Grünflächen, wie willst du das vergleichen …?« Wie wollte er das vergleichen. Er musterte sich. In dem Pulli aus Painswick-Wolle sah er aus wie einer dieser Typen, die er morgens in der Cafeteria von Sonsoles eine Brioche frühstücken sah.

Miguel ließ das Auto auf dem Parkplatz stehen und betrat den Supermarkt. Der von Geschenken in Glitzerpapier umgebene Weihnachtsbaum am Eingang des Einkaufszentrums und die weihnachtliche Musik im Hintergrund erinnerten ihn daran, dass die Feiertage vor der Tür standen und wie schnell die Zeit verging. Er zog den Einkaufszettel von Sofia aus der Hosentasche und stellte fest, dass er beidseitig beschrieben war. Hm. Darauf konnte er verzichten. Er hatte gedacht, er müsste nur vier Sachen für das Abendessen am nächsten Tag besorgen, so hatten sie es vereinbart, aber sie hatte wie immer einen endlos langen Auftrag daraus gemacht, wo er es doch so eilig hatte. Sofia sollte endlich damit aufhören; er hatte die anderen für später zum Essen ins Restaurant eingeladen, und jetzt würde er es nicht mehr pünktlich schaffen. In der Reihenfolge der Lebensmittel auf der Einkaufsliste durchkämmte er die Regalreihen des Supermarkts: sechs Tetrapaks fettarme Milch, zwei Liter Saft mit Fruchtfleisch – wieso Fruchtfleisch, wo er das doch nicht mochte? –, eine Packung Vollkorntoast – wieso Vollkorn, wo das helle doch besser schmeckte? –, zwei Packungen Küchenrolle, Kresse, Kartoffeln, eine Flasche Wein, Servietten, Spinat, Brühwürfel – welche Brühe? Es nahm kein Ende, und Miguel lief hin und her, warf die Lebensmittel in den Einkaufswagen und verstand nicht, warum Sofia keine geordnetere Liste geschrieben hatte. Denn wenn sie Küchenrolle und dann Kresse und dann Kartoffeln und dann Wein und dann Servietten und dann Spinat schrieb, bedeutete das für Miguel, dass er zuerst in den Gang für Haushaltsartikel, dann in den Gang für Gemüse, dann zu den Weinen, dann wegen der Servietten wieder zu den Haushaltsartikeln und dann wegen des Spinats wieder zum Gemüse zurückmusste und am Ende wie ein Kreisel durch den Supermarkt taumelte. Nächstes Mal würde er selbst die Liste machen und fertig. Er ging an den Turrón-Packungen vorbei und sah auf den Zettel. Kein Turrón. Undenkbar. Sofia wusste doch, dass am Tag seines Geburtstags endlich die Turrón-Zeit begann. Hm. Womöglich hatten sie von ihrer Zeitschrift dieses Jahr welchen bekommen, und deshalb stand es nicht auf der Liste … wobei Sofia ihm erzählt hätte, wenn sie ein Weihnachtspräsent bekommen hätte. Er griff zum Handy.

»Hallo Schatz!«, sagte sie, als sie abhob.

»Wie geht's, Schöne? Wie läuft's?«

»Sehr gut, ich bin fast fertig mit den Aufnahmen. Ich hab ein paar super Fotos geschossen. Und du?«

»Gut, sehr gut, ich hatte ein Gespräch mit meinem Chef,

aber das erzähle ich dir morgen, ich gehe ja gleich mit den anderen essen. Hör mal, ich bin im Supermarkt, auf der Liste steht gar kein Turrón?«

Er stellte die Frage und verstummte. An der Kasse der unteren Etage sah er Claudia – die gerade ihren Einkauf in Plastiktüten verpackte. Er ließ den Einkaufswagen stehen und rannte los, das Rollband hinunter und zwischen den anderen Kunden mit ihren Körben und Einkaufswagen hindurch. Warum standen ihm alle im Weg? Hatten sie sich gegen ihn verschworen oder was? Je näher er kam, desto schneller schlug sein Herz.

»Claudia!«, rief er vom Rollband aus. Als sie ihren Namen hörte, drehte sie sich um, sah aber in der unteren Etage niemanden, der ihr bekannt vorkam. Sie zahlte, nahm die Tüten und ging hinaus. Miguel kämpfte sich bis zu den Kassen durch, ignorierte den Security-Mitarbeiter und lief auf die Straße. Er sah gerade noch, wie sie in ein Auto stieg, die Beifahrertür zuzog und der Person am Steuer einen Kuss gab. Er blieb mitten auf der Straße stehen und sah dem Auto nach, das auf der Allee davonfuhr. Es hatte angefangen zu regnen.

»Miguel?«

»Entschuldige«, sagte er ins Handy.

»Was machst du?«

»Nichts.«

»Wer ist Claudia?«

»Niemand.«

Claudia ist niemand. Der Satz tat weh.

»Was hast du wegen dem Turrón gesagt?«

»Nichts, Sofia, das war Unsinn. Dass kein Turrón auf der Liste steht.«

»Ach so! Hab ich vergessen, Schatz, nimm, welchen du willst.«

»Okay. Kuss.«

Er ging zurück in den Supermarkt und arbeitete den Einkaufszettel weiter ab: Mit verlorenem Blick warf er die noch fehlenden Sachen in den Wagen, auch ein Turrón mit Schokolade und Mandeln war dabei, aber er hätte auch einen mit der ihm verhassten Marzipanfüllung nehmen können, und es wäre ihm egal gewesen.

Er war so aufgekratzt, dass er nicht aufhören konnte zu lachen, und in seinem Kopf drehte es sich gewaltig. Wie spät es wohl war? Er hatte jegliches Zeitgefühl verloren. Das Einzige, woran er sich noch klar – relativ klar – erinnern konnte, war, dass er im Restaurant, wo er die anderen zum Essen eingeladen hatte, die Kreditkarte in das mobile Kartenlesegerät gesteckt hatte. Das Essen war schön gewesen, sie hatten sich wieder und wieder über dieselben Anekdoten totgelacht. Er musste immer noch lachen. Heute war Donnerstag. Wie lange war es her, dass er donnerstags ausgegangen war? Die Stadt brummte donnerstags dermaßen, dass die Freitagabende für die Luschen blieben. Luschen! Nicht er, er doch nicht, oder? Er nicht. Aber wie waren sie in dieses mit Menschen vollgestopfte Loch geraten? Wo kamen die nur alle her? Er sah auf die Uhr seines Handys. Zwanzig vor zwölf. Er fand vier ungeöffnete Nachrichten von Sofia. Er hatte Sofia völlig vergessen. Mist.

Miguel stellte das leere Glas auf einen Tresen und bahnte sich zwischen den Leuten einen Weg zur Treppe, die zum Ausgang hinaufführte. Es musste scheißkalt draußen sein, denn alle trugen Mütze und Schal, aber ihm war heiß, die Wolle aus Painswick war eben die beste der Welt. Die Wolle der Herde und das Käse-Ruennen. Er prustete los. Er war rausgegangen, um etwas Luft zu schnappen, bevor er Sofia anrief, er wollte keinen Streit, weil er voll war. Er lachte wieder. Sofia fing wegen allem Streit an, sie war eine streitlustige Freundin. Sofia, die Streitlustige. Er war gerne ohne Sofia. Aber sie war toll: hübsch und zärtlich. Und schlau, Sofia war schlau. Er war gerne mit ihr zusammen. Sie war allerdings auch ein bisschen hysterisch. Alles musste seine Ordnung haben. Die geordnete Welt. Er war gerne ohne Sofia. Der Einkaufszettel war nicht geordnet. Mit Sofia. Er drehte den Kopf hin und her. Ohne Sofia, links. Mit Sofia, rechts. Mit. Ohne. Mit. Ohne. Er lachte sich wieder kaputt. Ohne Sofia. Mit Sofia. Er wollte einen Joint rauchen und merkte, dass er keinen Tabak hatte. Miguel hörte auf, den Kopf hin und her zu drehen, und überquerte die Straße, um in der Bar gegenüber welchen zu kaufen. Die Bar war voller alter Leute. Die Alten waren cool. Wenn er alt sein würde, würde er weiterhin zu Mateo gehen. Mateo war cool.

»Was bekommst du?«

»Ein Bier. Wo ist der Zigarettenautomat?«

»Da drüben.«

Der Barkeeper hatte anscheinend nicht gemerkt, wie voll er war, zum Glück, er hatte viele Jahre Training hinter sich. Trainieren, er musste mal wieder laufen gehen. Morgen würde er laufen gehen. Morgen ging es nicht, Sofia kam. Dann übermorgen. Übermorgen würde er laufen gehen. Er zog das Handy aus der Hosentasche und schaute nach, ob er Nachrichten hatte. Logisch hatte er welche, er hatte sie ja vorhin schon gesehen. Es waren vier und alle von Sofia. Bisschen Schiss. Er machte die erste auf. *Mein Schatz, wie ist es mit deinen Kollegenfreunden?* Sie hatte ihn kopiert, denn Kollegenfreunde war seine Erfindung, aber jetzt sagte Sofia es die ganze Zeit, Kollegenfreunde hier, Kollegenfreunde da, aber ist ja okay, kein Problem, sie kriegte ein Wort nicht mehr aus dem Sinn und nichts weiter, war ja nicht schlimm. Im Grunde süß, dass sie »dazugehören« wollte. Er machte die zweite Nachricht auf. *Schatz, wollte nur fragen, ob alles gut ist. Wir gehen jetzt schon zum Hotel.* Die dritte hörte sich nicht mehr so gut an: *Bist du blöd oder was? Hörst du das Handy nicht?* Die vierte war auch nicht gerade freundlich: *Ich schreibe dir schon den ganzen Abend Nachrichten und kriege keine Antwort. Du kannst mich mal!* Verdammter Mist. Es war sein Geburtstag, sie waren essen und tranken jetzt noch etwas, da war es doch verständlich, dass er das Handy nicht hörte. *Wir sind am Feiern. Sei nicht sauer.* Senden. Vielleicht klang das zu trocken. Er tippte: *Ärgere dich nicht, Schatz, ich bin mit meinen Kollegenfreunden in einer Bar, und man hört das Handy nicht. Kuss.* Er hatte absichtlich *Kollegenfreunde* geschrieben. Meine Kollegenfreunde. Senden. Hm. Er bereute die beiden Nachrichten. Sie waren schlampig getippt, die Buchstaben waren durcheinandergeraten. Er ergriff das Handy wieder: *ild.* Ganz ordentlich: erst das *i*, dann das *l* und dann das *d*. Er schrieb nie *Ich liebe dich*, das klang zu heftig. Senden. Hey, was war das? Wer sprach da?

Miguel spitzte die Ohren und schaute zum Fernseher hoch, der auf einem Wandsims stand. Ein Dokumentarfilm über Pinguine lief, und er hörte zu. »Pinguine«, sagte eine klare männliche Stimme, »sind das Symbol der Romantik. Wenn sich ein Pinguin verliebt, bleibt er den Rest seines Lebens bei seinem Partner.« Auf dem Bildschirm berührte sich ein Pinguinpärchen gegenseitig, einer kratzte den anderen unter dem Flügel und hielt ihm dann etwas mit dem Schnabel hin. »Im Unterschied zu vielen anderen Tierarten«, erzählte der Sprecher, »sind Pinguine eine monogame Art. Wenn das Männchen dem Weibchen den Hof macht, schleppt er mit dem Schnabel einen kleinen Stein zu ihr und bietet ihn der Angebeteten an. Wenn sie den Stein akzeptiert, stimmt er einen krächzenden Gesang an. Er heißt ›Das Lied des Herzens‹, denn ab dem ersten Ton ist der Pinguin seiner Geliebten treu bis in den Tod.« Er beobachtete das Pinguinpaar genau, wie es nach seiner Treuebekundung ungelenk zum Wasser watschelte, und ein Zittern überfiel ihn. Miguel, der Pinguin.

Er tanzte so gut es auf der überfüllten Tanzfläche ging, ließ die Musik durch seinen Körper fließen und gab sich ihr hin. Er wusste nicht, wo Pecu und die anderen waren, er hatte sie schon länger aus den Augen verloren. Bestimmt waren sie in der Sitzecke, den ganzen Abend unermüdlich am Quatschen. Der Job, das Auto, wollen wir was rauchen, meine Frau, lauter Schwachsinn, pah, er war lieber auf der Tanzfläche. Der Tag war cool gewesen. Er war immer noch cool. Im Restaurant war es super gewesen, sie hatten es sich gut gehen lassen, viel gegessen und getrunken. Es war lange her, dass sie gemeinsam ausgegangen waren, denn in letzter Zeit sahen sie sich kaum noch, aber ab heute würde das wieder anders. »Wenn du die Jahre ab dreißig verpasst«, hatte Alex gesagt, »verpasst du das ganze Leben.« Aber hallo. Miguels Blick fiel auf ein Mädchen, das mit dem Rücken zu ihm tanzte. Ihre Hüften schwangen hin und her, während sie in einer Hand ein Glas hielt und sich mit der anderen Hand den Nacken streichelte. Ein echter Hammer. Sie trug sehr kurzes Haar und auf der linken Schulter eine Tätowierung. Er sah genauer hin und erkannte, dass es eine Zeichnung von einer winzigen Frau mit Flügeln auf dem Rücken war. Tinker Bell!

»Ruth!«

»Miguel! Das glaub ich nicht, was tust du denn hier?«

»Dasselbe wie du. Haha.«

Sie begannen, miteinander zu tanzen, und rückten zum Sprechen eng zusammen.

»Wie lange ist das her, dass wir uns zuletzt gesehen haben?«

»Zwei Jahre?«

»So was, ja. Und der Haarschnitt?«

»Den hab ich mir machen lassen, als ich mich von meinem letzten Freund getrennt habe, aber erzähl du, wie geht es dir?«

»Ich weiß nicht, normal, mir geht's normal, ich arbeite viel und hab für nichts Zeit.«

»Wie schick du in dem Pulli aussiehst, ich glaub's ja nicht!«

»Und wie krass du mit diesen knallroten Lippen aussiehst!«

»Ich mag das, deshalb trage ich es, und du?«

»Ich auch.«

Ruths Äußeres war genauso ordinär und sexy wie immer, mit schwarz geschminkten Augen, rot bemalten Lippen und einem Nasen-Piercing. Sie trug verwaschene Jeans und ein Hemd, das die kleine Tätowierung auf der Schuler freigab. Als er so nah bei ihr stand, nahm Miguel den süßlichen Geruch wahr, der ihn in die Nächte zurückbeförderte, in denen sie wie verrückt gevögelt hatten, im Bad, auf dem Parkplatz oder in seiner Wohnung. Er hatte sich nie in sie verliebt, aber sie hatte ihm sehr gefallen. Ihr fehlendes Verantwortungsbewusstsein zog ihn an und ihre Art, das Leben zu leben, als sei es morgen vorbei, und es bis auf's Letzte auszureizen. Sie hatten es nie zu einer offiziellen Beziehung gebracht, sich aber monatelang getroffen. Nur ein einziges Mal hatte sie ihm einen Vorschlag gemacht, der ihn beunruhigte. »Und wenn wir uns nicht mehr mit anderen Leuten einlassen?«, fragte sie. Miguel gab eine ehrliche

Antwort: »Ich glaube nicht, dass das eine gute Idee wäre«, denn er wusste, dass er das nicht schaffen würde, jedenfalls nicht mit ihr. Ruth, die destruktiv und extrem war, rächte sich, indem sie in den Bars, die sie gewöhnlich besuchten, vor seinen Augen mit anderen Typen anbandelte. Anfangs wurde Miguel noch wütend, später dann nicht mehr, und sie spielten wieder damit, sich ewige Liebe zu versprechen. Später dachte er an diese Phase als die schwindelerregendste seines Lebens zurück: Er ging aus, mit wem er wollte, war niemandem Erklärungen schuldig, verdiente Geld, das er ausgab, und lebte ohne Schulden oder Fesseln. Mit Ruths Tattoo stand diese Welt jetzt wieder vor ihm.

»Warum gehen wir nicht zu mir? Ich wohne ganz in der Nähe«, hauchte sie ihm ins Ohr.

»Gehen wir.«

Sie verabschiedeten sich von niemandem und gingen. Sie liefen ein paar Minuten bis zu Ruths Haus und warteten in der Eingangshalle auf den Fahrstuhl. *Kling*. Er machte dasselbe *Kling* wie die Mikrowelle, mit der Sofia heute Morgen ihre Milch warm gemacht hatte, bevor sie wegen des Fotoshootings verreist war. Es kam ihm vor, als sei ein halbes Jahrhundert vergangen, seit Sofia gegangen war und ihm zum Geburtstag gratuliert hatte. Er holte tief Luft. Der Fahrstuhl hielt auf der zweiten Etage.

»Ich frage mich, warum die Fahrstühle keinen Knopf haben, mit dem man bis zum Mond fahren kann. Du nicht?«, sagte Ruth. Ehrlich gesagt nicht. Er sah, wie sie aus dem Fahrstuhl stieg. Sie erinnerte ihn an eine Comic-Heldin, und manchmal hatte Miguel das Gefühl, das einzig Echte an ihr war die kleine Tinker Bell von Peter Pan.

»Komm! Oder willst du wie Piksieben da stehen bleiben?«

Nicht zum ersten Mal nannte ihn heute jemand Piksieben. Wer war das …? Ach ja, der Enkel hatte das gesagt, als er sich zuerst nicht getraut hatte, das Büro zu betreten. Jetzt traute er sich nicht, aus dem Fahrstuhl zu steigen.

»Komm!«

Ruth ergriff seine Hand und zog ihn zu ihrer Wohnungstür. *Es riecht nach Katze*, dachte Miguel, als sie hineingingen und sie den Schlüssel auf die Kommode legte. Wenn er richtig darüber nachdachte, hatte er keine Lust zu vögeln. Er war betrunken, und in der Kneipe war es cool gewesen, wieso waren sie eigentlich gegangen? Morgen war Freitag, er musste arbeiten, hatte seinen ersten Klienten bekommen, musste Sofia vom Flughafen abholen und die Wohnung von Ruth stank nach Katzenpisse.

Mist, verdammter. Aber Mann! Dreißig Jahre! Was du jetzt verpasst, kommt nie wieder.

Ruth bot ihm Ecstasy an, zerrte ihn zum Bett, und kurz darauf kam Miguel in Fahrt.

Der Lärm der Müllabfuhr weckte ihn auf. Er war völlig orientierungslos.

»Wie spät ist es?

»Halb sechs.«

»Halb sechs!«

Er suchte seine Klamotten zusammen und zog sich eilig an.

»Ich bin total fertig …«, murmelte sie mit halb geöffneten Augen unter der Bettdecke hervor.

»Kein Wunder.« Er ging zu ihr und gab ihr einen Kuss.

»Schlaf weiter, nicht wach werden.«

»Nein, warte«, insistierte Ruth. »Ich stehe auf und mache uns einen Kaffee.«

»Nicht nötig, ehrlich.«

»Doch klar, es geht ganz schnell.«

Sie zog ein T-Shirt an, ging in die Küche, um die Kaffeemaschine anzustellen, und Miguel war dankbar dafür, denn ihm blieb gerade noch genügend Zeit, um nach Hause zu fahren, zu duschen, sich umzuziehen und zur Arbeit zu gehen. Ein Kaffee würde ihm guttun.

»Hast du ein Ladegerät? Mein Akku ist leer.«

»Auf dem Küchentresen liegt eins.«

Er steckte das Gerät in eine Steckdose, und als das Telefon anfing aufzuladen, ertönten mehrere Benachrichtigungen. Das Telefon überschlug sich förmlich.

»Jemand, der so viele Nachrichten schickt, ist nicht gerade entspannt, was dich angeht, oder?«, sagte Ruth.

Miguel lief rot an.

»Ich lebe seit ein paar Monaten mit jemandem zusammen.«

»Ach ja? Sag bloß, du hast dich verliebt.«

Ihr Tonfall klang ironisch, und ihm fiel ein, dass Ruth immer gesagt hatte, Miguel würde nie eine stabile Beziehung führen, weil er sich sonst langweilen würde.

»Verliebt sein klingt heftig, aber ja, ich fühle mich wohl mit ihr.«

»Und wo war das Kätzchen, als du gestern mit den Mäusen auf dem Tisch getanzt hast?«

»Sie ist Fotografin und hatte auswärts ein Shooting für eine Zeitschrift. Sie kommt heute Abend zurück.«

»Aha. Und sag mal …«, begann Ruth, bot ihm eine Tasse Kaffee an und schenkte sich ein, »was ist aus dem Mädchen geworden, das du so mochtest? Wie hieß sie noch? Claudia?«

Er sah sie überrascht an.

»Wieso erinnerst du dich noch daran?«

»Wie kann man das vergessen? Du warst völlig liebeskrank.«

Miguel tat Zucker in den Kaffee und rührte langsam darin herum.

»Gestern hab ich sie, glaube ich, im Supermarkt gesehen.«

»Mit Mann, drei Kindern und Einkaufswagen mit dem Wochenendeinkauf?«

»Sie war allein, ist aber in ein Auto mit einem Typen am Steuer gestiegen, ich konnte nicht mehr erkennen. Fünf Jahre hab ich sie nicht mehr gesehen.«

»So lange? Ich dachte, ihr wart gute Freunde.«

»Waren wir auch.«

»Kapier ich nicht. Na ja, was soll ich sagen. Man gibt seine Freunde doch nicht einfach so auf.«

»Ich verstehe es ja auch nicht.«

Ruth ging zu ihm und umarmte ihn. Einen Moment verharrten sie so und verabschiedeten sich schweigend.

»Ich muss los«, sagte Miguel dann.

Er fuhr das Auto in die Garage und sah auf die Uhr am Armaturenbrett: Viertel vor sieben. Er nahm die Einkaufstüten aus dem Kofferraum und wartete auf den Aufzug. Aus dem Spiegel des Aufzugs blickte ihn ein bemitleidenswerter Mann an. Die Augen waren vom langen Tragen der Kontaktlinsen gerötet, die Krawatte steckte zusammengeknäult in der Tasche seines Jacketts, das Hemd war mit Ruths Lippenstift vollgeschmiert und falsch zugeknöpft. Der Strickpulli aus Painswick mit dem V-Ausschnitt, den er hastig übergestreift hatte, hing schief und machte eine ungepflegte, jämmerliche Figur aus ihm. Wie erbärmlich.

Er hatte Sofia den ganzen Abend über nicht angerufen, ihr nicht einmal am frühen Morgen eine SMS geschrieben, damit sie sich keine Sorgen machte – die letzte hatte er geschrieben, als er die Kneipe auf der Suche nach Zigaretten verlassen hatte. Er sah sie in ihrem Hotelzimmer vor sich, wie sie versuchte einzuschlafen, aber ständig ihr Handy auf eine Nachricht kontrollierte, die sie beruhigte. Verdammt, er war ein Scheißkerl. Als er die Tür aufschloss und die verlotterte Wohnung betrat, hatte Miguel für einen Moment das Gefühl, dass nicht er, sondern sein Vater hineinging. Nur das nicht! Er stellte die Tüten in der Küche ab und rannte über den Flur zum Gästebad, während er sich die Klamotten vom Leib riss. Sofias Bad. Unter der Dusche seifte er sich wie besessen ein, in der Hoffnung, seine Schuld auf diese Weise abzuwaschen. Es war nur ein One-Night-Stand, nichts weiter. Nur ein Besäufnis, sonst nichts. Was war schon passiert. Er schrubbte seinen Körper wie ein Irrer. Er hatte nur kein Lebenszeichen von sich gegeben in den letzten Stunden, nichts weiter. Er würde Sofia erklären, dass der Akku leer war, dass sie versackt waren und er zu Hause völlig fertig ins Bett gefallen war. Dass er nichts mitbekommen hatte. Weder ihre Anrufe noch ihre Nachrichten gesehen hatte. Sie würde es verstehen, es war sein Geburtstag, wie könnte sie das nicht verstehen? Bevor er sie vom Flughafen abholen würde, würde er Sport machen, bis er den Kater los war. Eine Stunde, zwei, drei, er würde drei Stunden oder so laufen, egal, und wenn er zusammenbrach. Er würde das Bett machen. Das Abendessen vorbereiten. Kerzen auf den Tisch stellen. Er musste Kerzen besorgen, ja, beim Chinesen bekam er bestimmt welche. Und er würde ihr sagen, dass er sie dem vollen Wortsinn nach liebte, ja: Ich liebe dich, Sofia. Denn er liebte sie, natürlich liebte er sie. Mehr, er liebte sie über alles. Er liebte Sofia mehr als alles andere auf der Welt.

Er stieg aus der Dusche und zog ihren Bademantel über seinen nassen Körper. Der Bademantel war weich und flauschig, wie aus dem Katalog, genau wie das Bad, die Wohnung, das Leben, das sie führten. So ein Quatsch. Es war ein ganz normales Leben, es hatte nichts Katalogmäßiges, aber warum zum Teufel lebte er hier? Er verstand es nicht. Wenn er lieber in der Mansarde in der Innenstadt wohnen würde, wie hatte es dann passieren können, dass er in die Wohnung gezogen war, in die er ums Verrecken nicht hatte ziehen wollen? Er hatte sie wegen seiner Eltern gekauft, sie hatten nicht lockergelassen, aber unter der Bedingung, dass es nur eine Investition war. Und dass er sie wiederverkaufen würde, wenn sie an Wert gewonnen hätte. Und jetzt lebte er dort. Es war, als ob nicht er, sondern andere über sein Leben entscheiden würden. Aber was war nur mit ihm los? Gestern war er noch so zufrieden gewesen und jetzt wollte er wieder alles auf's Spiel setzen? Was war zwischen gestern und heute vorgefallen, dass die ganze Welt, seine Welt, sein eigenes Leben sich auf einmal gegen ihn gewendet hatte? Was war passiert, dass ihn alles, was er vorher gemocht hatte, jetzt anwiderte? Was ihm passiert war, hatte sieben Buchstaben und war gestern Nachmittag im Supermarkt gewesen.

MIGUEL UND CLAUDIA

»Weißt du was?«

Miguel amüsierte sich über Claudias Art, seine Aufmerksamkeit einzufordern. Sie sagte »Weißt du was?« und dann eine ganze Weile gar nichts mehr, um die Geduld ihres Gesprächspartners auf die Probe zu stellen, oder als ob das, was sie sagen wollte, so wichtig war, dass sie erst eine Pause einlegen musste.

»Was weiß ich?«

Sie lag auf dem Sofa mit den Füßen auf der Armlehne, und Miguel fiel auf, dass sie graue Socken anhatte. Wenn sie früher zur Mansarde hochgestiegen waren und Claudia wie heute Abend ihre Stiefel auszog, kamen immer die seltsamsten Socken zum Vorschein, mit aufgedruckten Fischen im Meer oder einem Tulpenmarkt oder Astronauten im Weltall. Miguel erschien diese alltägliche Handlung, dass jemand in die Wohnung kam und sich vorher die Stiefel auszog, so besonders, dass er für zwei, drei Sekunden wie paralysiert auf Claudias kindliche Socken starrte. Aber heute trug sie normale Socken, noch nicht einmal welche mit bunten, aufheiternden Streifen. »Ich lache schon lange nicht mehr so wie früher«, hatte sie vorhin gesagt. Wenn sie gesagt hätte: »Ich habe graue Socken an«, hätte sie nichts hinzufügen müssen, er hätte Bescheid gewusst.

Die Sonne war untergegangen, und in der Wohnung wurde es dunkel, sodass er die LED-Lampen in der Küche und die Regalbeleuchtung einschaltete. Er ging zum Computer, suchte seine Playlists und startete die Filmmusik von *In the mood for love*.

»Ich liebe diesen Film.«

Er auch.

»Claudia, was weiß ich?«, fragte er.

»Nichts, nur dass ich mich hier noch genauso wohlfühle wie früher.«

»Wann früher?

»Ich weiß nicht, Miguel. Du stellst schwierige Fragen. Früher ist früher«, antwortete sie und biss sich auf die Lippe.

»Weißt du was?«

Jetzt zog er ihre Aufmerksamkeit auf sich.

»Was weiß ich?«, ahmte sie ihn nach.

»Ich hab dich mal in einem Supermarkt gesehen«.

Sie zog überrascht die Augenbrauen hoch.

»Ach ja?«

»Ja. Ich war mit Freunden zum Abendessen verabredet, musste aber noch einkaufen. Ich war schon fast fertig, als ich dich an der Kasse zahlen sah. Ich hab dich von oben gerufen, während ich das Rollband hinunterlief, und du hast dich umgedreht, mich aber nicht gesehen und bist rausgegangen. Ich bin dir hinterhergelaufen und hab gerade noch gesehen, wie du in ein Auto gestiegen bist und dem Fahrer einen Kuss gegeben hast. Ich weiß noch, dass es stark geregnet hat. Ich war pitschnass, als ich zurück in den Supermarkt ging.«

Claudia hob einen Moment den Kopf.

»Wann war das?«, fragte sie.

»So vor zehn Jahren.«

»Zehn Jahre? Das wird Pablo gewesen sein«, sagte sie ruhig.

»Pablo?«

»Mein Mann.«

Sie hatte einen Mann, was sonst. Wieso auch nicht?

»Warum hast du nichts unternommen?«

»Was hätte ich denn deiner Meinung nach unternehmen sollen? Hinter eurem Auto herrennen?«

»Früher hättest du das getan.«

»Das war früher.«

Claudia legte den Kopf wieder auf dem Sofakissen ab und deckte sich mit einer Wolldecke zu, die sie aus dem Korb neben dem Sofa genommen hatte. Sie sagte nichts mehr, und Miguel schwieg ebenfalls. Nach einer Weile stand er wortlos auf, ging zum Regal und ließ die Finger über die Bücher gleiten. Er strich sanft über die Buchrücken und hielt ein paar Sekunden bei den Titeln inne, die sie zusammen gelesen hatten. Das war früher, ja.

»Du hast auch nichts unternommen, Claudia«, sagte er, ohne sie anzusehen. »Du hast mich nicht am T-Shirt festgehalten, um zu verhindern, dass ich wegging.«

Zum ersten Mal in seinem Leben erwähnte er die Nachricht jenes beschissenen Sonntags.

»Wie, ich habe nichts unternommen?«, sagte sie und erhob sich vom Sofa. »Wie kannst du so was behaupten, Miguel? Deine Erinnerung trügt. Sag bloß nicht, ich hätte nicht alles versucht – denn das ist nicht wahr.«

Sie formte ihr Haar zu einem strubbeligen Dutt, stützte die Ellenbogen auf die Knie und legte das Gesicht in die Hände, die gerade noch aus den lang gezogenen Pulloverärmeln hervorschauten. So verharrte sie einige Minuten lang, und ihr Blick ruhte auf etwas, was sich mit Sicherheit nicht in Miguels kleinem Wohnzimmer befand.

»Du bist nicht mehr ans Telefon gegangen, hast keine meiner Nachrichten beantwortet. Du bist einfach so aus meinem Leben verschwunden.«

Sie hob den Blick und sah Miguel direkt in die Augen. Er erwiderte ihren Blick.

»Wie kannst du behaupten, dass ich nicht alles versucht hätte?«

Sie schien nicht verärgert zu sein, aber ihre Stimme klang traurig. Mit den Haaren aus der Stirn war sie noch hübscher als vorhin.

»Ich schwöre dir«, fuhr Claudia fort, »ich hätte nie für möglich gehalten, dass du so gehen würdest, wie du es getan hast. Noch am Freitagabend waren wir wie so oft zusammen gewesen, und dann bist du am Sonntag nach deiner Nachricht auf einmal für immer verschwunden.«

Eine Nachricht, die aus zwanzig Buchstaben, vier Leerzeichen und einem Punkt bestand.

»Ich habe wochenlang versucht, dich zu finden«, fuhr Claudia fort. »Aber du warst nie zu Hause, jedenfalls nicht für mich, nehme ich an. Du hast noch nicht mal auf die Nachricht, die ich dir an deinem Geburtstag auf die Mailbox gesprochen habe, geantwortet.«

Sie hatte recht. Er hatte sie gelöscht, aus Angst, noch einmal ihre Stimme zu hören.

»Was hast du denn gesagt?«

»Nichts, das war nur Unsinn«, antwortete sie mit gerunzelter Stirn. Ich hab ›Happy Birthday‹ draufgesungen.«

»Auf Englisch?«

»Klar. Wie Marilyn.«

Die Vorstellung, wie sie in den Hörer sang und das »Birthday« mit ihrer dunklen, wenig melodischen Stimme aussprach, rührte ihn.

»Du warst immer schon ein Clown.«

Sie machte eine alberne Grimasse, die ihm recht gab, gewann aber schnell wieder einen Ton zurück, der nur wenig Raum für Späße ließ.

»Du warst mein bester Freund und Verbündeter, die Person, die mich am besten kannte und bei der ich am glücklichsten war. Aber eines Tages hattest du keine Lust mehr, mich zu mögen, und bist einfach gegangen.«

Sie klang wie ein kleines Kind: »Mein bester Freund redet nicht mehr mit mir, schnief«, es fehlte nur noch, dass ihr die Nase lief.

Miguel war überrascht, dass sie sich so dramatisch ausdrückte: »Du bist auf einmal für immer verschwunden«, »Du bist aus meinem Leben verschwunden«, »Du hattest keine Lust mehr, mich zu mögen.« Aber am meisten wunderte ihn, dass sie ein kleines Detail über sie beide wegließ. Sie erwähnte nicht, was immer passiert war, wenn sie in die Mansarde hochstiegen. Dass sie sich jedes Mal geliebt hatten. Nacht für Nacht, Morgen für Morgen. Sie erwähnte es nicht. Auch nicht ihre Worte, wenn sie samstagmorgens zur Tür hinausging: »Das hat nichts zu bedeuten, Miguel, wir bleiben besser nur Freunde.« Sie erwähnte nicht, dass sie nie einen Schritt weitergehen wollte, nicht wollte, dass ihre Beziehung öffentlich wurde, oder dass er sie nicht auf der Straße küssen durfte, weder in Bars noch in Discos noch im Park noch im Restaurant. Sie verlor kein Wort über ihre heimliche Beziehung, die nur in der Mansarde Wirklichkeit wurde. »Was man nicht erzählt, existiert nicht«, pflegte sie zu sagen. Und auch jetzt, so viele Jahre später, allein mit ihm in dem kleinen Raum, der ihr einziger Zeuge gewesen war, erwähnte sie es nicht.

»Was mir am besten an *In the mood for love* gefällt«, fing Claudia nach einem kurzen Schweigen unvermittelt an, »ist die Fähigkeit der Liebhaber, ihr Verlangen am Leben zu halten. Der Mann von ihr und die Frau von ihm haben eine Affäre, und sie könnten dasselbe tun, sie könnten zusammenkommen, während ihre jeweiligen Partner ihnen untreu sind. Aber sie tun es nicht – weil sie wissen, dass dann ihr gegenseitiges Verlangen erlöschen wird.«

Sie war vom Sofa aufgestanden und stand jetzt neben der Doppeltür, die auf den winzigen Balkon der Wohnung führte. Die Nacht war sehr dunkel, und das Licht im Zimmer machte aus der Scheibe einen Spiegel, aber dennoch sah Claudia nach draußen, ohne zu merken, dass sie dasselbe sah wie drinnen.

»Wenn das Verbotene erlaubt wird, ist es um die Magie geschehen. Wenn das Heimliche öffentlich wird, gehen das Gefühl und die Erregung verloren. Und in diesem Film warnt Wong Kar-Wai uns davor, dass das Verlangen, zu lieben, endet, sobald es Wirklichkeit wird.«

Sie drehte sich wieder zu Miguel.

»Verstehst du, was ich sagen will?«

Sie hatte ja keine Ahnung, wie gut er sie verstand.

IV

Miguels fünfunddreißigster Geburtstag

Seit Langem kam es Miguel so vor, als ob er immer auf die gleiche Weise aufwachte. Er drehte sich um und vergrub das Gesicht im Kissen, um das Geräusch von nebenan zu dämpfen. Wie so oft redete er sich vergebens ein, dass er sie nicht hörte. *Ich höre sie nicht. Ich höre sie nicht. Ich höre gerade gar nichts.* Er murmelte sein Mantra noch ein paar Mal vor sich hin: »Ich höre nichts, ich höre sie nicht«, aber das Weinen der Kleinen, ein ganz schwaches Wimmern, hatte sich so tief in seinem Gehirn eingegraben, dass er nicht dagegen ankam. Obwohl er so viel darüber gelesen hatte, dass es für ihn und seine Tochter am besten war, quengelndes Weinen, das weder von Schmerz noch von Hunger herrührte, zu ignorieren, schaffte er es einfach nicht, liegen zu bleiben. Er wartete eine Minute, ob Sofia sich vielleicht regte, in der Hoffnung, sie würde nach der Kleinen sehen, aber sie rührte sich nicht, schlief tief und fest. Pah, eine halbe Minute noch, dann würde er aufstehen. Bestimmt für nichts und wieder nichts, nur die Decke, die vom Fuß gerutscht, oder ein Bär, der heruntergefallen war oder … das Austesten! Es könnte auch das Austesten sein!

Die Kinderärztin hatte davon gesprochen, als sie die Tabelle mit den Perzentilen studiert hatte: »Mit zwei Jahren sind sie unglaublich süß, weil sie anfangen zu sprechen und zu verstehen, was wir sagen. Aber zugleich testen sie auch ganz gerne Grenzen aus. Sie werden zu kleinen Tyrannen und lernen nur allzu schnell, wie sie unsere Aufmerksamkeit bekommen. Man muss streng sein, vor allem nachts, denn da wird geschlafen, und das wissen Kinder genau …« Seine Tochter wusste es nicht. Seine Tochter war noch zu klein und wusste es noch nicht. »Sie sind keine Babys mehr.« Seine Tochter schon. Daniela war erst zweieinhalb Jahre alt. »Und am schwersten fällt es den Eltern, zu akzeptieren, dass ihr Baby größer wird.«

Unsinn. Jedenfalls würde er jetzt aufstehen und nachsehen, was der Kleinen fehlte. Garantiert würde sie wieder einschlafen, als hätte sie ihn nicht zwei Stunden zu früh geweckt, bevor ein neuer beschissener Tag seines vollgestopften Alltagslebens anfing. Seit nunmehr zwei Jahren und sechs Monaten waren seine Tage jetzt so: verdammt vollgestopft.

»Gehst du, Schatz? Ich war vorhin«, hörte er Sofia murmeln. Vorhin? Wann denn? Er war es, der um drei Uhr morgens aufgestanden war, um ihr ein Fläschchen zu geben. Sofia meinte wohl gestern Abend, aber gestern war gestern, und heute war heute.

»Okay, schlaf weiter, ich bin eh schon wach. Dann geh ich halt noch mal.« Miguel setzte sich die Brille auf und ging barfuß in Danielas Zimmer.

Sobald das Mädchen das Gesicht ihres Vaters hinter den Gitterstäben des Kinderbettes erblickte, hörte sie auf zu weinen und lachte laut auf. Verräterin. Wenn er den Kampf verloren hatte, wenn sie wusste, dass ihr Vater das bisschen Schlaf, bevor der Wecker klingelte, nicht mehr nutzen konnte, dann war plötzlich alles gut. »Na, Kleine, was war denn?«, flüsterte Miguel, deckte sie zu und legte den Bären neben sie. Er würde sie gerne auf den Arm nehmen, aber nein. Er durfte nicht. Er gab Daniela einen Kuss und streichelte ihr mit den Fingerspitzen ein paar Minuten lang über die Stirn. Als sie eingeschlafen war, ging er zurück ins Bett.

»Was war los?«

»Nichts.«

»Irgendwas wird sie gehabt haben, wenn sie eine halbe Stunde geweint hat.«

Zum Teufel mit Sofia. Sie hatte ihre Tochter eine halbe Stunde weinen gehört und war liegen geblieben.

»Wenn du sie schon so lange gehört hast, frage ich mich, wieso du nicht aufgestanden bist.«

»Aber hat sie sich aufgedeckt oder was?«

Typisch Sofia: Sie hörte nicht, was sie nicht hören wollte. »Nichts war los, kaum kam ich rein, hat sie aufgehört.«

»Ach so, sie wollte nur spüren, dass ihr Papi da ist.«

Sofia streichelte Miguels nackten Oberkörper, schob ihre Hand in seine Unterhose und presste sich an ihn.

»Jetzt nicht, Sofia, bitte, lass mich noch ein bisschen schlafen, der Wecker klingelt in zwei Stunden.«

»Gut, aber dann mach dich am Wochenende auf was gefasst.«

War das eine Drohung? Es klang so. Er machte die Augen zu und versuchte zu schlafen.

Um halb acht bohrte sich das Klingeln des Handyweckers in Miguels Ohren, und er reckte sich laut gähnend, um wach zu werden. Gott sei Dank, am Ende war er doch wieder eingeschlafen und hatte noch ein wenig Schlaf tanken können. Dabei war heute erst Mittwoch. Er hatte keine Ahnung, wie er es bis zum Wochenende schaffen sollte mit dieser Müdigkeit, die er nicht mehr loswurde, und den tausend Dingen, die er im Büro noch vor Weihnachten fertigbekommen musste.

Nebenan hörte er Sofia mit Daniela schmusen, und als die Kleine hell auflachte, regte sich etwas tief in seinem Inneren. Wo genau, hätte er nicht sagen können, vielleicht hier, zwischen dem Brustbein und der Lunge, ein Ort in seinem Körper, den er vor der Geburt seiner Tochter nicht gekannt hatte und an dem sich manchmal sein Inneres so stark zusammenzog, dass ihm die Tränen in die Augen stiegen. Hey. Moment mal. Heute war der 15. Dezember! Sein Geburtstag! Die kleine Daniela würde ihm eines dieser rührenden Bilder schenken, die dann an die Kühlschranktür kamen. Beflügelt sprang er aus dem Bett und wollte seiner Familie einen guten Morgen wünschen, als Sofia mit dem Mädchen auf dem Arm aus dem Nebenzimmer schoss.

»Aus dem Weg, mach schon, ich hab überhaupt keine Zeit, echt jetzt, ich bin nur am Herumrennen, vom Aufstehen bis zum Schlafengehen.«

Sie klang ärgerlich, obwohl Miguel nicht wusste, ob auf ihn, seine Tochter oder die Welt im Allgemeinen. Sie hatte das oft morgens, am besten tat er so, als hätte er nichts gehört, denn auf diese Weise regelte sich in letzter Zeit alles bei ihnen: so tun, als habe man nichts gehört.

Er ging zurück ins Schlafzimmer und dann ins Bad. Er schloss die Tür hinter sich und stellte sich unter die Dusche, um den Krach aus der Küche nicht hören zu müssen, wenn Sofia für das Frühstück der Kleinen mit der Milchflasche und der Keksdose herumhantierte. Mein Gott, diese aufbrausende Art.

Als er aus dem Badezimmer kam, wirkte alles etwas

ruhiger. Beim Anziehen hörte er beide auf dem Weg zum Schlafzimmer ein Kinderlied trällern.

»Glückwunsch, Schatz, sieh mal, was wir für dich haben«, sagte Sofia und öffnete die Tür, um Daniela hineinzulassen. »Gib es Papi, Liebling.«

Die Kleine tapste breitbeinig mit ihrer Windel ins Zimmer. Sie hielt ein Päckchen, das sie kaum tragen konnte, und schien jeden Moment das Gleichgewicht zu verlieren.

»Ist das lieb! Was bringst du mir denn da?«

Die Kleine schaffte es bis zum Bett, ließ das Geschenk zufrieden auf die Tagesdecke fallen und klatschte in die Hände. »Priiiiima!«, riefen Miguel und Sofia gleichzeitig und applaudierten – eine dieser alltäglichen Szenen, die an absurdes Theater grenzten und eine Art Glücksgefühl in ihm auslösten. Er betrachtete das Geschenk. Es war ein rechteckiges Paket, in rotes Papier verpackt, mit einer goldenen Schleife. Verwundert drehte er sich zu Sofia und sah sie fragend an. »Ich hab keine Ahnung, mach es auf«, antwortete sie mit einer Kinnbewegung. Doch da zog Daniela schon an der Schleife und riss das Papier auf.

»Vorsichtig, Liebling«, sagte Sofia. »Wir haben gesagt, dass wir es ganz vorsichtig aufmachen.«

Unter dem Papier kam eine weiße Schachtel zum Vorschein, an der ein kleines kariertes Blatt mit einer Buntstiftzeichnung mit Tesafilm befestigt war. Es war eine krakelige Figur mit sehr langen Armen und Beinen und einem riesigen Mund. Über den Wolken und einer Sonne stand in unterschiedlich großen, kaum entzifferbaren Buchstaben: *Papa*. Seine Augen wurden feucht. Diese Figur hier, mit den langen Armen und Beinen, das war er.

»Ist das schön! Vielen Dank, meine Kleine.«

Miguel umarmte seine Tochter, und während er sie

knuddelte, sah er sich die weiße Schachtel genauer an. Sie enthielt ein iPad.

»Hey!«, rief er überrascht und drehte sich zu Sofia um. »Bist du verrückt geworden?«

»Ich weiß doch, wie sehr du dir eins wünschst. Herzlichen Glückwunsch zum Fünfunddreißigsten, mein Schatz.«

Er setzte Daniela aufs Bett und umarmte seine Frau. Wie lange war es her, dass sie sich zum letzten Mal auf diese Weise geküsst hatten? Er hatte keine Ahnung.

»Auf geht's, am Ende kommen wir alle noch zu spät.«

»Ja, gehen wir.«

Miguel setzte Daniela in den Kindersitz auf der Rückbank, schnallte sie an, legte seine Tasche auf den Beifahrersitz und fuhr aus der Garage. Jeden Morgen war es dasselbe, ehe er sich's versah, war es total spät. Jetzt aber schnell! Miguel hupte, als die Ampel auf Grün sprang, damit das erste Auto in der Schlange schneller losfuhr. *Maaaach schon.* Er bog zum Kindergarten ab und parkte in zweiter Reihe.

»Los, Dani, renn!«

Das Mädchen gehorchte und zog an der Hand ihres Vaters eilig einen kleinen Rucksack auf Rädern hinter sich her. Bevor sie an der Tür zu ihrem Gruppenraum ankamen, kniete sich Miguel neben sie und sah nach, ob Wechselwäsche in der Tasche war und ob sie das Notizbuch dabeihatte, in das die Erzieherin Mitteilungen an die Eltern eintrug. Er warf einen Blick auf die Seite des vorherigen Tages.

**Aktivitäten: Hat gut gegessen. Mittagsschlaf gehalten.*
**Bemerkung für die Eltern: Am Freitag machen wir die Fotos für Weihnachten. Bitte in entsprechender Kleidung kommen.*

Sein Herzschlag setzte für einen Moment aus. Aber nein, heute war erst Mittwoch, alles gut. Dass sie bloß übermorgen nicht vergaßen, dran zu denken: nicht dass seine Tochter als Einzige des ganzen Kindergartens auf dem Foto der Weihnachtskarte in unpassender Kleidung verewigt wäre.

»Guten Morgen, María.«

»Guten Morgen, Miguel! Hallo Daniela, hast du eine süße Mütze!«, sagte die Erzieherin, als sie ihr den Mantel und die Mütze mit Bärchenohren auszog.

»Wie sind die Nächte?«, fragte sie Miguel in vertraulichem Tonfall. »Schläft sie noch mit Windel oder schon ohne?«

Unweigerlich fiel ihm die Diskussion mit Sofia vor ein paar Tagen wieder ein.

»Ich ziehe ihr die Windel nicht aus, sie ist noch zu klein.«

»Schon, Sofia, aber die Erzieherin hat gesagt, dass sie so weit ist, wir sollen anfangen, sie nachts wegzulassen.«

»Weißt du, Miguel …«

Es nervte ihn, dass Sofia in diesem nachsichtigen Ton mit ihm sprach, wenn es um Daniela ging, es fehlte gerade noch ein »Du hast doch keine Ahnung«. Er hätte schwören können, dass Sofia diesen Satz nur nicht aussprach.

»… es ist mir egal, was die Erzieherin sagt. Wenn sie ins Bett macht, bin ich diejenige, die das Bettzeug wechseln muss, oder etwa nicht?«

»Das klingt gerade so, als wärst du die Einzige, die nachts aufsteht.«

»Sie lässt die Windel noch an und Ende.«

Und Ende. Klar. Das war's. Es gibt nichts mehr dazu zu sagen. Pah.

»Sie hat noch eine an«, gestand er der Erzieherin etwas beschämt. »Wir trauen uns nicht, sie wegzulassen.«

»Ach, immer diese Ängste … Die Kinder sind meist viel weiter, als wir glauben.«

»Okay, ich muss los.«

»Herrje, die gestressten Eltern, eines Tages klappt ihr noch zusammen!«

Die Erzieherin redete oft ohne Punkt und Komma, verdrehte die Augen und blickte flehend gen Himmel. »Herrje, diese Eltern. Herrje, diese Hektik! Herrje, diese Welt!« Aber die Kinder liebten sie heiß und innig. María spielte Gitarre, sang mit ihnen und rannte mit den Vorschulkindern über den Hof. Sie erinnerte Miguel irgendwie an Julie Andrews, und auf dem Weg zur Arbeit sinnierte er oft darüber, ob sie womöglich eine verkleidete Nonne war.

»Denk dran, Miguel, heute Nachmittag um fünf ist das letzte Elterntreffen für die Weihnachtsaufführung!«

»Noch ein Treffen?«

In diesem Kindergarten fanden mehr Treffen statt als in seinem Büro.

»Ja, die Aufführung ist ja schon nächste Woche, und wir müssen jetzt alles unter Dach und Fach bringen. Und kommt bitte beide, das geht die ganze Familie an.«

»Hast du Zeit, die Kleine abzuholen?«, hatte Sofia gefragt, bevor sie gegangen war. »Wir müssen den Katalog fertig bekommen, da dauert es bei mir bestimmt länger, geh lieber du.«

»Ich kann nicht, ich hab auch zu viel um die Ohren. Ich rufe meine Mutter an, sie soll sie abholen.«

»Nein, lass mal, lass deine Mutter lieber in Ruhe, sie organisiert bestimmt das Essen für deinen Geburtstag. Ich krieg's schon irgendwie hin.«

»Okay, wenn du gar nicht kannst, mach ich es möglich.«

Der tägliche Zeitplan war kaum einzuhalten, alles war

total eng gestrickt, und jetzt kam auch noch Mary Poppins mit diesem tollen Treffen.

»Wir versuchen es, María.«

»Ich erwarte euch hier um Punkt fünf.«

»Ich muss jetzt los.«

»Sag Papa tschüss, Daniela.«

Die Kleine warf ihm etwas wie ein Kusshändchen zu, und Miguel verspürte den unbändigen Wunsch, seine Tochter den Armen von Julie Andrews zu entreißen und mit ihr blauzumachen. Er wollte seinen Geburtstag nur mit ihr verbringen und tun, wozu sie Lust hatten: in den Park gehen oder auf den Spielplatz oder ans Meer, sich am Strand herumwälzen, bis auch die Haare sandig waren, in Pfützen springen, Süßigkeiten essen, die Hände in einen Farbtopf tauchen, auf Wände malen, einen Welpen adoptieren, fünfhundert Millionen Mal dieselben Bücher ansehen.

»Tschüss, mein Schätzchen. Sei lieb.«

Miguel stieg ins Auto und fuhr Richtung Innenstadt. Er schaltete das Radio ein, um die Morgennachrichten zu hören, bekam aber nichts mit, weil seine Gedanken ganz woanders waren. Er war machtlos dagegen. Jedes Mal, wenn er Daniela im Kindergarten zurückließ, gingen ihm dieselben Fragen durch den Kopf: *Und wenn ihr etwas zustieß? Und wenn sie hinfiel und sich den Kopf aufschlug? Und wenn ein Blödmann sie schubste? Und wenn sie von einem Pädophilen entführt würde?* Denn auf der Welt gab es auch Monster, und seit seine Tochter geboren war, wusste Miguel, was es bedeutete, Angst zu haben. Nicht dass er vorher keine Angst gehabt hätte, aber im Vergleich zu heute war das nicht der Rede wert gewesen.

»Hier, Miguel, Vorsicht, die Milch ist sehr heiß.« Kaum betrat er die Cafeteria, holte Sonsoles ihm ein warmes Croissant aus der Küche und servierte den Kaffee, ohne dass er ihn bestellen musste. Wie jeden Tag, bevor er ins Büro hochfuhr, machte Miguel es sich auf seinem Barhocker bequem und beobachtete die Bedienung der Cafeteria bei der Arbeit. Vorhang auf, Musik an.

Sich ihrer morgendlichen Vorstellung nicht bewusst, reihte Sonsoles unzählige kleine Untertassen auf dem Bartresen auf – klong, klong, klong – und legte im Vorbeigehen einen Teelöffel auf jede Untertasse – ping, ping, ping. Sie drehte sich um, zog den Siebträger aus der Kaffeemaschine, schlug die Kaffeereste heraus – tock, tock, tock – und füllte ihn wieder mit gemahlenen Bohnen auf – kschchhhhh. Dann drehte sie ihn wieder in die Maschine ein – klack – und drückte auf den Schalter, um zwei Tassen Kaffee zu machen. Mit dem Rücken noch zum Tresen und beinahe ohne sich vom Fleck zu rühren, griff sie die Milchkanne aus Edelstahl, hielt sie unter den Aufschäumhahn und schäumte die Milch auf – ein Geräusch wie das einer Lokomotive – fssssssh. Sonsoles drehte sich um und schob – grrrrtsch – die beiden Kaffeetassen zu den wartenden Kunden hinüber. Sie verteilte den Milchschaum mit kleinen kreisförmigen Bewegungen aus dem Handgelenk und stellte zwei mit Sahne gefüllte Brioche dazu, alles mit einem Lächeln auf den Lippen.

Sonsoles war keine besonders hübsche Frau. Sie trug ihr Haar in einem dicken Zopf und über der Hose eine kleine Schütze, aus der ein Frotteelappen hing. Doch in Miguels Fantasie servierte sie den Kaffee wie eine russische Eiskunstläuferin, mit straffem, gegeltem Haar und Augen, die wie Schmetterlingsflügel geschminkt waren. Es war ein merkwürdiger Tagtraum, der nichts damit zu tun hatte, dass Miguel in Sonsoles verliebt gewesen wäre, denn das war nicht der Fall, oder sich körperlich von ihr angezogen gefühlt hätte. Vielmehr war diese Realitätsflucht lebenswichtig für die Verbindung seiner beiden Lebenswelten. Es waren Minuten, in denen er sich wie in einer von der Außenwelt getrennten Seifenblase befand, aus der er verzückt die Choreografie seiner Eiskunstläuferin bewunderte. Dieser kleine morgendliche Tanz war zum Verbindungsglied zwischen seinem Familien- und seinem Arbeitsleben geworden.

»Miguel, soll ich es auf die Rechnung setzen? Schau mal auf die Uhr, heute schaffst du es nicht pünktlich.«

»Ja, mach das, ich muss los. Danke.«

Er ging hinaus, betrat das Foyer des Ambrosi & Sheep-Turms, grüßte die Empfangsmitarbeiter freundlich und fuhr im verglasten Aufzug bis zur neunten Etage hoch, während er Sofia eine SMS schrieb: *Treffen im Kindergarten um 17 Uhr. María hat gesagt, wir sollen beide kommen. Ich versuche mein Möglichstes.* Das Telefon klingelte.

»Was heißt, es gibt noch ein Treffen?«

»Keine Ahnung, ich glaube wegen der Weihnachtsaufführung.«

»So ein Mist, dann muss ich wieder heimlich früher gehen, und wir haben doch bald Redaktionsschluss.«

»Keine Sorge, ich kriege das hin, komm du, wann du kannst.«

»Das sagst du jetzt, Liebling, und wer nachher pünktlich da ist, bin ich.«

»Ja, aber heute müssen wir beide hingehen, also muss ich es so oder so hinkriegen. Und du auch.«

»Okay, ich muss aufhören, sie rufen mich, Küsschen.«

»Wir sehen uns um fünf, Küsschen.«

Auf dem Weg durch den Gang zu seinem Arbeitsplatz hinter dem Ficus hielt Miguel mehrmals bei Kollegen an, die ihn beglückwünschten. Ein schwieriger Vormittag lag vor ihm. Er musste Dutzende von E-Mails beantworten und, allem voran, die Besprechung vorbereiten, die er für nächste Woche mit dem Führungsteam von Solersyde einberufen hatte, eine auf den Energiesektor spezialisierte Firma. Er mochte Solersyde. Ihr Geschäftsmodell hatte seine Aufmerksamkeit erregt, weil ihre Kundenbindung bei über 95 Prozent lag und die Fluktuation ihrer Angestellten – Experten im Bereich Software, Modellierung und Trading – unter einem Prozent, eine verglichen mit dem Branchendurchschnitt verschwindend geringe Zahl. Außerdem war das Unternehmen eines der »Schafe«, das am meisten für die Beratung ausgab. Solersyde galt als Referenz für andere Firmen, die Wachstum und eine solide Positionierung auf dem Markt anstrebten. Ja, er mochte sie, und er musste das Treffen gründlich vorbereiten.

Was ihn jedoch besonders beschäftigte, war das Benin-Projekt der Soler-Stiftung, die Solersyde gegründet hatte, um einen Teil der Gewinne in soziale Projekte zu überführen. Es ging bei diesem Projekt darum, in Benin Trinkwasserbrunnen bauen zu lassen. Miguel hatte auf Wikipedia nachgelesen, dass Benin eine kleine Republik zwischen Togo, Burkina Faso, Niger und Nigeria war. Bisher hatte er nicht mal von ihrer Existenz gewusst, und jetzt blieb ihm eine knappe Woche, um sich in das politische, wirtschaftliche und gesellschaftliche System Benins einzuarbeiten. Dabei ging es auch um die Beziehungen von Solersyde zu den dort ansässigen katholischen Missionaren, die gegen eine beträchtliche Spendensumme die Überprüfung der Projekte vor Ort übernehmen sollten.

Miguel tippte *»Benin Gebräuche und Traditionen«* bei Google ein. Der erste Treffer war eine Reportage über Voodoo und Hexerei. Sie enthielt Fotos von Fledermäusen, Affenköpfen mit offenen Schädeldecken und Hühnern, die an illegalen Marktständen der Stadt Cotonou hingen. Ein Undercover-Journalist hatte die Zutaten dokumentiert, mit denen die Medizinmänner ihre Arzneien herstellten, etwa zur sexuellen Stimulation, um eine verlorene Liebe wiederzugewinnen oder jemanden mit dem Blick zu behexen. Er sah Fotografien von Töpfen mit Lammfell-Suppe, Pferdeblut und Katzenkrallen-Heilpflanzen sowie dämonenhafte Tänze um den Rumpf eines Nashorns. Das fing ja gut an – wo Miguel doch rein gar nichts für Hokuspokus übrighatte, er bekam davon richtiggehend Albträume.

»So, so … Anscheinend wird hier heute nur gearbeitet und gar nicht gefeiert, oder was?« Als er Pecus Stimme hörte, tauchte er aus seinen Gedanken um Benin auf und schaute hinter dem riesigen Ficus hervor. Sein Freund – dichter Bart, langes Haar, schmal geschnittenes Cordjackett, von dem Miguel sich unwillkürlich fragte, wo er das nur herhatte – kam lächelnd den Gang entlang, in einer Hand eine Flasche Champagner, in der anderen ein paar Gläser. Als er zwischen den Tischen hindurchging, standen die Frauen auf, um ihm zwei Küsschen auf die Wangen zu geben, und auch die Männer begrüßten ihn sichtlich erfreut.

»Was geht, Champion?«, sagte er, als er bei Miguel ankam. »Herzlichen Glückwunsch!«

»Danke, Alter! Was für eine Überraschung!«

»Mit mir hast du nicht gerechnet, was?«

»Nein, aber du kommst genau richtig. Mein Kopf platzt gleich. Ich lese seit Stunden über ein und dasselbe Land.«

»Was für ein Land?«

»Benin.«

»Kenne ich.«

»Kennst du?

»In Benin steht das Tor ohne Wiederkehr: Die Schwarzen wurden dort auf Schiffe verfrachtet und dann als Sklaven nach Amerika gebracht. Das Land ist eines der Zentren des Voodoo, weil die Zurückgebliebenen die Geister derjenigen, die gegangen waren, angerufen haben, wusstest du das nicht?«

»Ich hab es gerade gelesen, erinnere mich bloß nicht dran. Sag mal, wieso begleitest du mich eigentlich nicht zu der Besprechung nächste Woche?«

Obwohl er im Scherz sprach, hätte er Pecu wirklich gerne dabeigehabt. Miguel fühlte sich niemandem so verbunden wie seinem Freund. Bei ihm fand er Ruhe. Obwohl sie sehr unterschiedlich waren, waren sie über die Jahre ihrer Freundschaft zur perfekten Ergänzung des jeweils anderen geworden. Pecu verlieh Miguel mehr Sicherheit im tagtäglichen Leben, und Miguel wiederum verlieh Pecu Sicherheit in einer tieferen Dimension. Als sie noch klein waren, sorgte Miguel dafür, dass Magda sein Sandwich schon zubereitet hatte, wenn Pecu mit zu ihm nach Hause kam. Seine Mutter sollte die Hausaufgaben seines Freundes kontrollieren, wenn Leopoldo nicht da war. Und Miguel war erleichtert, dass Magda die Geschenke, die sie in der Schule zum Muttertag gebastelt hatten und die Pecu niemandem geben konnte, zusammen mit seinen und denen seines Bruders verwahrte. Seit sie kleine Rotznasen waren, hatte Miguel wie ein Welpe, der einem anderen einen Platz im Wurf freihält, dafür gesorgt, dass Pecu Teil seiner Familie wurde, und mit beispielloser Selbstverständlichkeit hatten sie gelernt, aufeinander aufzupassen.

Als Pecu jetzt im neunten Stock seines Büros in seinem Cordjackett, das sicher seinem Vater gehörte, vor ihm stand, fiel Miguel der schwierigste Moment ihrer gemeinsamen Zeit ein: Als Ricardo das mit Leopoldo erfuhr, verbot er Pecu sein Haus. »Dein Freund kommt mir nicht mehr ins Haus, das, was sein Vater hat, ist ansteckend«, lautete sein Urteil. Miguel war schon fünfundzwanzig und kein Kind mehr, aber der Befehl seines Vaters traf ihn so sehr, dass er sich nicht anders zu helfen wusste, als zusammen mit seiner Mutter in den Hungerstreik zu treten – sie hatte beschlossen, das sei das beste Druckmittel bei Ricardo. Miguel hielt die Diät tagsüber gut durch, aber wenn er nachts in seine Wohnung zurückkam, öffnete er den Kühlschrank und verschlang heimlich – heimlich vor sich selbst – alles, was ihm in die Finger kam, um das Loch in seinem Magen zu stopfen. Seine Mutter jedoch begann an Gewicht zu verlieren, sprach nicht mehr mit ihrem Mann und verbrachte die Tage auf dem Wohnzimmersofa, ohne dass jemand sie dazu bringen konnte, ihr Versprechen zu brechen und wieder zu kochen oder zu essen. Als sein Vater, der nicht einmal wusste, wo die Frühstückstassen waren, es nicht mehr aushielt, verlangte Magda von ihm, Leopoldo anzurufen und sich zu entschuldigen. Ricardo schloss sich daraufhin in sein Zimmer ein, und nach ein paar Stunden hörten Mutter und Sohn vom zweiten Telefon in der Küche aus, wie ein Festnetzanschluss gewählt wurde. Sie ahnten, dass es der Anschluss der Penthousewohnung war. Weder Magda noch Miguel wagten, den Hörer abzuheben, um die Unterhaltung zu belauschen und Einzelheiten zu erfahren. Aber am nächsten Tag stand Pecu wieder vor der Tür, als sei nichts geschehen. »Hallo, Ricardo«, sagte er, als Miguels Vater in die Küche kam, und bot ihm eine Schüssel mit Kroketten an, die Magda endlich wieder zubereitet hatte. »Möchtest du?«

Ricardo nahm eine Krokette.

»Danke«, antwortete er.

Das war das erste und einzige Mal, dass Miguel seinen Vater am ganzen Körper zittern sah.

Miguel bat Pecu, ihn zu einem der Besprechungsräume zu begleiten. »Los, komm mit, wo du schon mal da bist, würde ich gern mit dir über *Ichgeheauchhin.com* sprechen.« Sie betraten ein Büro innerhalb des Großraumbüros. Miguel klappte sein Notebook auf und klickte auf den Ordner mit der Dokumentation über Pecus Firma.

»Die Website ist jetzt fünf Jahre alt und ein Riesenerfolg. Sie hat Preise gewonnen, jeder kennt sie, und wir haben eine E-Reference aus ihr gemacht – aber wir müssen anfangen, eine Strategie für die nächsten zwei Jahre zu entwickeln. Ich hab eine vergleichende Studie erstellt, die ich mit dir durchgehen möchte.«

»Stopp mal. Ich überlege gerade, ob ich verkaufe.«

Miguel traute seinen Ohren nicht. Verkaufen? Wie verkaufen? Gerade jetzt konnte die Seite ihr volles Potenzial entfalten! Sie hatten es geschafft, sie erfolgreich zu positionieren, und vor ihnen lagen Hunderte, Tausende, ja Millionen von Möglichkeiten, zu wachsen und Geschäftspartner und Werbeinvestoren zu gewinnen! Er arbeitete bereits an einem Geschäftsplan, um die »Treff-Site« in eine Plattform zu verwandeln, die dem Kunden alles lieferte, was er brauchte, um ein Event zu genießen: Transport, Zug- oder Flugtickets, Mitfahrgelegenheiten, Unterkünfte, Eintrittskarten für Konzerte oder Aufführungen, Reservierungen in Restaurants; sie überlegten sogar, Einladungen zu Privatpartys zu organisieren. Bisher gab es nichts Vergleichbares auf dem Markt, verdammt, und jetzt ließ Pecu raus, dass er verkaufen wollte? Er war offenbar verrückt geworden.

»Miguelón, ich bin nicht wie du. Ich will nicht von einem Unternehmen abhängig sein, und auch nicht von Leuten, die von mir abhängen.«

»Jetzt zu verkaufen ist totaler Quatsch, Pecu, mach keinen Scheiß. Jeder würde alles für das geben, was du im Moment hast.«

»Mir ist egal, was die Leute sagen, jeder setzt andere Prioritäten, und ich werde mich nicht dafür entschuldigen, dass meine anders sind als die der meisten Leute, du kennst mich. Außerdem, ich weiß auch nicht … ich versuche jetzt schon länger dahinterzukommen, wie wir unser Leben eigentlich leben. Merkst du nichts? Wir haben unser Leben lang Pläne geschmiedet, was wir tun würden, wenn wir erst richtig glücklich wären. In der Grundschule haben wir immer gesagt: ›Wie cool wird es erst im Sommer sein‹, dann, wenn wir endlich mit Mädchen ausgehen, in Konzerte gehen, Reisen machen würden. Im Gymnasium waren wir ganz heiß darauf, auf die Universität zu kommen, auf der Uni haben wir uns ausgemalt, wie es sein wird, wenn wir später einen Job haben, unabhängig sind und endlich Kohle verdienen. Miguel! Siehst du das nicht? Wir denken ein Leben lang immer nur: Was wäre, wenn? Und jetzt wieder. Was soll das? Macht es mich glücklicher, wenn mein Unternehmen riesengroß geworden ist? Vergiss es, ich will mein Leben nicht damit verbringen, darauf zu warten, dass immer noch was Besseres passiert. Was ich will, ist leben!«

»Beruhig dich, Mann … Du hast echt einen Hang zum Philosophieren. Ich bitte dich doch nur, dass du noch ein bisschen wartest.«

Pecu zog die Augenbrauen hoch.

»Wie lange ist ein bisschen?«

»Wir haben fünf Jahre gebraucht, um sie zum Laufen zu bringen, gib mir noch mal fünf, und dann schießen wir sie ab. Dann verkaufst du sie und machst mit deinem Leben, wozu du Lust hast.«

Sein Freund lächelte. Zwar resigniert, aber er lächelte.

»Du weißt ja, dass ich immer auf dich höre, Alter, du hast eine krasse Intuition.«

Schön wär's. Pecu glaubte, dass Miguel übernatürliche Fähigkeiten besaß, seit er hinter Leopoldos Homosexualität gekommen war. Aber das hatte damals nichts mit Intuition zu tun gehabt, im Gegenteil, es war ihm auf dem Präsentierteller serviert worden. An dem Tag, an dem sein Freund aus Austin zurückgekehrt war und Miguel ihn vor der Wohnsiedlung abgesetzt hatte – an dem Tag hatte er gewartet, bis Pecu durch den Garten gegangen und im Haus verschwunden war. Er hatte sich eine Zigarette gedreht und den Blick zur Penthousewohnung schweifen lassen. Da hatte er Leopoldo auf der Terrasse stehen sehen, und plötzlich war ein Mann aus dem Wohnzimmer gekommen und hatte Leopoldo von hinten umarmt. Miguel war so geschockt gewesen, die beiden Männer zusammen zu sehen, dass er das Auto gestartet hatte und geflohen war. Ja, Miguel war im wahrsten Sinne des Wortes geflohen. Denn als er Leopoldos Homosexualität entdeckte, entdeckte er zugleich, dass hinter dem äußeren Schein immer auch noch eine andere Wahrheit existierte, die weder besser noch schlechter, aber unbekannt war. Und das Unbekannte machte bekanntlich Angst.

Als er in seiner Wohnung ankam, war er so aufgewühlt gewesen, dass er Pecu alles Mögliche hatte sagen wollen, aber am Ende nur *Gott sei Dank bist du wieder da* schrieb.

Manchmal ging es ihm so, dass er sich gedanklich im Kreis drehte und am Ende nur etwas völlig Offensichtliches aussprach. *Gott sei Dank bist du wieder da.* »Wir machen das Leben kompliziert«, pflegte Leopoldo zu sagen, »aber eigentlich ist es ganz einfach.«

Miguel beobachtete seinen Freund. Pecu war aufgestanden und sah durch das große Fenster des Besprechungsraums. Miguel hatte den Eindruck, dass ihn etwas beunruhigte, aber er kam nicht dahinter, was.

»Hör mal, Pecu. Wenn du einen Motivationsschub brauchst, können wir gerne eine Strategie zum Wachstum auf internationaler Ebene entwerfen, bei der du dich garantiert nicht langweilen wirst«, sagte er. »Wir könnten mit Lissabon anfangen, das gerade total im Kommen ist. Alle internationalen Musikbands spielen bei ihren Welttourneen dort, die Kulturszene blüht gerade richtig auf. Das wäre eine geniale Marktnische für *Ichgeheauchhin.com*. Wenn du willst, nehmen wir es uns für den Sommer vor ... Aber was du jetzt nicht machen kannst«, wiederholte er, »ist verkaufen. Glaub mir.«

»Ja doch, nerv nicht, ich hab doch schon gesagt, dass ich tue, was du sagst. Ich verstehe von Geschäften ja sowieso nichts! Du kennst dich da besser aus.«

Miguel sah, wie Pecu zum Bücherregal ging und alle Regaltüren öffnete, bis er fand, was er suchte: einen kleinen Kühlschrank mit holzverkleideter Tür, der mit Bierflaschen gefüllt war. »Darf ich?«

»Und selbst wenn nicht, du nimmst es ja doch.«

»Kann dir ja egal sein, wo sie euch hier so oder so überwachen. Bestimmt ist hier irgendwo eine Kamera, mit der uns der Enkel von seinem Büro aus sehen kann. Wart's ab, wie schnell der hier unten ist.«

»Übertreib mal nicht.«

»Ich übertreibe nicht, ich sag dir mal was«, sagte er und senkte die Stimme. »Cowboy zu sein macht mehr Spaß als Schäfer.«

Er setzte sich mit den Bieren neben Miguel.

»Aber ich wollte nicht über die Arbeit reden, sondern über dich.«

»Über mich?«

»Über dich. Du machst mir Sorgen. Bist du eigentlich glücklich?«

»Was ist denn das für eine Frage?«

Was für eine Frage. Die stellt man niemandem, der am Morgen einen Haufen Fotos von Affenhirnen gesehen hat, die auf einem illegalen Markt feilgeboten wurden.

»Schon wieder am Philosophieren?«

»Antworte mir.«

»Puuh, ich weiß nicht, Alter, ich weiß nicht … Das ist eine schwierige Frage. Ich hab keine Zeit für nichts. Wenn ich nach Hause komme, bin ich am Ende, die Kleine schläft, und ich hab keine Lust, mit Sofia zu reden, weil das dann oft im Streit endet. Ich gehe fast nie aus, dich sehe ich eh kaum, und seit Wochen hab ich nichts von Iñaki oder Alex gehört. Klar hab ich meine Zweifel … Ich weiß nicht, ob ich die richtige Entscheidung getroffen habe und ob mir die Arbeit hier gefällt, und ich weiß nicht, ob ich das Leben, das ich führe, führen will, aber es gibt Dinge, die ich jetzt nicht mehr ändern kann.«

»Du verbringst dein Leben damit zu zweifeln, Miguel, das ist nichts Neues … und wir wissen ja, dass alle Entscheidungen, die wir treffen, zugleich bedeuten, auf etwas anderes zu verzichten. Aber mich interessiert, ob du glücklich bist. Wenigstens ein bisschen.«

Verdammt. Was für eine Scheißfrage.

»Ich weiß es wirklich nicht. Manchmal glaube ich, dass ich früher glücklicher war.«

»Darauf wollte ich hinaus. Ich hab den Eindruck, du klammerst dich aus irgendeinem Grund an die Vergangenheit, und ich verrate dir jetzt mal was: Die Vergangenheit kommt nicht zurück.«

»Ich weiß.«

»Mach doch nicht so ein Gesicht, Mann«, sagte Pecu. »Mensch, vergiss die Frage. Wir könnten mal wieder ein paar Dinge tun, die wir früher gemacht haben. Wie lange waren wir schon nicht mehr Ski fahren?«

»Drei Jahre?«

»Lass uns das mal wieder machen! Wann kannst du?«

»An Weihnachten geht gar nichts, du kannst dir ja vorstellen, was das für ein Akt ist, uns an den Feiertagen zwischen meiner und Sofias Familie aufzuteilen.«

»Und im März? Oder im Oktober? Es gibt Skigebiete in Europa, die fast das ganze Jahr über Schnee haben! Los, sag schon Ja, Miguelón, sag, dass wir das machen! Du kannst nicht immer nur darüber lamentieren, ob du wohl die richtige Entscheidung getroffen hast, du brauchst ein bisschen Luft. Los, sag Ja.«

»Wie könnte ich da Nein sagen? Ich wäre verrückt, Alter. Widerstand zwecklos.«

»Genial, du hast ja keine Ahnung, wie ich mich freue, verdammt! Manchmal kommst du mir so verloren vor – ich dachte schon, du sagst Nein. Los«, sagte Pecu, öffnete die Bürotür und ließ Miguel den Vortritt, »wir stoßen jetzt mit den anderen auf deinen Geburtstag an, und Anfang des Jahres sprechen wir dann über deinen Strategieplan für meine Firma. Hey!«, rief er. »Wer ein Glas will, kommt zum Ficus!«

Auf Pecus Ruf hin kam eine Gruppe von Miguels Kollegen an den Tisch und ließ sich von Pecu Champagner in ihre Plastikbecher füllen. Alle mochten Pecu. Wenn er wegen einer Besprechung mit Miguel ins Büro kam, freuten sich die Leute, ihn zu sehen. Er war seit fünf Jahren Kunde von Ambrosi & Sheep, da die Geschäftspolitik des Enkels unter anderem vorsah, dass jeder Angestellte zu den bestehenden Kunden (mittelgroße oder große Unternehmen, einige davon multinational) ein neues Start-up auswählte, dem er die Dienste der Unternehmensberatung gratis anbot. Der Enkel verpflichtete seine Angestellten dadurch zum einen, mit der Realität von Jungunternehmern in Kontakt zu bleiben, und zum anderen erlaubte ihnen das, einer Arbeit nachzugehen, die allein der persönlichen Befriedigung diente. Diese kleinen Start-ups nannte Ambrosi & Sheep »Lämmer«, und viele davon blieben irgendwann auf der Strecke, aber diejenigen, die es schafften, zu wachsen, ihre Ziele zu erreichen und schließlich Gewinn zu machen, wurden zu festen Kunden der Unternehmensberatung. Als Miguel vor fünf Jahren nach dem Namen des Unternehmens gefragt wurde, dem er seine Dienste gratis anbieten wollte, zögerte er keine Sekunde: *Ichgeheauchhin.com.*

»Nicht zu fassen! Wie kann es sein, dass mein Lieblingslamm hier ist und mir niemand Bescheid sagt?«

Pecu zwinkerte seinem Freund zu: *Siehst du? Ich hab dir ja gesagt, dass sie euch ausspionieren.* Der Enkel und Dolly kamen mit einer weiteren Flasche Champagner und einem Tablett mit Kuchen den Gang der neunten Etage entlang, um den Geburtstag ihres Angestellten zu feiern und dabei einen der beliebtesten und vielversprechendsten Kunden zu begrüßen.

»Miss Dolly …«, sagte Pecu und küsste die Hand der

Sekretärin. Dann sah er den Enkel an und lüftete einen imaginären Cowboyhut. »Ordensruitter der Herde, meinen Ruespekt.«

Miguel lachte. Pecu blödelte den ganzen Tag herum, und das Tolle war, dass mit ihm zusammen alles viel mehr Spaß machte.

Miguel hetzte in den Kindergarten, hielt einen Moment vor der Tür des Besprechungsraums an, um wieder zu Atem zu kommen, und trat ein. Sofia durchbohrte ihn mit Blicken.

»Willkommen, Miguel!«, sagte die Erzieherin und unterbrach ihren Vortrag. »Wir haben vor mehr als fünfundzwanzig Minuten begonnen, aber das macht nichts. Komm rein!«

»Ich hab es nicht früher geschafft, tut mir leid«, murmelte er.

Er setzte sich neben seine Frau, während María weiter erklärte, wie die Weihnachtsfeiertage organisiert waren, wie sie die Kostüme für die Aufführung der Kinder anfertigen mussten und auf welche Weise man mit den Kleinen ihre jeweilige Rolle einüben sollte. Als sie geendet hatte, übergab sie allen ein Blatt mit einem Weihnachtslied, das sie im Dezember in der Gruppe eingeübt hatten.

»Ab jetzt läuft der Countdown, und ihr müsst fleißig zu Hause üben, denn ihr wisst ja: Übung macht den Meister.«

Und ob sie das wussten. Miguel warf einen Blick auf den Liedtext, um eine Vorstellung davon zu bekommen, wie der nächste Soundtrack seines Lebens klingen würde. Er ahnte bereits, dass ihm das Lied ständig im Kopf herumgehen und er es am Ende unkontrolliert im Büro, im Taxi oder auf einem Begräbnis vor sich hin summen würde. Resigniert las er den Text:

Da kommen die Hirten
mit einer bunten Tiere-Schar.
Lasst uns zusammen singen
für das Kind, das ist bald da.
Sing: Kikeriki, kikeriki, weine nicht, mein Kind!
Sing: Kikeriki, kikeriki, weine nicht, mein Kind!
Schau, die Hirten tanzen dazu,
und das Kind gibt keine Ruh.
Doch als es die Küken sieht,
wird es froh bei ihrem Lied.
Sing: Kikeriki, kikeriki, weine nicht, mein Kind!
Sing: Kikeriki, kikeriki, weine nicht, mein Kind!

Miguel musste lachen. Wer um Gottes willen hatte diesen Text geschrieben? *Kikeriki?* Wie sollte Daniela das Wort *Kikeriki* aussprechen können, wo sie erst vor ein paar Monaten das Sprechen gelernt hatte? So was, also wirklich, nie im Leben.

»Alle mal herhören!« María läutete eine Glocke, um die Aufmerksamkeit der Eltern zu gewinnen, die bereits eifrig dabei waren, den Liedtext zu üben. »Aufgepasst! Jetzt zu den Kostümen. Ich lese vor, wie wir die Rollen verteilt haben: Eva und Lucas sind María und Josef, das Maultier: Pedro, der Ochse: Jorge, der Engel: Alicia, die Hirten sind Silvita, Ana, Quico und Manu, die Küken Daniela, Ainara, Sacha, Laura, Candela, Victoria und Alejandro. Alle übrigen Kinder können mit Tierkostümen ihrer Wahl kommen: als Kuh, Schaf, Hund oder Katze … Aber kein Löwe oder Tiger, die gehören nicht nach Bethlehem! Okay?«

Als sie die Anweisungen der Erzieherin vernommen hatten, brach ein großer Tumult im Besprechungsraum los. Wie sollen wir die Kostüme rechtzeitig fertig bekommen, wieso muss gerade mein Sohn das Maultier spielen, das Kostüm, was wir zu Hause haben, ist aber ein Tiger, müssen die Kostüme handgemacht sein oder kann man sie kaufen, sollen die Kinder an dem Tag schon verkleidet kommen oder ziehen sie sich erst hier um, mein Kind hätte einen super Engel abgegeben, können Sie uns ein paar Schnittmuster geben, wer hat sich dieses bescheuerte Weihnachtslied ausgedacht … Miguel fürchtete einen Moment lang, die Eltern würden sich gegen die Erzieherin verbünden, um ihr bei lebendigem Leibe die Haut abzuziehen, und am Ende würde die Polizei kommen und sie alle festnehmen. Aber er musste zugeben, dass auch er verärgert war. Warum musste seine Tochter ein Küken sein? Die Figur des Engels oder der kleinen Schäferin hätte viel besser zu ihr gepasst, aber ein Küken? Was sah Mary Poppins in ihr, was seine kleine Daniela mit einem jungen Huhn in Verbindung brachte? Er tröstete sich damit, dass sie sie wenigstens nicht in die Gruppe »alle übrigen Kinder« gesteckt hatte. »Alle übrigen Kinder können als Katze oder Kuh oder Hund kommen – oder gar nicht kommen!«, hatte gerade noch gefehlt. Miguel verspürte das dringende Bedürfnis, sein Küken-Mädchen zu umarmen, und er nutzte die Zeit, in der Sofia mit der Erzieherin sprach, den Besprechungsraum zu verlassen.

Er ging durch den Flur des Kindergartens und sah sich die Aushänge auf der mit Kork verkleideten Wand an: die Buchstaben des ABCs, die Namen der Früchte, die Farben, geschrieben in der jeweiligen Farbe: Blau in Blau, Rot in Rot, Grün in Grün. Wie einfach das Leben zu sein schien, wenn es an einer Korkwand hing! Er warf einen Blick in das Zimmer, in dem die Kleinen spielten, und als er die Tür behutsam öffnete, versetzte ihn der Geruch von Knete in seine eigene Vorschulgruppe zurück. In diesem Moment wurde Miguel zum ersten Mal bewusst, dass ihm das Vatersein, außer dass es seine Welt auf den Kopf stellte, seine sozialen und sexuellen Beziehungen auf null reduzierte und seine Ängste vervielfachte, auch die Gelegenheit bot, alles noch einmal von vorn zu durchleben.

»Daniela!«

Beim Klang seiner Stimme sah das Mädchen von seinem Baukasten auf und rannte so stürmisch auf ihn zu, dass Miguel dachte, sie würde der Länge nach hinfallen.

»Hast du gesehen, was für ein Weihnachtslied das ist? Wie soll die Kleine das *Kikeriki* lernen? Hat diese Mary Poppins ihre Rolle erfunden oder was?«, sagte er, während er zur Konditorei fuhr. »Wenn man sie lässt, dann wird sie den Kindern noch *Superkalifragilistigexpialigetisch* aufbrummen.«

»Komm schon, jetzt übertreibst du. Sie proben das Lied schon seit Tagen, du wirst sehen, dass Daniela es am Ende besser singt als du oder ich.«

Er wurde nicht schlau aus Sofia. Bei manchen Sachen hielt sie das Mädchen für sehr clever und bei anderen, wie beim Windeltragen, für ein Baby. Wer sollte da noch mitkommen.

»Von mir aus. Und wie findest du es, dass sie ein Huhn aus ihr machen?«

»Haha, Miguel! Was ist denn mit dir los? Sie haben kein Huhn aus ihr gemacht, es ist nur eine Weihnachtsaufführung, es gibt eine Krippe mit Tieren, und sie haben ihr eine der Rollen gegeben, weiter nichts.«

»Sie hätte auch ein Engel sein können, oder etwa nicht?«

»Meinst du das ernst?«

Nein, er meinte das nicht ernst, sondern todernst.

»Miguel, hast du das Weihnachtslied denn nicht gelesen?

Im Text steht: *Doch als es die Küken sieht, wird es froh bei ihrem Lied!* Die Küken sind das Wichtigste bei der Aufführung. Tatsächlich haben sie die Kinder für die Küken genommen, die gut singen.«

So gesehen, okay. Obwohl Daniela auch einen tollen Engel abgegeben hätte. Oder eine Schäferin. Hm. Er parkte in zweiter Reihe vor dem Eingang der Konditorei, stieg aus und ging in den Laden.

»Miguel, ist das lange her!«

»Ja, Clotilde, ich hab immer so viel um die Ohren. Ich nehme eine Schokosahnetorte, bitte.«

»Sofort, feiert ihr einen Geburtstag oder so was?«

»Ja, meinen.«

»Ach, wie schön, herzlichen Glückwunsch! Und? Feierst du zu Hause bei deinen Eltern?«

»Ja, wir sind alle dort, mein Bruder kommt mit seiner Frau und den Kindern, und Pecu stößt auch dazu, der Patenonkel von Daniela.«

»Pecu! Noch so einer, den ich weiß Gott wie lange nicht mehr gesehen habe! Als Kinder wart ihr immer zusammen, und wo der eine war, war auch der andere. Ist er noch allein?«

»Ja.«

»Gut, mein Lieber, jeder wie er will. Mach's gut!«, sagte sie und reichte ihm die Torte in einem Karton, um den sie eine rote Kordel gebunden hatte. »Feiert schön!«

»Ja, mal sehen, ob die Kleine nicht einschläft«, sagte er beim Bezahlen.

»Hui, die Kleine, die Kleine … so eine Hübsche. Warum hast du sie nicht mitgebracht?«

»Sie ist bei Sofia im Auto. Wir müssen uns ein bisschen beeilen.«

Clotilde winkte zum Schaufenster hinaus Richtung Auto.

»Dann halte ich dich nicht auf, mein Lieber. Grüß deine Mutter.«

In ganz Cambria nannte man die Nachbarn »mein Lieber« und ließ die Familie grüßen.

»Werd ich ausrichten, Clotilde.«

Er fuhr weiter zu seinen Eltern, und sie gingen nach oben, um den frühen Abend dort zu verbringen. Sie bereiteten einen Imbiss zu, machten Fotos mit den Handys, und dann schaltete jemand im Wohnzimmer das Licht aus, und die Geburtstagstorte mit fünfunddreißig brennenden Kerzen wurde geholt.

»Happy birthday tooo youuu, happy birthday tooo youuu.«

Happy Birthday.

Das einzige Lied auf der Welt, das im Laufe des Lebens immer dasselbe bleibt, von der Geburt bis zum Tod, jedes Jahr derselbe Tag desselben Monats, Jahr für Jahr. Die Umstände ändern sich, die Dekoration, die Gesellschaft und man selbst, aber das »Happy Birthday« bleibt unverändert, immer etwas schief, eine Erinnerung an das, was man hat, und an das, was man schon hinter sich gelassen hat.

Nach zweieinhalb Jahren zu dritt fühlte es sich jetzt komisch an, zu zweit im Auto zu sein, und Miguel drehte sich auf der Fahrt unwillkürlich immer wieder zu dem Kindersitz auf der Rückbank um. Es passierte instinktiv, als spüre er die Gegenwart seiner Tochter aufgrund der Gewohnheit. Miguel merkte, dass es Sofia genauso ging, aber anstatt sich zu entspannen, wenn sie den leeren Sitz sah, klappte sie den Mantelkragen hoch, als sei ihr plötzlich kalt geworden.

»Alles okay?«

»Ja ja, ich bin es nur nicht mehr gewohnt, dass wir ohne die Kleine unterwegs sind, das ist ein komisches Gefühl.«

»Geht mir genauso, aber sie ist ja bei meinen Eltern, besser aufgehoben kann sie nicht sein.«

»Na ja, bei uns schon, ich weiß nicht, wieso deine Mutter sich derart ins Zeug gelegt hat, dass sie bei ihnen bleibt.«

»Sofia, sie hat es einfach nur gut gemeint – damit wir an meinem Geburtstag zu zweit sein können.«

»Schon, aber ich verstehe das nicht, morgen müssen wir doch sowieso früh aufstehen, und außerdem bin ich k.o., ich weiß nicht, was deine Mutter sich vorstellt, was wir machen sollten.«

Miguel atmete ein paar Mal tief durch, um sich nicht zu einer unüberlegten Antwort hinreißen zu lassen und den Festtag friedlich zu verbringen. Es war sein Geburtstag. Das Einzige, was ihm gerade wie ein Fest vorkam, war zu wissen, dass er heute durchschlafen konnte. Er sah auf die Uhr. Viertel nach acht, noch eine ganze Weile bis zum Schlafengehen, was könnten sie machen? Er ging im Geiste den Inhalt des Kühlschranks durch, aber er enthielt nur Joghurts, Hähnchenfilets, Kochschinken, Babynahrung und Milch. Damit ließ sich auf keinen Fall etwas Romantisches kochen. Er kam auf die Idee, einen japanischen Lieferservice anzurufen und Sushi zu bestellen, dazu Sake. Ihre improvisierten Abendessen kurz nach dem Umzug fielen ihm ein, als noch kaum Möbel da waren. Sie hatten japanisches oder pakistanisches Essen bestellt, auf dem Bett liegend gegessen und sich die ganze Nacht Filme angesehen. Sie hatten sich geliebt, wenn ein Film zu Ende war und sie auf den nächsten warteten, und ab und zu hatten sie einen sogar nach der Hälfte angehalten. Das war eine gute Idee, sie könnten seinen Geburtstag heute so feiern, auf dem Bett essend, wie früher. Das würde er machen. Er würde die Karte eines japanischen Restaurants mit Lieferservice heraussuchen, und sie würden wieder bis zum Gehtnichtmehr Filme gucken. Oder noch besser: Internetserien. Das iPad! Er hatte es ganz vergessen. Es lag noch ganz jungfräulich auf dem Nachttisch. Wow. Es war wunderbar, etwas Neues auszuprobieren. Ja. Sie würden Sushi, Sashimi und Butterfisch essen, dabei Sake trinken und gemeinsam das neue Tablet ausprobieren. Super Plan.

»Ich bin fix und alle«, sagte Sofia, als sie durch die Küchentür gingen. »Was machen wir zum Abendessen?«

»Keine Ahnung, was du willst.« Die Lust auf Sushi war ihm genau in dem Moment vergangen, als sie nach Hause kamen. Beim Restaurant anrufen wäre zu stressig, der Motorradkurier würde die Bestellung ewig nicht bringen, vom Sake würden sie betrunken werden und morgen hätten sie einen Kater, die Schale mit der Sojasoße würde auf der Matratze umkippen. Nein danke. Außerdem hatten sie ja eben erst bei Miguels Eltern gegessen. Er verspürte Lust, sich aufs Sofa zu legen und sein iPad in Augenschein zu nehmen, aber allein. Er allein auf dem Sofa. Oder nein, worauf er richtig Lust hatte, aber so richtig, war, rauszugehen und bis sechs Uhr morgens in sämtlichen Bars mit seinen Freunden Bier zu trinken. Oder open end. Niemals aufzuhören, und wenn die Kneipen schlossen, das Auto zu nehmen und abzuhauen, um an einem Strand den Sonnenaufgang zu erleben, egal welcher Strand, egal wo. Darauf hatte er richtig Lust. An einem Strand den Sonnenaufgang sehen, von Kumpels umgeben, die seinen Geburtstag feierten und Bier tranken.

»Ich weiß nicht …«, sagte er noch einmal und ging zur Speisekammer. »Wollen wir Pasta machen?«

»Pasta? Das macht doch dick abends. Nein, keine Pasta.«

Sofia holte Kürbissuppe aus dem Kühlschrank, roch daran und stelle sie in die Mikrowelle. »Für mich, Suppe.«

Für sie, Suppe? Und für ihn?

»Sofia, ich weiß nicht, wozu du mich gefragt hast, was ich zu Abend essen will, wenn du eine Suppe für dich alleine warm machst, das verstehe ich nicht, ganz im Ernst. Du hast doch gefragt: ›Was machen wir zum Abendessen‹, oder nicht? Hast du das gesagt oder nicht? Soweit ich weiß, hast du es gesagt.«

»Mann, Miguel, du bist so nervig. Ja, ich hab das gesagt, na und? Ich möchte Kürbissuppe und Punkt. Hast du keine Hände? Wenn du Pasta willst, tu sie in einen Topf und mach sie dir. Ich weiß nicht, wo das Problem ist.«

»Ich verstehe dich einfach nicht, Sofia.«

»Aber was gibt's da zu verstehen, Miguel? Du musst eben auch verstehen, dass ich, seit ich heute Morgen aufgestanden bin, ununterbrochen irgendetwas gemacht habe. Ich zähle es dir gerne auf: Ich habe Daniela geweckt, sie angezogen, ihr das Frühstück gemacht, ich habe die Betten gemacht, die Küche aufgeräumt, auch die Tasse, die du in der Spüle stehen gelassen hast, ich bin zur Arbeit gegangen, ich habe bis vier im Studio gearbeitet, ohne Zeit zum Essen zu haben, ich bin zum Kindergartentreffen gegangen, zu dem du übrigens zu spät gekommen bist, weil du dich mit deinem Freund vergnügt hast … Und im Haus deiner Eltern hat es auch nicht aufgehört, vielleicht hast du es gemerkt. Ich komme tot nach Hause, weil ich tot bin, und du, anstatt dir zu überlegen, dass wir zu deinem Geburtstag ja zur Abwechslung mal in ein Restaurant gehen oder japanisches Essen bestellen könnten, kommst nach Hause und fragst, was im Kühlschrank ist und außerdem …«

»Hör auf, hör auf, stopp.«

»Nein, kein Stopp, Miguel, für mich gibt es kein Stopp, aber für dich anscheinend schon, denn du kommst mit deinem ›Was gibt's zum Abendessen‹, und wenn ich dir sage, ich will keine Pasta, dann machst du einen Riesenaufstand.«

»Also wirklich … Ich mache überhaupt keinen Aufstand! Die Einzige, die hier hysterisch wird, bist du.«

»Und dann besitzt du noch die Frechheit, mich hysterisch zu nennen. Das ist wirklich der Gipfel.«

Miguel atmete dreimal tief durch und versuchte sich zu beruhigen, während er zusah, wie Sofia mit ärgerlichem Gesichtsausdruck die Mikrowelle öffnete, die Kürbissuppe herausholte und sie auf den Tresen knallte.

»Sofia, Mann, wieso bist du so wütend? Was hast du gegen mich?«

»Nichts.«

»Was heißt hier nichts? Seit ich hier reingekommen bin, hast du mir ohne Unterlass Vorwürfe gemacht, dass du herumrödelst, während ich ja nichts tue, dass dies, dass das. Soll ich dir aufzählen, was ich seit dem Aufstehen alles gemacht habe? Soll ich dir erzählen, was ich jede Minute mache, und es dir so vor den Latz knallen wie du eben? Vielleicht überrascht es dich ja und du kannst nichts dagegen sagen, aber nein. Du machst immer weiter, immer weiter und weiter. Irgendwann explodiere auch ich mal, das schwöre ich dir, ich bin deine Streitereien so leid. Du gibst mir das Gefühl, völlig nutzlos zu sein, und wenn du Kürbissuppe essen willst, dann iss sie, aber lass mich in Ruhe. Ich sag dir mal was, deine Szenen stehen mir bis hier.«

»Wenn du mich so leid bist, frage ich mich, wieso du nicht verschwindest.«

»Aber was hab ich dir denn getan, Sofia? Gar nichts hab ich getan.«

»Genau das ist dein Problem, dass du nie etwas tust.«

Miguel öffnete den Kühlschrank, nahm sich ein Bier und ging ins Wohnzimmer, um es auf dem Sofa zu trinken. Ihre Szenen gingen ihm so was von auf die Nerven, aber so was von. Jeden Tag dasselbe, wenn nicht, weil er zu spät kam, dann weil er das Bett nicht gemacht hatte oder weil er der Kleinen nicht das zur Strickjacke passende Kleid angezogen hatte oder weil blablabla … Alles machte er falsch. Ob er wirklich eine halbe Stunde lang unter der Dusche stehen müsse, ob er nicht gemerkt habe, dass kein Obst mehr da war, ob er nicht kapierte, dass seine Mutter ihn manipuliere, dass er sagte, er würde etwas tun und dann passiere nichts, dass er Vater sei, auch wenn ihm das anscheinend noch nicht klar sei. Er hatte die Vorwürfe satt. Verdammt, Sofia machte ihm den lieben langen Tag nur Vorwürfe, und er konnte nicht mehr.

Miguel lehnte sich auf dem Sofa zurück und versuchte, den Lärm aus der Küche zu überhören, den sie machte, um seine Aufmerksamkeit zu erregen. Ihre Strategie zog nicht mehr, er kannte sie, obwohl er sich oft fragte, ob er sie wirklich kannte oder doch überhaupt nicht. Auf jeden Fall war das nicht mehr die Person, in die er sich verliebt hatte. Das Mädchen von damals hatte nichts mit der Frau von heute gemein, und er vermisste seit geraumer Zeit die Sofia, in die er sich in einer Sommernacht verknallt hatte, damals, in der Bar. Nein, nein, das war es nicht. Das Mädchen von damals vermisste er nicht, was er vermisste, war sein Leben davor. Vor was? Vor Sofia oder vor Daniela? Oder vor Sofia und Daniela? Er wusste es nicht und wollte es auch nicht wissen. Er war aufgebracht, die Gedanken kreisten in seinem Kopf und schnürten ihm die Kehle zu, wenn er sie in Worte fassen wollte. Miguel schlug die Hände vors Gesicht, denn wenn er aussprach, was er dachte, dann bedeutete das das Ende. Wenn er es aussprach, würde er Sofia sagen, dass sie recht hatte, dass es ihnen nicht gut ging, dass es auch ihm nicht gut ging und zwar nicht erst seit heute, sondern schon seit Monaten, und zwar nicht wie ihr, sondern wegen ihr. Er konnte nichts daran ändern und wusste nicht, wann das Ende seinen Anfang genommen hatte. Er wusste nicht, wann er angefangen hatte, sie nicht mehr zu mögen, nicht mehr zu lieben, nicht mehr zu begehren und sie als Teil von sich zu spüren. Er wusste es nicht, hätte es aber gerne gewusst. *Wann ist der Anfang vom Ende gewesen, Sofia? Sag mir doch, wann fing es an, dass alles zwischen uns zu Ende ging, denn ich schwöre dir, ich weiß es nicht.*

»Miguel.«

Sofia kam ins Wohnzimmer und setzte sich auf den Sessel neben dem Sofa. Ihr Ton klang versöhnlich. So war es immer: Sie regte sich auf, ließ einfach alles raus, was ihr gerade durch den Kopf ging, und kurz darauf war sie wieder so, als sei nichts vorgefallen. Anfangs schmerzte Miguel diese Art, denn es erinnerte ihn an seine Eltern, die Probleme komplett unter den Teppich kehrten. Aber irgendwann war auch er dazu übergangen, darüber hinwegzugehen. Am Ende hatte er gelernt, dass es viel besser war, ein neues Kapitel aufzuschlagen, denn früher oder später würde der Fluss wieder in sein Flussbett finden.

»Miguel, ich glaube, wir sollten reden.«

Der entschiedene Ton Sofias überraschte ihn. Was hieß hier, »Wir sollten reden«? Was hatte das zu bedeuten? Oje. Dieser Satz verhieß nichts Gutes. Voodoo. Das war das Einzige, was er verhieß.

»Worüber?«

»Über uns.«

»Was gibt's?«

»Bist du glücklich?«

Zum zweiten Mal stellte man ihm heute diese Frage, und beide Male kam ihm das sehr gewagt vor: Wann war man glücklich?

»Wann ist man glücklich?«

»Wenn man ausgeglichen ist, morgens mit einem Lächeln auf den Lippen aufsteht, sich über die Dinge freut, Träume hat, die man sich erfüllen will, ich weiß nicht … solche Sachen. Es ist nicht so schwierig, Miguel, jeder weiß, was Glücklichsein bedeutet.«

Nein, Sofia, jeder glaubt zu wissen, was Glücklichsein bedeutet, ohne es eigentlich zu wissen.

»Bist du glücklich, Sofia?«

»Ich glaube nicht, Miguel, deshalb müssen wir unbedingt miteinander reden.«

»Wir sind ja dabei. Wieso glaubst du, dass du nicht glücklich bist?«

»Weil ich aufgehört habe zu träumen, keine Wünsche mehr habe, die ich mir erfüllen will, keine Zukunftsträume mehr habe. Ich mache mir den ganzen Tag Sorgen, habe für nichts Zeit, gehe nicht aus, sehe meine Freunde nicht mehr, habe kein Sozialleben. Und wenn ich mal zwei Minuten frei habe, mehr ist es nie, merke ich, dass ich mich langweile.«

»Mit mir?«

»Mit dem Leben, Miguel, dem Leben, das wir führen.«

Bei diesen Worten verspürte er eine unendliche Bitterkeit. Vor wenigen Minuten hatte er genau dasselbe gedacht wie sie, dass er weder Leidenschaft noch Wünsche verspürte, dass er alles satthatte und es nicht sein konnte, dass ein Mädchen von zweieinhalb Jahren das Einzige war, was ihm ein

Lächeln entlockte, denn das Leben war viel mehr als nur Vatersein. Aber dass sie ihm das Wort aus dem Mund nahm, gab ihm den Rest. »Du siehst mich nicht, Miguel. Ich bin unsichtbar für dich, du bist nicht der, den ich kennengelernt habe. Wir können so nicht weitermachen.« Jeder weitere Satz, den sie von sich gab, schnürte ihm die Kehle weiter zu. Er war dabei zu ersticken.

»Sieh mal, Sofia. Was du sagst, ist sehr hart und sehr traurig, und das muss ich erst mal verdauen. Ich gehe davon aus, dass es das Ende bedeutet, ich kann nicht mit jemandem zusammen sein, der sagt, dass ihn sein Leben langweilt, nämlich das Leben, das er mit mir teilt. Ich werde ein bisschen frische Luft schnappen gehen und nachdenken.«

»Mach, was du willst. Ich sage dir nur, was ich fühle.«

»Bleib nicht wach wegen mir.«

»Flieh nur, Miguel, das ist deine Art.«

Er verließ das Haus und streifte durch die leeren Straßen Cambrias. Warum hatten sie diesen Mordsstreit bekommen? Warum? Was war los mit ihnen? Es war noch keine Stunde her, dass er sich gewünscht hatte, nach Hause zu kommen, um Sushi zu bestellen, einen Film zu sehen und sich zu lieben. Warum musste alles den Bach runtergehen? Was zum Teufel wollten sie? Was wollte er? Er war durcheinander. Seine Gefühle waren ein einziges Durcheinander. Er wusste nicht, was er tun oder wohin er gehen sollte. Er wanderte ziellos durch die Straßen und dachte an seine Tochter, die bei den Großeltern schlief und keine Ahnung hatte, was ihre Eltern sich gerade gesagt hatten. Sie hatte das nicht verdient. Keiner der drei hatte das verdient. Er fragte sich, ob er Sofia einmal geliebt hatte. Er fragte sich, ob er wirklich in sie verliebt gewesen war. Er fragte sich, inwiefern Sofia nicht vielleicht eine Flucht vor einer viel tieferen und reineren Liebe gewesen war.

»Flieh nur, Miguel, das ist deine Art.«

Warum floh er? Wovor?

Warum machte es ihm Angst, in sich hineinzuhören?

Er fragte sich, wer er eigentlich war. Was für ein Partner. Was für ein Vater.

Ob er den Mut besäße, zu seinen Gefühlen zu stehen.

Und zu dem, was er nicht mehr fühlte.

Er fragte sich, ob er getrennt von Daniela leben könnte.

Nein.

Er traute sich nicht.

Er würde zurückgehen und um Entschuldigung bitten.

Es noch einmal versuchen.

Miguel kehrte um. Und in seinem Gefühlschaos stellte er sich die Frage, warum er so viele Jahre später immer noch einem Gefühl nachtrauerte, das nie mehr zurückkommen würde.

MIGUEL UND CLAUDIA

»Die Vergangenheit kommt nicht zurück«, hatte Pecu vor langer Zeit zu ihm gesagt. Manchmal aber doch, und jetzt war sie da und lief durch seine Wohnung.

Es war schon vor ein paar Stunden dunkel geworden, und die indirekte Beleuchtung verlieh der Wohnung ein warmes, gemütliches Ambiente. Oder lag das an ihr? Sie hatten zu ein paar Liedern getanzt und gesungen, aber schon seit einer Weile war jeder jetzt für sich. Claudia schaute in alle Küchenschränke, auf der Suche nach etwas zum Abendessen, und Miguel kümmerte sich am Computer weiter um die Musik. Es war, als hätte sich der Alltag in ihre beiden Leben eingeschlichen, und Reden war nicht mehr unbedingt nötig.

»Findest du etwas?«, fragte Miguel.

»Nein, aber bestimmt ist was da.«

»Schwierig. Ich weiß gar nicht, wann ich zuletzt etwas zum Essen eingekauft habe.«

»Und was isst du dann?«

»Ich bezahle Faustina, die Portiersfrau, für eine wöchentliche Tupper-Ration.«

»Die, die wie ein Dackel aussieht?«

»Genau die.«

»Die ist noch da?«

»Die ist noch da, alt und verschrumpelt, aber sie ist noch da. Es gibt keinen Portiersdienst mehr, aber die Eigentümergemeinschaft hat im Erdgeschoss eine Wohnung für sie gemietet, und sie macht weiter, als wäre sie nie in Rente gegangen.«

»Die Wohnung hier gehörte doch ihrem Sohn, oder?«

»Ja, aber Faustina verträgt kein Licht und möchte nicht hier wohnen, sondern in ihrer alten Portierswohnung bleiben.«

Er fand es tröstlich, dass seine Portiersfrau ein Teil ihrer gemeinsamen Vergangenheit war. Ein paar Dinge waren also gleich geblieben.

»Und wie hast du es hinbekommen, die Mansardenwohnung wieder anzumieten?«

»Ich kam eines Nachmittags vorbei, und da hing draußen ein neues Schild, *Zu vermieten*. Ich konnte es nicht glauben. Ich hatte immer angenommen, sie wäre verkauft.«

»Da hast du wirklich Glück gehabt, es ist so schön hier.«

»Dir hat's hier schon immer gefallen.«

»Stimmt, ich weiß auch nicht, warum.«

»Man muss nicht immer alles wissen.«

Claudia setzte ihre Suche fort, bis sie aus den Tiefen eines Schranks zwei Olivendosen und eine Packung vakuumverpackten Schinken hervorzog.

»Siehst du?«, sagte sie und hielt ihren Fund hoch. »Man darf nie die Hoffnung verlieren.«

»Komm, lass. Wir gehen kurz zum Chinesen und holen uns da was zum Essen.«

»Gute Idee.«

Sie stiegen die fünf Stockwerke hinunter und liefen zu

einem Laden am Ende der Straße. Es war der einzige Laden des Viertels, der noch geöffnet hatte.

»Hallo Hu-Yua«, grüßte Miguel, »hast du was zum Abendessen da, was du uns für zu Hause einpacken könntest?«

Für zu Hause, Hu-Yua hielt sie womöglich für ein Paar. Die partnerschaftlichen Ausdrücke, die seit ein paar Minuten in ihrer Unterhaltung auftauchten – »Wir gehen kurz zum Chinesen und holen uns da was zum Essen« oder »für zu Hause« –, begannen, in ihm zu rumoren.

»Ich habe sehr leckere chilenische Empanadas vom Restaurant nebenan. Sie waren eigentlich für andere Kunden reserviert«, sagte der Chinese und senkte die Stimme, »aber sie sind nicht gekommen. Ich kann sie euch geben, wenn ihr wollt.«

Euch. Uns.

»Ja, pack sie ein. Und kannst du vielleicht noch eine Flasche leckeren Wein herzaubern?«

Hu-Yua rieb sich das Kinn, bedeutete ihnen mit einer Geste, dass sie warten sollten, und verschwand in einem kleinen Lager im Hinterzimmer. Kaum hatte ihn der Vorhang verschluckt, drehte Miguel sich zu Claudia um.

»Du magst doch Wein, oder?«

»Wer denn nicht?«

Und wer mag dich nicht.

»Man weiß ja nie.«

Der Chinese kam mit einer Flasche aus dem Lager zurück. Sie steckten sie zusammen mit einer Stange Fuet-Salami, Käse, einem Baguette und den Empanadas in ihre Tasche und gingen zurück zur Wohnung.

»Die sind total lecker«, sagte Claudia, als sie auf dem Teppich liegend aßen. »Als ich in Valparaíso gelebt habe, hab ich oft Empanadas gemacht, die waren richtig gut.«

»Wann hast du wo gelebt?«

»In Valparaíso, in Chile. Pablo wurde von einer Hotelkette unter Vertrag genommen, die das Computersystem ihrer Hotels weltweit neu aufsetzen wollte. Und da es hier keine Jobs gab, sind wir zusammen hingegangen. Wir waren dort ständig auf Reisen.«

»Aha. Es ist schön, viel zu reisen, findest du nicht? Von hier nach da, von da nach dort … Und seit wann bist du mit diesem Informatiker zusammen?«, fragte Miguel, während er das Flaschenetikett abzog und so tat, als messe er diesem Pablo keinerlei Bedeutung bei.

»Ich wusste, dass du mich das fragen würdest.«

Ihre Stimme klang so dunkel, dass Miguel sich wunderte.

»Dass ich dich was fragen würde?«

»Seit wann ich mit Pablo zusammen bin.«

»Und?«

»Ach, schon mein ganzes Leben. Er ist der Musiker, mit dem ich damals zusammen war, als ich euch kennenlernte.« Sie brachte ein schwaches Lächeln zustande. »Wer hat schon keine Band mit zwanzig?«

»Was?«

»Der Reggae-Musiker, erinnerst du dich noch?«

»Klar erinnere ich mich. Er war immer mit seiner Band auf Tour. Ich bin nur überrascht, dass du sagst, du hättest dein ganzes Leben mit ihm verbracht. Wie meinst du das?«

»Ich meine, dass ich schon immer mit ihm zusammen war, seit dem Gymnasium. Wir waren nur ein paar Monate lang getrennt, damals, als ich mit Pecu ausging«, sagte sie mit gesenktem Blick und zeichnete etwas in den Teppich. »Als Pecu nach Austin ging, hat Pablo mich dann gefragt, ob wir wieder zusammenkommen wollen, und kurz darauf haben wir geheiratet.«

Miguel war sprachlos. Er verstand gar nichts mehr.

»Aber Claudia, verdammt, was zum Teufel erzählst du mir da?«

»Das eben.«

»Was heißt hier ›das eben‹, Claudia? Was heißt hier ›das eben‹? Und wir?«

»Uns gab es nie als Paar, Miguel. Wir waren nur Freunde.«

»Und die Nächte, die wir hier verbracht haben,?«, schrie er nun. »Haben die dir gar nichts bedeutet?«

Miguel stand auf und setzte sich auf einen Küchenhocker. Er schwitzte. Und fror. Fror und schwitzte.

»Du blutest an der Lippe«, sagte Claudia und kam näher. »Du musst dich aus Versehen gebissen haben.«

Nein, ich habe mich nicht gebissen, das warst du, du hast mir gerade das Herz gebrochen.

»Lass mich.«

Er hatte sich also an den Wochenenden damit herumgequält, an sie zu denken, während sie mit ihrem Freund zusammen war und all das tat, was sie mit ihm nicht tun wollte. Sich in der Öffentlichkeit küssen, im Kino, in den Restaurants, Hand in Hand durch den Park laufen, eine gemeinsame Zukunft entwerfen – all das, was er mit ihr nie getan hatte. Er war ein Idiot gewesen, war wie ein Schoßhund einer Frau hinterhergelaufen, die er, wie er gerade merkte, bis zum heutigen Tag nie wirklich gekannt hatte und wegen der er die Tage gezählt hatte, bis es Freitag gewesen war. Sie war alles für ihn gewesen. Und was war er für sie gewesen? Nichts. Niemand. Ein Spielzeug, das ihr über ihre gescheiterte Beziehung mit Pecu hinweghalf. Ein Spielzeug, mit dem sie sich vergnügte, während sie überlegte, ob sie den Heiratsantrag ihres Freundes annehmen sollte. Seine Wangen brannten. Was für ein verdammter Bullshit war seine

Geschichte mit Claudia eigentlich gewesen? Deshalb war es ihr so wichtig gewesen, nicht zusammen gesehen zu werden, deshalb verschwand sie samstagmorgens und gab eine ganze Woche lang kein Lebenszeichen mehr von sich. Und deshalb hatte sie immer wiederholt: »Wir bleiben lieber nur Freunde, Miguel.« Jetzt verstand er alles.

»Du verstehst gar nichts.«

»Was soll ich denn verstehen, Claudia? Ich glaube, da gibt es nicht viel zu verstehen.«

»Jetzt mach doch kein Drama draus.«

»Dann erkläre es mir, verdammt!«

»Vielleicht warst du so besessen von der Vorstellung, dass wir ein Paar sein könnten, dass du keine drei Meter weit gucken konntest.«

Na klar. Miguel, der Kurzsichtige.

»Ich weiß nicht, was du damit sagen willst, Claudia. Ich schwöre, du bist immer noch ein echtes Mysterium für mich.«

Sie sammelte die Reste des Essens ein und stellte sie in die Spüle.

»Die Empanadas machen Durst«, sagte sie.

Claudia öffnete den Kühlschrank, holte eine Flasche Wasser heraus, schenkte sich ein Glas ein und trank langsam. Miguel hielt es kaum noch aus. Er wollte endlich die ganze Geschichte hören.

»Keiner hat mich je so geliebt wie du«, gestand sie, schloss die Flasche wieder und stellte sie in den Kühlschrank zurück. »Und das bindet, und zwar sehr. Es stimmt, dass ich immer gegangen bin, weil ich nicht bei dir bleiben konnte. Es stimmt, dass ich mit Pablo zusammen war und dir nichts davon gesagt habe. Ich habe deshalb nichts gesagt, weil ich fast schon süchtig nach dir geworden war und dich auf keinen Fall verlieren wollte. Ich habe die ganze Woche nur auf den Freitag hingelebt, und wenn ich samstags wieder mit Pablo zusammen war, erschien mir das Leben monoton und langweilig.«

Du warst genervt von ihm, von mir aus, aber am Ende bist du zu ihm gegangen, und mich hast du im Regen stehen lassen. Er sprach es nicht aus.

»Du wirfst mir das mit Pablo vor, okay. Und du, hm? Bist du mal auf die Idee gekommen, dein eigenes Verhalten zu hinterfragen? Was du mir vermittelt hast? Als ich mit Pecu ausgegangen bin, hast du mich nie auf den Gedanken gebracht, dass du etwas für mich empfindest, und weißt du warum? Weil es nicht so war! Du hast nichts für mich empfunden, Miguel … Es war klar, dass du nur mit mir befreundet sein wolltest, das konnte jeder sehen.«

Ich hab deinen Namen heruntergeschluckt, einen Zettel mit deinem Namen. Auch das sprach Miguel nicht aus.

»Sprich nicht für mich, Claudia.«

»Okay, wenn ich nicht für dich sprechen soll, dann spreche ich davon, was du mir vermittelt hast. In deinem Leben gab es andere Mädchen, und wenn wir freitags verabredet waren, hast du mir erzählt, dass du dich mit ihnen gelangweilt hast, sobald du an den … wie war das … ›verdammten Wendepunkt‹ kamst. Du hast dich mit allen außer mir gelangweilt, weil ich eine Ausnahme war. Die, die immer wegging. Es war nicht schwer zu erraten, dass auch unsere Beziehung den Bach runtergegangen wäre, wie alle anderen auch, und das wollte ich nicht. Nicht mit dir. Als du mir schriebst, dass du in mich verliebt wärst, habe ich dir deshalb geantwortet: *Wenn ich mich in dich verliebe, werde ich nicht mehr ich selbst sein können. Immer wenn ich dich sehen werde, werde ich versuchen, dich zu verführen, werde meine Worte anders wählen, auf jede Frau eifersüchtig sein und dich nicht mehr so lieb haben wie jetzt, sondern auf eine schmutzigere Art und Weise und weniger frei.* Ich kenne die Nachricht auswendig, weil ich sie so oft gelesen und überlegt habe, welchen Teil du nicht verstanden haben könntest. Denn jeder andere hätte erkannt, dass der Absender so verliebt war, dass er befürchtete, die Beziehung zu dir zu verlieren. Genau das zeigt die Nachricht: Angst zu lieben. Aber du wolltest das nicht sehen, und anstatt zu warten, bist du einfach verschwunden. Du bist gegangen, weil es dir gefiel, mich zu deiner ewigen platonischen Liebe zu machen, von der du fantasieren und träumen und die du vergöttern konntest, eine Liebe, die dich nie langweilen würde. Auch wenn du dich heute beklagst und jammerst: Für dich war unsere heimliche Beziehung auch ganz bequem. Du musstest keine Entscheidung treffen und warst niemandem eine Erklärung schuldig, nicht einmal dir selbst.«

Ihre zwingende Klarheit überwältigte ihn. Und auch wenn sie es abstritt, sie sprach doch für ihn.

»Nicht nur du kennst mich, Miguel, auch ich kenne dich.«

»Du hast mir wehgetan.«

»Und du mir.«

Sie schwiegen einen Moment. Miguel spürte, dass sie noch etwas sagen wollte.

»Raus damit.«

»Ich hab gerade gedacht … dass du jetzt auch weißt, wie es ist, einen Freund zu verlieren.«

Der Vergleich machte ihn traurig. Das hatte er nicht erwartet. »Bitte, Claudia, das ist nicht dasselbe.«

»Tut mir leid«, sagte sie schnell. »Du hast recht. Es tut mir wirklich leid, dass ich das gesagt habe, Miguel, ich bin ein Idiot. Verzeih mir.« Sie senkte den Blick. »Ich weiß, dass dein Schmerz mit nichts zu vergleichen ist.«

Nein, sein Schmerz war mit nichts zu vergleichen.

V

Miguels vierzigster Geburtstag

Miguel lehnte sich über das Terrassengeländer und atmete die kalte Luft der letzten Herbsttage in Cambria tief ein. Nicht ein einziger Stern stand am Himmel. Es sah ganz so aus, als ob der Nacht wieder einer dieser bleiernen Himmel folgen würde, die den Nebel tagsüber nicht weichen ließen. Er warf einen Blick ins Innere der Penthousewohnung. Die Musik lief in voller Lautstärke, und der dröhnende Rhythmus ließ die Scheiben der bodentiefen Fenster erbeben, während die Leute mit einem Glas in der Hand die Hüften schwangen und die Refrains im Chor mitsangen, als würden sie die Lieder in- und auswendig kennen.

»Das ist nicht unsere Musik. Als unser Porzellanorchester aus Mallorca noch gespielt hat, war es viel besser«, rechtfertigte sich Magda bei der fünften Piña Colada.

Man erkannte schon von Weitem, dass seine Mutter total betrunken war, wenngleich sie morgen sagen würde, sie habe nur einen leichten Schwips gehabt. Am Kamin sprach sein Vater mit Leopoldo über die Baumaßnahmen in den Hauseingängen. Seit Ricardo Vorsitzender der Eigentümergemeinschaft war, ließ er alle Gemeinschaftsflächen renovieren, um eine Provision zu kassieren. In einer anderen Ecke unterhielten sich Sofia und Nerea ruhig miteinander. Aus der Ferne wirkte Sofia ganz sanft. Erst die Nähe zwischen ihnen hatte alles zerstört. Auch Juan Carlos war da, ihr neuer Freund, mit merkwürdigen Eselsohren auf dem Kopf, die ihm, offen gesagt, gut standen. Miguel machte von der Terrasse aus eine komplizenhafte Geste: *Wie geht's? Alles okay?* Juan Carlos hob den Daumen und zwinkerte ihm zu. *Alles okay*. Miguel schaute sich nach Diego um. Er machte Alex und seiner Freundin gerade einen Drink. Auch Miguels Freund Iñaki war da und knutschte mit seiner Ex-Frau, die Sanjurjo-Zwillinge waren da und die Typen aus dem vierten Semester, gegen die sie das Mus-Turnier bei Mateo gewonnen hatten, der wiederum in Begleitung von Mariana gekommen war. Und Ruth. Und der Enkel und Dolly. Alle waren da. Nicht alle, fast alle. Miguel ging wieder hinein und hoffte, von jemandem beachtet zu werden, aber niemand rührte sich. Keiner seiner Gäste hatte überhaupt gemerkt, dass er seit über einer Dreiviertelstunde nicht mehr auf seiner eigenen Party war. Er ging durch die Schiebetüren von Leopoldos Wohnzimmer direkt in die Küche seiner Eltern. Als er den Kühlschrank aufmachte, um nachzusehen, ob noch Eiswürfel da waren, spürte er, dass jemand hinter ihm stand.

»Ich mag deinen Pyjama, Miguel«, sagte Claudia mit ihrer tiefen Stimme.

Miguel drehte sich um und wäre am liebsten im Erdboden versunken.

»Ich hab vergessen, mich anzuziehen«, gestand er und verging fast vor Scham.

»Alles gut, es ist dein Geburtstag! Komm mit!«, sagte sie und ergriff seine Hand. »Es hat geklingelt, du musst aufmachen.«

Sie verließen die Küche von Miguels Eltern durch die Schiebetüren und betraten wieder Leopoldos Wohnzimmer. Die Musik war aus, und nur ein hartnäckiges Klingeln war zu hören.

»Aufmachen! Aufmachen! Aufmachen!«, riefen die Gäste im Chor. Sie hatten zwei lange Reihen mit einem Gang in der Mitte gebildet, um Miguel durchzulassen. Auf seinem Weg zur Sprechanlage hörte er die Leute lachen, als wüssten alle außer ihm, wer auf der anderen Seite der Tür stand. Die Klingel ertönte noch einmal, und er machte auf. Er konnte es nicht glauben. Er konnte es einfach nicht glauben!

»Pecu!«

»Miguelón!«

Miguel umarmte seinen Freund so heftig, dass er ihn fast erdrückt hätte. Minutenlang standen sie nur so da. Die Gäste applaudierten wie verrückt.

»Herzlichen Glückwunsch, Champion!«, sagte Pecu und zerzauste ihm die Haare. »Los, trink einen mit mir.«

Miguel stoppte ihn.

»Warte einen Moment ...«

»Was ist denn?«, fragte er.

»Wie, was ist denn, Pecu? Du hast mir einen ganz schönen Schrecken eingejagt!«

Er war wirklich verärgert.

»Es tut mir sehr leid, Miguel ...«

»Nein! Nichts mit: Es tut dir sehr leid! Schwöre, dass du das nicht noch mal machst«, flehte er und packte ihn am Pullover, damit er ihm in die Augen sah. »Schwöre, dass du nicht noch mal stirbst! Schwöre es mir!«

Miguel wachte auf. Im Dunkeln unter der Bettdecke hegte er ein paar Sekunden lang die Hoffnung, der Traum wäre Wirklichkeit gewesen. Aber nein. Er boxte gegen die Matratze und erstickte einen Wutschrei im Kopfkissen.

Miguel stieg langsam die fünf Stockwerke hinunter und lief durch die Eingangshalle, ohne den noch feuchten Marmorboden oder Faustina zu bemerken, die bepackt mit Eimer und Wischmopp aus dem Innenhof kam. Als sie ihn sah, seufzte sie und stützte ihr Dackelgesicht voller Mitleid auf den Schrubber, aber auch davon bekam er nichts mit.

Er trat aus dem Haus. Er schlug den Mantelkragen hoch, zog die Mütze tiefer und lief den Bürgersteig entlang bis zur Bushaltestelle. Als er wieder zu sich kam, saß er schon im Bus am Fenster, und die Stadt rauschte an ihm vorbei. In letzter Zeit geschah es öfter, dass er nicht richtig mitbekam, wo er war oder mit wem er zusammen war oder wie spät es war. Und wenn schon. Als der Bus die im Nebel daliegenden Hecken und Büsche des Parque Grande passierte, fiel ihm der Traum wieder ein. Miguel versuchte, sich zu erinnern. Sie hatten seinen Geburtstag gefeiert und super viele Leute waren da gewesen, sogar Sofias idiotischer Freund, mit lächerlichen Eselsohren, oder waren es Schweinsohren? Alles war sehr merkwürdig gewesen. Die Party hatte in Pecus Wohnung stattgefunden, die gleichzeitig auch seine eigene war, denn als die Schiebetüren in Leopoldos Wohnzimmer aufgingen, sah man die Küchenfliesen aus der Wohnung von Miguels Eltern. So, als wäre die Wohnung eine Mischung aus dem Penthouse und der Wohnung im dritten Stock rechts. Es wunderte ihn, dass sein Vater im Traum der Vorsitzende der Eigentümergemeinschaft gewesen war, denn seine Eltern lebten in Wirklichkeit schon lange nicht mehr in Cambria. »Was sollen Ricardo und ich allein in einer so großen Wohnung mit so vielen Zimmern?«, pflegte Magda zu ihren

Freunden zu sagen, weil sie nicht erzählen wollte, dass sie die Wohnung hatten verkaufen müssen, um die Bankschulden begleichen zu können. Er sah seine Mutter auf der Party vor sich. Sie unterhielt sich mit Leopoldos Mann und trank eine Piña Colada. Beide hatten Sportsachen an. Er bekam Lust, Pecu anzurufen und ihm davon zu erzählen: »Damián und meine Mutter sind in Joggingsachen gekommen, als hätten sie gerade einen Marathon hinter sich.« Jeden Tag wollte er ihn anrufen, und manchmal tat er es, wählte seine Nummer und wartete ab, bis das Freizeichen aufhörte zu tuten. Auch ihren gemeinsamen WhatsApp-Chat öffnete er täglich. Er scrollte Bildschirm für Bildschirm herunter und stoppte dann aufs Geratewohl, um zu lesen, was dort stand.

Er holte das Handy heraus und fing an zu lesen. Mit geschlossenen Augen scrollte er immer weiter. *Wenn ich bei einem Sommerfoto anhalte*, sagte er zu sich selbst, *dann ist alles wie früher, und es ist nichts passiert. Aber wenn ich auf Buchstaben anhalte, gilt es nicht, der Finger muss auf dem Foto sein.* Jetzt! Er hielt an und öffnete die Augen. Ja! Er hatte bei einem Selfie angehalten, das sie in Salinas am Strand zeigte. Die beiden Freunde kamen gerade aus dem Wasser und sahen völlig durchnässt in die Handykamera. Pecu verkniff sich das Lachen, weil Miguel mit Sonnenbrille ins Meer gegangen war und eine Welle ihm die Brille von der Nase gespült hatte. Der blöde Witz fiel ihm wieder ein, den Pecu wegen der Sonnenbrille gerissen hatte, und er musste laut auflachen. Aber als er sein eigenes Lachen hörte, bekam er einen Schreck. Seit über zwei Monaten hatte er nicht mehr gelacht. Er schaltete das Handydisplay aus, lehnte den Kopf wieder an die Fensterscheibe. Sein Blick verlor sich zwischen den Leuten auf der Straße, und er wünschte sich, dass alles wieder wie früher und nichts passiert wäre.

Obwohl Miguel nicht gefrühstückt hatte, verspürte er so gut wie keinen Hunger. Statt in Sonsoles' Cafeteria ging er deshalb direkt in die Empfangshalle seines Gebäudes. Er murmelte »Guten Tag«, fuhr in den neunten Stock hoch und lief durch die Tischreihen. Kurz vor seinem Platz tauchte Jacobo auf.

»Herzlichen Glückwunsch, Miguel, ich weiß, heute ist kein leichter Tag für dich, aber man muss nach vorne schauen.«

»Ich weiß, danke.«

Jetzt kamen auch die anderen Kollegen zu ihm, und Miguel wurde bewusst, dass alle schweigend abgewartet hatten, bis Jacobo aufgestanden war. Sie scheuten sich offenbar davor, ihm zu gratulieren, da es erst wenige Wochen her war, dass er seinen Freund verloren hatte. Wer verdammt noch mal traut sich da schon, dir einen schönen Geburtstag zu wünschen? Denn das Üble bei der ganzen Sache ist, dass das Leben einfach weitergeht, ob du es willst oder nicht, selbst wenn du alles dafür geben würdest, die Zeit für immer anzuhalten.

»Danke euch allen, ehrlich.«

Sie hatten einen Blumentopf mit Schleife und Glückwunschkarte auf seinen Tisch gestellt. In dem Topf war ein Ficus, der einen halben Meter hoch war. Neben dem Riesenficus vor seinem Tisch wirkte er klein. *Das, worum wir uns kümmern, tragen wir für immer im Herzen. Mit den besten Wünschen von deinen Kollegen von Ambrosi & Sheep,* stand auf der Karte. Miguel räusperte sich. Schaltete den Computer an und gab sein Passwort ein. Holte das Heft heraus und legte es neben die Tastatur. Er sah aus dem Fenster. Öffnete das Heft. Nahm einen Kugelschreiber aus der Schublade. Stellte das Handy auf lautlos. Er sah noch einmal aus dem

Fenster, es war so nebelig, dass man nichts erkennen konnte. Er klappte das Heft wieder zu. Betrachtete den neuen Ficus. Betrachtete den alten Ficus. Nahm das Handy in die Hand, um sicherzugehen, dass es auf lautlos gestellt war. Sah noch mal aus dem Fenster. Immer noch nichts zu erkennen. Er wollte das Passwort in den Computer eingeben und merkte, dass er es bereits eingetippt hatte. Er öffnete eine der Schubladen, um einen Kugelschreiber herauszunehmen, und merkte, dass er ihn schon herausgenommen hatte. Er suchte sein Heft und fand es vor sich auf dem Tisch, wo er es vor fünfzehn Sekunden hingelegt hatte. Er brauchte einen Kaffee. Dringend. Miguel ging in den Pausenraum, und als er einen Milchkaffee aus der Maschine herausließ, sah er, dass das Display seines Telefons leuchtete. Es war Dolly.

»Guten Morgen, Miguel, könnten Sie kurz ins Büro von Herrn Ambrosi kommen?«

Genau darauf hatte er jetzt am wenigsten Lust: ins Büro seines Chefs zu gehen, wo er doch in der letzten Zeit zu wenig geleistet hatte und der Enkel sicherlich schon einen Bericht über ihn angefordert hatte. Er hörte ihn schon: »Herr Martín, ich weiß, dass Sie ein verantwortungsvoller Mitarbeiter sind. Ihrue Erfolgsbilanz ist exzellent, und Sie haben ein besonderes Geschick für die besonders komplexen Klienten des Unternehmens. Aber ich muss Ihnen sagen, dass Ihrue Leistung seit Oktober sehr zu wünschen übriglässt und dass die Herde und die Lämmer und der Wolf und das Schaf Bala und blablabla … Bla!«

Kein Bedarf. Miguel wollte sich weder Herrn Ambrosis Ärger anhören noch sein R, das wie Ru klang, und genauso wenig wollte er die Akte irgendeines Kunden noch den Jahresabschluss durchgehen noch die Gewinne feiern. Er wollte sich nur hinter seinem Riesenficus verstecken, bis er aus der Arbeit fliehen und Daniela von der Schule abholen konnte. Sie würden zur Hamburgerbude gehen, bei den Hausaufgaben Pommes vertilgen, und er würde sie zum Abendessen zu Hause absetzen. Das war das Einzige, wozu er wirklich Lust verspürte, zusammen mit seiner siebeneinhalbjährigen Tochter einen doppelten Cheeseburger und Pommes zu essen.

»Natürlich, Dolly, ich komme sofort.«

Als er im zehnten Stock ausstieg, wurde er von der Frau mit dem rosigen Teint erwartet. Sie gab ihm ein diskretes Happy-Birthday-Küsschen auf die Wange, geleitete ihn zu dem Büro mit der edlen Holzverkleidung und bedeutete ihm mit einem Kopfnicken, einfach einzutreten.

»Miguel, kommen Sie herein«, sagte der Enkel, als Miguel die Tür öffnete.

»Möchten Sie einen Kaffee?«

»Ich hatte gerade einen, aber ich nehme gerne noch einen, danke.«

»Ich ….

… *mache mir, wenn Sie erlauben, einen Tee*, hörte Miguel ihn schon sagen.

»… mache mir, wenn Sie erlauben, einen Tee.«

Der Enkel ging zu dem Tisch, der jeden Morgen für das Frühstück eingedeckt wurde, machte Miguel einen Milchkaffee und schaltete die Teemaschine an. Der Tisch faszinierte Miguel. Es gab eine professionelle Kaffeemaschine, verschiedene Teesorten, Kuh- und Sojamilch, Müsli, gefüllte Brioche, Croissants, Aufschnitt und Obst. Er hatte schon Hotelbüfetts mit weitaus weniger Angebot erlebt, schade, dass er keinen Hunger verspürte. Er steuerte mit seiner Tasse den Platz vor dem Schreibtisch des Enkels an, wie immer, wenn sie etwas zu besprechen hatten.

»Nein, nicht dort, Miguel, wir setzen uns an den Kamin. Heute möchte ich nicht über Geschäfte mit Ihnen reden.«

Er wunderte sich. Worüber dann? Er griff erneut seinen Milchkaffee und setzte sich in einen der Sessel neben seinem Chef, der den Teebeutel langsam im kochend heißen Wasser hin und her schwenkte.

»Sie werden schon sehen, mein Lieber.«

Manchmal, sehr selten, nannte der Enkel ihn »mein Lieber«.

»Ich habe Sie kommen lassen, weil ich wissen möchte, wie es Ihnen geht, nur das. Also, wie geht es Ihnen?«

Miguel heftete seinen Blick fest auf das Kaminfeuer und war nicht in der Lage zu antworten. Wie sollte es ihm schon gehen? Er spürte, dass seine Augen feucht wurden, und behielt die Augen weit auf. Er wollte nicht weinen, konnte nichts sagen, wusste keine Antwort. Er wollte nicht in dieser beschissenen Situation sein. Jeder fragte ihn, wie es ihm ginge, wo doch alle Welt wusste, dass, wenn er die Wahl hätte, er morgens am liebsten gar nicht erst aufwachen würde. Wenn er die Wahl hätte, würde er unter der Bettdecke immer wieder Fotos und Videos ansehen, so lange, bis er sie auswendig kannte. Bis die Erinnerungen lückenlos in seinem Kopf eingeprägt wären, bis seine besten Lebensjahre, die nie mehr zurückkamen, weil Pecu nicht mehr da war, in sein Gehirn eintätowiert wären. Er würde nie mehr seine Stimme hören, könnte nie mehr zu ihm gehen, nie mehr mit ihm telefonieren, ihm erzählen, wie er sich fühlte, nie mehr fragen, wie es ihm ginge. Er würde Pecu nie mehr irgendwohin begleiten, sich nie mehr bei ihm bedanken, mit ihm mit dem Auto zusammen wegfahren, ein Konzert besuchen, ins Kino gehen, ein paar Bier trinken, seine Erlebnisse mit ihm teilen, ihn nie mehr mit zu Daniela nehmen, gar nichts mehr. Nie mehr irgendetwas.

»Mir geht's nicht so gut …«, brachte er heraus, dann kippte ihm die Stimme weg, und er brach in Tränen aus.

Er weinte wie ein kleines Kind, wie er seit dem Unfall noch vor niemandem geweint hatte. Der Enkel stand von seinem Sessel auf, um ihn in den Arm zu nehmen, und da brach Miguel völlig zusammen, sank auf dem Teppich auf die Knie und schluchzte.

Miguel ging an seinen Tisch zurück und begann, seine Sachen zusammenzusuchen. Herr Ambrosi hatte recht, es würde ihm guttun, sich eine Auszeit zu nehmen, bis es ihm wieder besser ginge, bis nach Weihnachten oder auch länger, falls er mehr Zeit brauchte.

»Und wenn Sie eine Beurlaubung beantragen möchten, tun Sie das«, hatte ihm der Enkel in seinem Büro gesagt. »Nehmen Sie sich die Zeit, die Sie für nötig erachten.«

»Danke.«

»Auch wenn Ihnen jetzt alles sehr düster erscheint, wenn dann der Frühling kommt, werden Sie merken, dass alles wieder von Neuem beginnt. Der Mensch ist genauso programmiert wie die Pflanzen, die Bäume, die Tiere. Ein Naturgesetz, wir werden neu geboruen … Wenn wir die Bäume sehen, wenn sie all ihrue Blätter verloren haben … wenn wir sehen, dass sie eines Morgens – nachdem sie ihr Laub verloren und den Winter nackt durchgestanden haben – fast über Nacht ihrue Pracht zurückerhalten, und die ersten Blätter wachsen, bis sie wieder ganz belaubt sind … wenn wir sehen, dass das Gras wieder von wilden Blumen übersät ist …« Der Enkel schloss halb die Augen und streckte den Arm aus, als zeige er auf die Hügel der Grafschaft Gloucestershire, »… hier Margaruiten, dort Klatschmohn und Veilchen, dahinten Gardenien und purpurfarbene Lilien …«

Er glich einem Troubadoursänger, es hätte nicht viel gefehlt, und er hätte Beifall bekommen.

»Wenn wir sehen, dass die Erntearbeiter wieder ihrue Arbeit aufnehmen, das Brachland sich sein Weizenkleid überwirft und die Tage wieder länger werden, reagiert unser Körper! Achten Sie darauf, wenn der nächste Frühling kommt: Wir werden kraftvoller, wachen zufriedener auf und schauen hoffnungsvoll in die Zukunft. So wird es Ihnen auch ergehen, Miguel, glauben Sie mir. Heute erscheint es Ihnen unmöglich, wieder aus vollem Halse lachen zu können, Sie fühlen sich sogar schuldig, wenn Ihnen ein Lachen entwischt. Aber ich versicherue Ihnen, dass Sie wieder glücklich sein werden. Trotz der Traurigkeit, des Schmerzes und der Sehnsucht wird man nach dem Tod eines geliebten Menschen wieder glücklich.«

Der Enkel wusste, wovon er sprach. Seine Frau war vor drei Jahren an einem aggressiven Krebs gestorben, nachdem sie ein halbes Jahrhundert verheiratet gewesen waren. Seit Miguel denken konnte, hatte er den Enkel in den höchsten Tönen von seiner Frau schwärmen hören. Er erzählte jedem, der es hören wollte oder auch nicht, dass sie der eigentliche Motor des Imperiums gewesen war, das er geerbt hatte, und dass sie ihn bei jeder seiner Entscheidungen beraten hatte. Als María Teresa starb, dachten viele, Herr Ambrosi würde zusammenbrechen und die Unternehmensberatung verkaufen, aber der Enkel erschien jeden Morgen in Pantoffeln in seinem Büro und hütete seine Herde.

»Ich habe meine Frau verloren, als wir alles erledigt hatten und endlich anfangen konnten, die letzte Etappe unserues Lebens in Ruhe zu genießen. Ohne sie bleibt mir jetzt nur, das zu erhalten, was wir gemeinsam aufgebaut haben. Wie Sie wissen, bin ich siebzig geworden, ich könnte in Ruente gehen und in mein geliebtes Painswick zurückkehren, das Dorf meiner Großeltern, wo ich die glücklichsten Sommer meiner Kindheit und Jugend verbracht habe. Meine Erinnerungen aber sind hier, bei Teresa, in diesem Büro, in dem wir so oft von so vielen Dingen gesprochen haben. Verstehen Sie das?«

Ja. Der Tod schaffte eine besondere Verbindung zwischen Menschen, die seine Bedeutung erfahren hatten.

»Sie haben vierzig Jahre mit Pecu gelebt, und weitere vierzig Jahre ohne ihn liegen noch vor Ihnen. Sie müssen jetzt einen neuen Weg finden, glücklich zu sein, Miguel.«

»Weitere vierzig Jahre ohne ihn liegen noch vor Ihnen.« Er war wirklich dankbar für die tröstenden Worte und das Mutzusprechen, aber bei dieser Vorstellung tat sich ein derart finsterer, endloser Tunnel vor ihm auf, dass er den bloßen Gedanken daran mied. Als er alle Programme geschlossen und den Computer heruntergefahren hatte, betrachtete er den Ficus vor sich.

»Die Pflanze ist ja echt abgefahren«, hatte Pecu damals gesagt, als er ihn zum ersten Mal im Büro besuchen kam. »Mit diesem Riesenficus wirst du dich nie einsam fühlen, was?«

Wer würde sich jetzt, wo er wegging, um die Pflanze kümmern? Niemand wusste, wie oft sie gegossen werden musste oder wann er sie zum letzten Mal gedüngt hatte oder wie man die Blätter sauber hielt. Die Möglichkeit, dass die Pflanze nicht versorgt würde und vertrocknen könnte, beunruhigte ihn. Er würde nur ein paar Wochen weg sein, aber was, wenn er gar nicht zurückkam? Was, wenn er beschloss, Ambrosi & Sheep zu verlassen? Er arbeitete jetzt über zehn Jahre für die Firma, vielleicht war das ja genug. Vielleicht war das ja der Moment, alles hinter sich zu lassen, ohne dabei auf irgendetwas oder irgendjemanden Rücksicht zu nehmen. Seine Revanche dafür, dass er es damals nicht gewagt hatte, woanders zu studieren, die Agentur von Felipe zu verlassen, die Wohnung der Kooperative seines Vaters nicht zu kaufen … aber was wäre mit dem Enkel? Er wäre alles andere als begeistert. Und Daniela? Immer, wenn sie an seinem Büro vorbeikam, sagte sie: »Papas Arbeit!« Was würde seine Tochter sagen, wenn er wegging? Und seine Eltern? »Du bist wahnsinnig, Miguelito, du immer mit deinen Anwandlungen, Schatz«, würde seine Mutter sage. »Denk gut darüber nach, nicht dass du es später bereust. Aber ich bin sicher, dass du die richtige Entscheidung treffen wirst.« So war Magda, immer voller Verständnis für jeden. Er sah aufs Handy. Komisch, sie hatte noch nicht angerufen, um ihm zu gratulieren, und es war schon fast drei Uhr. Er öffnete seine Kontakte und wählte ihre Nummer.

»Hallo, Miguel.«

»Hallo, Mama, wie geht's?«

»Gut, ich bin gerade fertig mit dem Essenmachen. Und dir?«

»Gut, am Arbeiten.«

»Ah, sehr gut.«

»Mama.«

»Ja?«

»Weißt du nicht, welcher Tag heute ist?«

»Heute? Wieso?«

»Mein Geburtstag.«

Magda war eine ganze Weile lang still.

»Entschuldige, Miguel«, sagte sie mit gebrochener

Stimme, »ich weiß nicht mal mehr, welchen Tag wir heute haben.«

»Nicht schlimm, Mama, geht uns allen so. Wir brauchen Zeit. Kein Grund zur Aufregung.«

»Herzlichen Glückwunsch, Schatz.«

»Am Wochenende komme ich mit Daniela vorbei, und wir feiern zusammen, ja?«

»Ja, sicher.«

»Küsschen für Papa und eins für dich.«

Miguel legte auf und sah durchs Fenster. Noch nie hatte seine Mutter seinen Geburtstag vergessen.

Als seine Kollegen zum Essen nach unten gegangen waren, nutzte Miguel die Gelegenheit und ging, ohne sich zu verabschieden. Er hatte keine Lust, Erklärungen abzugeben. Er schrieb auf, wie der alte Ficus zu versorgen war, ergriff den neuen Blumentopf mit der roten Schleife und lief durch den Gang des neunten Stocks von Ambrosi & Sheep, wo er in den letzten Jahren mehr Zeit als zu Hause verbracht hatte.

»Möchten Sie eine Tasche für die Pflanze?«, fragten die Mitarbeiter am Empfang freundlich.

»Nein, vielen Dank, kein Problem, ich nehme sie so.«

»Dann noch einen schönen Abend. Bis morgen.«

Wer weiß schon, was morgen sein wird?, dachte er. *Wer weiß schon, was in der nächsten Minute sein wird.*

»Bis morgen.«

Bevor er dem Platz vor dem Finanzzentrum den Rücken kehrte, schaute er heimlich durch das große Fenster von Sonsoles' Cafeteria. Dort war so viel los, dass er sie kaum sehen konnte, aber er erkannte ihre Bewegungen, wenn sie die Teller des Tagesmenüs einsammelte und den Kaffee nach dem Essen servierte. Seine kleine russische Eiskunstläuferin. Als die Bedienung ihn sah, wies sie mit dem Kinn auf einen gerade frei gewordenen Tisch.

»Soll ich ihn dir frei halten?«, fragte sie von drinnen.

Miguel zeigte auf die Bushaltestelle:

»Ich kann nicht, ich muss los.« Er wollte nicht hineingehen. »Komm und trink noch einen Kaffee«, insistierte sie.

Miguel ging hinein, setzte sich an die Bar und wartete schweigend, dass Sonsoles den Kaffee machte. Die Melodie war verstummt. Nur noch das Geklapper von Metall und Porzellan hallte wie ein entferntes Echo in seinem Kopf.

Miguel war erschöpft, er hatte zwar seit Dienstag nicht viel gemacht, aber als er am Schuleingang auf Daniela wartete, spürte er jeden Muskel seines Körpers. Vielleicht kam das vom Blumentopftragen. Der Bus war überfüllt gewesen, und er hatte stehen und dabei das Kunststück vollbringen müssen, den Topf trotz des Ruckelns nicht fallen zu lassen.

Er würde nachher wohl besser mit dem Auto zu sich nach Hause fahren. Seit er wieder in der Mansarde wohnte, stand das Auto unter der Woche in Sofias Garage, die wie die Wohnung, in der Sofia lebte, von ihm bezahlt wurde.

»Du zahlst nicht mir die Wohnung, sondern deiner Tochter.« »Ja, okay, wenn du meinst.«

»Nein Miguel, nicht, wenn ich meine. Objektiv gesehen bezahlst du die Wohnung für deine Tochter.«

»Schon, aber du gehst arbeiten. Du könntest eine Miete bezahlen so wie ich die Miete der Mansarde, und ich würde dir Unterhalt für Daniela geben, so wie es alle machen.«

»Du weißt genau, dass ich mit meinem Gehalt keine Wohnung in Cambria bezahlen könnte.«

»Dann eben woanders.«

»Na klar, du reißt die Kleine aus ihrer Umgebung, der Schule und weg von ihren Freundinnen, weil du die Wohnung, in der sie aufgewachsen ist, nicht bezahlen willst? Bei dem, was du verdienst, Miguel, bitte, mach dich nicht lächerlich!«

Mach du dich nicht lächerlich, Sofia. Mach du dich nicht lächerlich! Er zahlte ihr einen Unterhalt, der weit über dem lag, was irgendeiner seiner Freunde für seine Kinder bezahlte. Darüber hinaus trug er noch die Kosten für die Krankenversicherung, die Ballettstunden (»Wo doch kein Mensch heute mehr Ballett macht« – »Ja, aber deine Tochter eben schon!«) und die Englischnachhilfe. Sie hatten das gemeinsame Sorgerecht vereinbart, wodurch Miguel Daniela jedes zweite Wochenende sah und sie dienstags und donnerstags von der Schule abholte. Wenn er rechtzeitig Bescheid gab, konnte er auch an den anderen Nachmittagen mit ihr zusammen sein; seine Ex war zeitlich sehr flexibel. Ansonsten hatte der Trennungsprozess ihre dunkelsten Seiten zu Tage befördert, und er war es leid, an die Schlammschlacht erinnert zu werden, die ihre Beziehung durchlaufen hatte. Wie hatte Sofia, die sonst immer so fair gewesen war, alles derart in den Dreck ziehen können?

»Wie ungerecht du bist«, sagte sie, wenn er auf das Thema zu sprechen kam. »Wir haben schließlich beide gelitten, und ich darf dich daran erinnern, dass du es warst, der mir gesagt hat, dass er nie in mich verliebt gewesen ist. Wenn es dich also stört, dass ich mein Leben mit Juan Carlos wieder aufgenommen habe, ist das nicht mein Problem, sondern deins.«

Was Miguel am meisten wurmte, war, dass die Mutter seiner Tochter recht hatte. Doch wenn sie diesen Besserwisser-Ton an den Tag legte, kam ihm alles wieder hoch, ohne dass er etwas dagegen tun konnte. Auch wenn er es noch so sehr versuchte.

»Papa!«

Daniela verabschiedete sich von ihren Freundinnen im Schulhof und rannte zu ihrem Vater.

»Hallo, Schätzchen!«

»Herzlichen Glückwunsch! Was hast du da?«

»Eine Pflanze, die ich zum Geburtstag bekommen habe.«

»Wie schön!«

»Gib mir den Rucksack.«

»Ich trage ihn, du kannst nicht beides tragen.«

»Doch, kann ich.«

Miguel stellte das Bäumchen auf dem Boden ab und versuchte alle möglichen Verrenkungen, um in die kleinen Rucksackträger hineinzuschlüpfen. Als der Rucksack endlich auf seinem Rücken saß, kippte er beinahe nach hinten.

»Huch, der ist aber schwer.«

»Sag keine Schimpfwörter!«

»Ich hab *huch* gesagt.«

»Wie siehst du denn aus, Papi! Deine Anzugjacke ist hinten ganz zerknittert.«

»Sehe ich etwa nicht gut aus?«

»Nein!«, sagte Daniela und lachte.

»Ist doch egal! Hast du Lust auf einen Hamburger?«

»Jaaaaa!«

»Gehen wir!«

Er nahm den Ficus, und sie liefen nebeneinander zum Einkaufszentrum von Cambria. Daniela sprang wie ein junges Reh vor ihm her, und ihre Zöpfe hüpften auf und ab. Genauso war es mit Claudia immer gewesen, wenn sie durch den Park spaziert waren. Miguel schluckte. Die unerwartete Erinnerung an Claudia erwischte ihn kalt. Wo sie wohl wohnte? Was sie wohl gerade tat? Vielleicht holte sie auch gerade ihre Kinder von der Schule ab. Vielleicht dachte sie an ihn, wie er an sie dachte. Miguel stellte sich vor, es handle sich gerade um einen dieser Momente, in dem sich das Leben wie auf einem geteilten Bildschirm abbildete. Auf der einen Hälfte sah man jemanden, der gerade an eine Person dachte. Auf der anderen Hälfte sah man die in ihre Angelegenheiten vertiefte Person, die keine Ahnung hatte, was jemand woanders für sie empfand. Aber was, wenn Claudia auf ihrer Bildschirmhälfte an ihn dachte, so wie er an sie? Unsinn! Bestimmt nicht. Dass beide Bildschirmhälften dasselbe Gefühl zeigten, passierte nur im Film – und das Leben war nicht wie im Film, wie Pecu zu sagen pflegte, so etwas passierte einfach nicht. Miguels Augen wurden feucht. Verdammter Mist. Doch, so etwas passierte.

»Komm, Papi, wir gehen das Essen bestellen.«

Seine Tochter fasste ihn bei der Hand und führte ihn zur Schlange des Hamburgerladens. Seit der Sache mit Pecu war sie besonders zärtlich zu ihm. Es war Sofia, die es ihr ein paar Tage nach der Beerdigung erzählen musste, weil sich Miguel nicht dazu in der Lage gefühlt hatte.

»Sieh mal, Schätzchen«, hatte Sofia zu Daniela gesagt, »Papa war mit Pecu Ski fahren, und da gab es einen schweren Unfall. Papa ist nichts passiert, wofür wir sehr dankbar sein müssen, aber Pecu ist in den Himmel gegangen, und Papa ist sehr, sehr traurig, deshalb musst du dich jetzt gut um ihn kümmern, er wird dich brauchen.«

»Was bedeutet, Pecu ist in den Himmel gegangen? Dass er gestorben ist?«

Sie fragte rundheraus.

»Ja, mein Liebes, Pecu ist gestorben, weil er einen sehr schweren Unfall hatte und auf den Kopf gefallen ist.«

»Und jetzt werde ich ihn nicht mehr wiedersehen?«

»Nein, Schatz, jetzt werden wir Pecu nicht mehr wiedersehen.«

Daniela war aufgestanden und schweigend in ihr Zimmer gegangen. Als Sofia hereinkam, saß sie auf dem Bett mit dem Stoffbären, den ihr Pecu zu ihrem zweiten Geburtstag geschenkt hatte. Ihre Augen standen weit auf, aber sie hatte nicht geweint. Es schien, als getraue sie sich nicht zu blinzeln.

»Geht es dir gut, Daniela?«

»Ich möchte zu Papa.«

»Wir können jetzt nicht zu ihm, denn es ist schon spät. Aber keine Sorge, morgen bringe ich dich hin, dann kannst du ihm einen Kuss geben.«

»Ich will zu Papa!«, schrie sie.

Beim Schreien blinzelte das Mädchen, die ersten Tränen tropften auf ihren Pyjama, und sie brach in ein nicht enden wollendes Weinen aus, um schließlich erschöpft in den Schlaf zu sinken.

»Papi, du hörst nicht zu! Ob wir große oder kleine Pommes wollen!«

»Entschuldigung«, sagte Miguel zu der Kassiererin mit der blauen Mütze, die ihn freundlich anlächelte, »ich war in Gedanken. Große, oder?«, fragte er Daniela.

»Ja!«

Sie setzten sich mit den Tüten an einen Tisch und aßen, während sie sich über die kleinen und großen Dinge des Lebens unterhielten.

»Wer ist da?«

»Wir sind's!«, sagte Daniela in die Gegensprechanlage. »Mach auf, Mama!«

Er verspürte überhaupt keine Lust, mit nach oben zu gehen, aber seine Tochter hatte sich so ins Zeug gelegt, dass er nicht Nein sagen konnte. Er versteckte den Ficus in der Eingangshalle, damit seine Ex nicht annahm, es handle sich um ein Geschenk für sie. Dann stiegen sie die Treppe hinauf.

»Hallo, Dani, Liebling, wie war es heute in der Schule?«

Das Mädchen gab ihrer Mutter einen flüchtigen Kuss und rannte ohne zu antworten in die Wohnung. »Hallo, Miguel.«

»Hallo, Sofia.«

Sofia blieb im Türrahmen stehen, ohne ihn hereinzubitten.

»Daniela wollte unbedingt, dass ich mitkomme, weil sie mir irgendwas zeigen will.«

»Komm rein, Papa!«, rief das Mädchen. »Ich bin in meinem Zimmer!«

»Du hättest vorher Bescheid geben sollen, dass du kommst, aber von mir aus … komm rein.«

Miguel ging hinein und bekam fast einen Schlag. Auf dem Wohnzimmersofa, also seinem Sofa, saß Juan Carlos, Sofias Freund, in der Hand die Fernbedienung, seine Fernbedienung, die Füße auf dem Couchtisch und in Hausschuhen. Juan Carlos wurde bei seinem Anblick so nervös, dass er das Pizzastück, das er gerade aß, fallen ließ.

»Hallo, Miguel.«

»Die Pizza ist dir auf den Teppich gefallen, Juan Carlos.«

»Bitte? Ah, ja, ich hole einen Lappen.«

Miguel sah Sofia an. »Was zum Teufel hat dieser Herr in meiner Wohnung zu suchen?«

Sofia bedeutete ihm, leiser zu sprechen, und zog ihn in die Küche, wo sie mit Juan Carlos zusammenstießen, der ihnen mit einem feuchten Lappen in der Hand entgegenhastete.

»Erstens«, sagte sie, als sie allein waren, »dieser *Herr* ist vierzig Jahre alt, wie du und wie ich es bald sein werden, also pass auf, was du sagst, denn wir alle sind bereits *Herrschaften*. Zweitens ist das hier meine Wohnung und die deiner Tochter und nicht deine, auch wenn sie auf deinen Namen läuft. Und drittens ist Juan Carlos mein Verlobter und kommt her, wann er will, denn die Kleine liebt ihn abgöttisch und fertig.«

»Mensch, Sofia, wie kannst du nur so eklig sein?«

»Was erwartest du denn von mir, Miguel? Dass ich mein Leben lang in Selbstmitleid versinke, weil der Vater meiner Tochter nie in mich verliebt gewesen ist? Ist es das, was du erwartest? Dass ich mich verkrieche und kasteie, weil du mir eines Tages gestanden hast, dass du dich an mich geklammert hast, weil du emotional verloren warst. Aber dass du mich nie wirklich geliebt hast? Willst du das? Schau, Miguel, die letzten Jahre ergeben eine traurige Bilanz für uns, und ich habe das Gefühl, dass du eine Farce an meiner Seite gelebt hast. Aber ich schwöre dir, dass ich für unsere Tochter alles daransetzen werde, glücklich zu sein, und ich rate dir, dasselbe zu tun.«

»Wie hart du zu mir bist, Sofia. Du bist extrem grob, merkst du das überhaupt.«

Sie sah weg und fing an, ein paar Teller zusammenzustellen, die auf dem Tresen standen. Als sie wieder das Wort ergriff, klang sie viel versöhnlicher.

»Entschuldige, Miguel, ich weiß, dass du gerade eine schwere Zeit durchmachst. Das mit Pecu tut mir sehr leid, das weißt du ja, ich hab es dir schon oft gesagt. Ich kann mir vorstellen, was du durchmachst.«

»Nein, kannst du nicht.«

»Die Sache ist …«, sagte sie, als hätte sie ihn nicht gehört. »Die Sache ist, dass mich die ganze Trennungsgeschichte manchmal durcheinanderbringt und ich mich frage, wer ich eigentlich war und wer du warst, als wir zusammen waren.«

»Das ist schwer zu sagen, aber jetzt gibt es kein Zurück mehr. Wir haben eine gemeinsame Tochter, und das wird uns für den Rest unseres Lebens verbinden. Es tut mir leid, dass ich so zu Juan Carlos war. Sag ihm, dass ich ihn nicht beim Fußballschauen stören wollte, und bitte sag der Kleinen Tschüss von mir. Sag ihr, dass sie mir ihre Sache am Wochenende zeigen kann.«

»Nein. Geh ins Zimmer deiner Tochter und verabschiede dich selbst, sie wartet auf dich.«

Sie war immer noch Expertin darin, Befehle zu erteilen.

»Darf ich reinkommen?«, fragte er, als er in Danielas Zimmer ging. »Was wolltest du mir zeigen?«

»Was meinst du wohl? Dein Geschenk!«

Daniela gab ihm ein Päckchen in Glanzpapier, das nach einem Buch aussah.

»Ein Buch?«

»Weiß nicht. Mach's auf!«

»Aber, hast du das gekauft oder Mama?«, fragte er, als er es auspackte.

»Ich! Mit dem Geld von den Großeltern.«

»Da bin ich ja gespannt … was wird das wohl sein …?«

Es war ein Schulheft mit Bambi auf der Vorderseite. Er sah das Reh verblüfft an.

»Weil du doch noch Schreibhefte benutzt und dir manchmal herausrutscht, dass dir früher ein Mädchen gefallen hat, das wie ein junges Reh aussah … Ich hab's für dich gekauft!«, sagte seine Tochter und strahlte übers ganze Gesicht. »Gefällt es dir?«

»Ich bin begeistert, Dani, vielen Dank. Das ist das schönste Geschenk, das ich jemals bekommen habe.«

Durch die Fenster des ganz in Holz gehaltenen Appartements sah man keine Wolke am Himmel, und Miguel und Pecu sprangen voller Vorfreude aus dem Stockbett. In den letzten beiden Tagen hatten sie wegen des heftigen Schneetreibens nur wenige Abfahrten machen können und den Rest des Vormittags wie alle anderen Leute in der Cafeteria der Liftstation verbracht. Sie hatten bei Bier und Würstchen Oktoberfest gefeiert und viel Spaß gehabt. Jetzt aber waren sie ganz versessen auf einen guten Skitag.

»Ich vermisse das Appartement von deinem Vater«, hatte Miguel beim Anziehen der Skisachen gesagt. »Hier stinkt's bestialisch.«

»Nörgel nicht rum, Kollege, dafür haben wir bei uns im Oktober keinen Schnee.«

»Schon, aber hier haut einen der Gestank beinahe um, mehr sag ich ja nicht … ich bin kurzsichtig und hab deshalb einen besser entwickelten Geruchssinn, was kann ich dafür.«

»Okay, lass uns looos.«

»Ich komme schoooon.«

Miguel war den Tag des Unfalls bereits unzählige Male durchgegangen. Jede Stunde, jede Minute, jede Sekunde. Morgens um zwanzig nach acht hatten sie das Appartement verlassen. Um Viertel vor neun waren sie an der Piste gewesen und hatten den ersten Lift um Punkt neun Uhr genommen. Der Sessellift erreichte die Station um fünfundzwanzig nach neun. Dort tranken sie in der Cafeteria einen Kaffee. Miguel erinnerte sich daran, dass sie über den Nebel und das Schneetreiben der vergangenen Tage gesprochen hatten, die das Skifahren unmöglich gemacht hatten.

»Hast du Lust, heute abseits der Piste zu fahren?«, hatte Pecu gefragt. »Wir sollten das Wetter ausnutzen.«

»Hast du eine Karte vom Skigebiet dabei?«

»Die Mädchen aus der Kneipe haben mir gestern eine gegeben.«

»Dann los.«

Sie fuhren schon über dreißig Jahre lang Ski. Als Leopoldo seinen Sohn zum ersten Mal mit auf die Piste nahm, war Pecu fünf Jahre alt, und Magda ließ Miguel zum ersten Mal mit sieben Jahren mitfahren. Seit drei Jahren fuhren sie nach Österreich in dieses Skigebiet, das als eines der ersten im Jahr öffnete. Miguel hatte Urlaub nehmen können, aber jetzt hätte er alles dafür gegeben, wenn sie niemals hingefahren wären.

Als sie aus der Cafeteria kamen, fuhren sie mit dem Skilift auf einen der Gipfel. Oben nahmen sie nicht die Piste, sondern eine andere Abzweigung, und begannen die Abfahrt durch den unberührten Tiefschnee. Um sie herum war es still. Während ihre Skier breite Furchen in den Schnee zeichneten und bei jeder Kurve das gefrorene Pulver aufwirbelten, lauschten die Freunde fasziniert dem kratzenden Geräusch der Bretter auf dem verschneiten Abhang. Alleine Ski zu fahren, weit weg von all dem Trubel, löste einen Adrenalinstoß bei ihnen aus wie nur ganz wenige Dinge. Wenn sie den Berg hinabglitten und die Natur so vollkommen unmittelbar erlebten, verspürten sie ein unbeschreibliches Freiheitsgefühl, als könnten sie jeden Moment abheben und fliegen. Nachdem sie eine ganze Weile gefahren waren, gesellten sie sich auf einer roten Piste wieder zu den anderen Skifahrern. An der Skistation stoppten sie, weil Pecu eine heiße Schokolade trinken wollte. Ihm war kalt geworden, und er bekam die Kälte nicht mehr aus dem Körper. Miguel erinnerte sich daran, dass sie über seine Trennung sprachen, und er ihm erzählte, dass Sofia jetzt mit jemand anderem zusammen war.

»Und wie geht's dir damit?«

»Einerseits nervt es mich kolossal, aber andererseits bin ich jetzt ruhiger.«

»Du und dein Hang zum Leiden. Hör auf, ein Problem draus zu machen. Du weißt doch, dass du nie richtig in Sofia verliebt warst. Da ist es doch besser, dass sich jeder von euch ein neues Leben aufbaut, oder?«

»Schon.«

Danach diskutierten sie über die Situation von *Ichgeheauchhin.com*. Pecu kam auf die Idee zurück, zu verkaufen, und Miguel sagte, wenn er so überzeugt davon sei, würde er einen Verkaufsplan fürs nächste Jahr aufstellen. Die Website stand sehr gut da, und es gab attraktive Kaufangebote.

»Wenn wir einen guten Deal machen, wirst du dich dumm und dämlich verdienen. Was willst du mit dem Geld anfangen?«

»Leben.«

»Wie klar du immer alles hast.«

»Scheint so. Fahren wir noch mal?«

Sie schnallten die Skier an und gingen zum Sessellift. Auf dem Weg dorthin unterhielten sie sich über die Frauen, die sie am Tag zuvor kennengelernt hatten und die sie per WhatsApp gefragt hatten, ob sie abends zusammen essen und etwas trinken wollten. Pecu hatte jedoch keine Lust gehabt, auszugehen, weil er auch am nächsten Tag früh auf die Piste wollte.

»Warum hast du dich eigentlich bisher nie gebunden, Pecu?«

»Ich kann nicht mal auf mich selbst aufpassen, wie soll ich da auf jemand anderen aufpassen.«

»Vielleicht geht es ja gar nicht darum, auf jemanden aufzupassen?«

»Auf Beziehungen muss man aufpassen, Miguel, wenn du das nicht tust, können sie sich nicht weiterentwickeln. Und sie haben ihren Preis. Ich hab dir schon oft gesagt, was ich darüber denke: Jede Beziehung hat ihren emotionalen Preis, und jeder muss für sich entscheiden, wie viel er bereit ist zu bezahlen.«

»Und wenn du mit niemandem zusammen bist, was ist dann der Preis?«

»Du hast es gerade selbst gesagt: Mit niemandem zusammen zu sein bedeutet allein zu sein, und das macht manchmal Angst.«

»Das ist das erste Mal, dass ich von dir höre, dass du Angst hast.«

»So was in der Art wird's wohl sein.«

»Hör mal, Pecu …« Miguel trug diese Frage schon seit Jahren mit sich herum.

»Was denn?«

»Erinnerst du dich noch an Claudia?«

»Claudia? Das Magnetmädchen – die war wirklich unwiderstehlich.«

»Warum hast du sie verlassen?«

»Ich will mich an niemanden binden, Miguel, weder vor zwanzig Jahren noch jetzt noch irgendwann.«

»Erinnerst du dich, dass du mich einmal, noch bevor ihr zusammenkamt, gefragt hast, ob ich Claudia gut fände, und dass ich Nein sagte?«

»Ja.«

»Was wäre passiert, wenn ich Ja gesagt hätte?«

Der Lift kam oben an, sie stiegen schweigend aus und fuhren zur Piste. Es war eine mittelschwere Piste, wie sie sie schon unzählige Male gefahren waren. Pecu rückte seine Skibrille und seinen Helm zurecht. Bevor sie losfuhren, antwortete er schließlich:

»Keine Ahnung, aber es wäre die Geschichte von jemand anderem gewesen, nicht unsere.«

Das war das letzte Mal gewesen, dass er die Stimme seines Freundes gehört hatte. Als Nächstes sah er, dass Pecu unerklärlicherweise die Kontrolle über seine Skier verlor, mit dem Kopf auf dem Boden aufschlug und sich mehrmals überschlug wie eine Marionette. Miguel fuhr blitzschnell zu ihm.

»Los, komm schon, sprich mit mir. Geht's dir gut? Pecu, geht's dir gut?« Er wagte nicht, ihm den Helm abzuziehen, wusste nicht, was er tun sollte.

»Los! Sprich mit mir, Pecu. Komm schon! Geht's dir gut?«

Die Bergwacht war nach wenigen Minuten da. Das Letzte, woran Miguel sich erinnerte, war der Anblick, wie Pecu mit einer isothermischen Decke zugedeckt und auf eine Bahre gehoben wurde, während die Helfer auf den Rettungshubschrauber warteten.

»Wenn ihr ihn mit dieser Decke zudeckt, lebt er noch!«, schrie er. »Diese Decken benutzt man, um zu wärmen. Wenn ihr ihn mit dieser Decke zudeckt, ist er noch am Leben! Sagt mir, dass er noch lebt. Bitte! Bitte! Jemand soll mir sagen, dass er noch lebt!«

Niemand sagte etwas. Pecu war auf der Stelle tot gewesen.

Miguel fuhr aus der Garage und lenkte den Wagen durch die leer gefegten Straßen Cambrias, vorbei an der Konditorei, der Apotheke und dem Supermarkt. Bei den Tennisplätzen und der Grünfläche des Einkaufszentrums hielt er für einen Moment und dachte an die Nächte, in denen sie sich dort betrunken hatten. Dann nahm er den Kreisverkehr, ließ Danielas Schule rechts liegen und fuhr durch die Hauptstraße zwischen den Pappeln und Bananenstauden mit ihren kahlen Ästen, die den nahenden Winter ankündigten. Wie wenig verband Miguel mit alldem. Sobald Sofia mit ihrem Verlobten wegziehen würde, was früher oder später der Fall wäre, würde er die Wohnung verkaufen und keine Verbindung mehr zu diesem Ort haben, an dem er mehr als die Hälfte seines Lebens verbracht hatte.

Schließlich hatte er die ehemalige Siedlung seiner Eltern erreicht. Er parkte vor dem herrschaftlichen Gebäude, stieg aus und schaute über den Zaun. Der gepflasterte Weg und der Garten mit den Zypressen und Fichten erinnerten ihn daran, wie sie als Kinder auf dem Rasen herumgetollt und sich als Jugendliche zwischen den Bäumen und Büschen versteckt hatten, um zu rauchen und mit den Mädchen zu knutschen. Er warf einen Blick auf die Wohnung im dritten Stock rechts, die so viele Jahre sein Zuhause gewesen war, und stellte fest, dass die Rollläden heruntergelassen und die Kübelpflanzen auf der Terrasse vertrocknet waren. Noch war niemand eingezogen. Er blickte zum Penthouse hinauf. Im Wohnzimmer brannte Licht. Und wenn er hochginge? Er besaß noch einen Zweitschlüssel für das Eingangstor, müsste nicht einmal die Gegensprechanlage benutzen, aber … was, wenn er nicht willkommen wäre? Egal, er musste einfach hochgehen. Miguel betrat das Haus und wartete auf den Aufzug. Als er oben auf den Treppenabsatz trat, verströmte ein leichter Weihrauchgeruch etwas Tröstliches. Er klingelte an der Wohnungstür.

»Miguel …«

»Hallo, Damián.«

»Wie schön! Komm rein.«

»Ist Leopoldo da?«

»Er hört im Wohnzimmer Musik. Geh ruhig ohne mich zu ihm, er freut sich bestimmt sehr, dich zu sehen. Ich drehe eine kurze Runde, bin gleich wieder da.«

Miguel hatte Leopoldo seit dem Tag der Beerdigung nicht mehr gesehen. Er betrat das Wohnzimmer und erkannte, dass aus der Musikanlage die Matthäus-Passion ertönte, die er hier schon so oft gehört hatte. Leopoldo saß mit dem Rücken zur Tür in seinem Ledersessel, den Blick zur Terrasse gerichtet. Miguel verharrte einen Moment still auf der Schwelle des Wohnzimmers und lauschte der Musik von Bach, während er Leopoldos Spiegelbild im Glas betrachtete. Sein schütteres Haar war nach hinten gekämmt, und auf seinen Knien lag eine karierte Decke. Miguel kam es vor, als wäre Leopoldo in den letzten zwei Monaten um zehn Jahre gealtert, und dennoch blieb er ein besonderer Mann. Miguel wollte sich gerade bemerkbar machen, da endete die Musik. Jetzt betrachtete auch Leopoldo ihn in der spiegelnden Fensterscheibe. Ein paar Sekunden lang sahen sie einander schweigend an. Dann drehte Leopoldo seinen Sessel um und streckte ihm die Arme entgegen. Miguel eilte zu ihm und kniete sich hin. Er wollte sich bei ihm entschuldigen, ihm sagen, dass er nicht verstand, was passiert war, dass eine Eisplatte schuld gewesen sein musste, und er sofort runtergefahren war, aber nichts mehr hatte ausrichten können. *Verzeih mir. Verzeih mir!* Er wollte ihm sagen, dass er Pecu jede Minute vermisste, dass er ohne ihn vor Kummer sterben musste und er so gerne die Zeit zurückdrehen würde, um ihn nur noch ein einziges Mal zu sehen und sich zu verabschieden. Er hatte sich noch nicht einmal verabschieden können. Er hatte ihm noch nicht mal die Narbe an seinem Handgelenk zeigen können, um ihm zu danken: »Danke, danke dafür und für alles.« Noch nicht mal das. Nicht mal das hatte er ihm sagen können.

»Ist ja gut«, sagte Leopoldo beruhigend und strich ihm übers Haar. »Nichts, was wir tun können, würde ihn zurückbringen. Absolut nichts, wir können ihn nur im Herzen behalten und uns daran erinnern, wie er war. Was er zu uns gesagt hat, wie glücklich er uns gemacht hat. Hör mal … war das nicht die Tür?«

Jemand war gerade in die Wohnung gekommen. Eine Sekunde lang hielt er es für möglich, dass sein Freund wie in seinem Traum zurückgekehrt war.

»Es ist Damián, bestimmt hat er Abendessen für uns drei besorgt.«

Als sie mit dem Nachtisch fertig waren, holte Leopoldo einen Cava-Sekt aus dem Kühlschrank. Miguel kam es komisch vor, auf seinen Geburtstag anzustoßen. »Was denkst du?«, fragte Leopoldo, als er seine Zweifel bemerkte. »Hätte mein Sohn gewollt, dass wir auf dich anstoßen, oder nicht?«

»Wie schaffst du es, so gelassen zu sein?«

Leopoldo heftete den Blick auf den Kamin und antwortete eine Weile nicht. Seine Augen waren so blau, dass sie fast durchsichtig wirkten, und Miguel merkte, dass er nicht das Feuer betrachtete, sondern eine Fotografie, die auf dem Kaminsims stand. Leopoldo hielt den fünf- oder sechsjährigen Pecu im Arm, der seine Pilotenmütze trug. Sie sahen einander an, ohne die Kamera zu bemerken, und lachten aus vollem Halse.

»Mit meinem Sohn war die Welt so anders. Er war derjenige, der alles für mich getan hat. Ohne dass es mir bewusst war, hat er mich dazu gebracht, mich mit mir selbst zu konfrontieren, was die schwierigste Konfrontation ist, der sich ein Mensch stellen kann. Und das Letzte, was er getan hat, war, mir die Angst zu nehmen. Mein Leben lang habe ich mit der Angst gelebt: Angst davor, dass meine Homosexualität entdeckt würde, dass etwas Schlimmes geschehen oder ein Unfall passieren könnte und Pecu niemanden mehr hätte ... Aber die tiefste und furchtbarste aller Ängste war, dass meinem Sohn etwas passieren könnte. Jetzt habe ich vor gar nichts mehr Angst. Sogar der Tod ist zu einem gastfreundlichen Ort geworden, aus dem einzigen Grund, dass Pecu nun dort wohnt.«

Leopoldo schenkte den Cava in die Gläser. Zum ersten Mal saßen nur sie drei zusammen. Miguel, der sich die Tage nach dem schicksalhaften Unfall nicht mehr genau vergegenwärtigen konnte, aber immer wieder Flashbacks erlebte, musste plötzlich an Pecus Mutter denken. Auf der Beerdigung hatte sie unter den Gästen Rosen verteilt, und die Leute hatten getuschelt: »Wer ist die denn?«

»Pecu hat nie mit mir über seine Mutter gesprochen, nur ein einziges Mal, und zwar in der Nacht, als er von seinem Auslandsjahr auf der Ranch in Austin zurückgekehrt war. Ehrlich gesagt wirkte er ziemlich enttäuscht ... von der Liebe, von dir, von allem.«

»Er bewunderte seine Mutter, war verrückt nach ihr. Als sie wegging, war er erst vier Jahre alt, und der Verlust traf ihn hart. Ich habe gründlich über meine Entscheidung nachgedacht, und mich quält heute noch dieselbe Frage wie damals: Hätte ich etwas besser machen können? Ich hatte die Wahl: Entweder weiter eine Farce leben oder frei sein, und ich dachte, wenn ich Letzteres wähle, würde ich es schaffen, meinen Sohn nach den Werten zu erziehen, die mir versagt geblieben sind. Aber ich habe die Konsequenzen nicht genug bedacht und eine unendliche Traurigkeit bei ihm ausgelöst.«

Diese verdammten Schuldgefühle, sie zwangen jeden in die Knie.

»Als kleiner Junge hat er mich lange Zeit immer dasselbe gefragt: ›Wann kommt sie zurück?‹ Nacht für Nacht. ›Wann kommt sie zurück?‹ Die Erfahrung des Verlusts prägte ihn so sehr, dass er nichts haben wollte, aus Angst, es zu verlieren, und niemanden lieben wollte, aus Angst, dass derjenige eines Tages weggehen würde. Die einzige Person, der er sich wirklich verbunden gefühlt hat – weißt du, wer das war?«

»Ich?«

»Du hättest es sein können, zweifellos, aber er mochte jemand anderen noch lieber als dich.«

»Wen?«

»Magda.«

Miguel hatte wieder einen Flashback und sah die Beerdigung vor sich. »Mein Kleiner«, hatte Magda gemurmelt, als Erde über den Sarg gestreut wurde, »mein Kleiner.« Mehr nicht. »Sie nehmen meinen Kleinen mit.«

»Sie hat heute noch nicht mal an meinen Geburtstag gedacht.«

»Gib ihr Zeit, es ist noch nicht lange her … Ich schulde euch viel, Miguel. Dir, deiner Mutter, sogar Ricardo, der nach außen immer so starrköpfig und aufbrausend wirkt.«

»Meinem Vater?«

»Einmal hat er Pecu verboten, zu euch nach Hause zu kommen, erinnerst du dich?«

Natürlich erinnerte er sich.

»Nach ein paar Tagen rief er mich an, um sich zu entschuldigen, und bevor er überhaupt etwas sagen konnte, dankte ich ihm. Ich habe ihm erzählt, dass Pecu mir an jenem Abend gesagt hatte: *Wer dich nicht akzeptiert, kann mich mal. Du bist mein Vater.* Das war das erste Mal, dass mein Sohn mir auf seine Weise gesagt hat, dass er mich liebte und mich so akzeptierte, wie ich war. Ich habe oft gedacht, dass er mir das vielleicht nie gesagt hätte, wenn Ricardo ihn nicht rausgeworfen hätte.«

»Puh, mein Vater ist ein Fall für sich.«

»Das sind wir alle, und du wirst auch mal ein Fall für Daniela sein. Wie geht's übrigens mit Sofia seit der Trennung? Besser?«

»Wir haben aufgehört, uns zu hassen, und sie hat einen neuen Freund.«

»Und du?« Schon immer hatte Miguel ihm von Claudia erzählen wollen, es aber nie getan.

»Ich denke seit zwanzig Jahren an ein und dieselbe Frau, aber sie weiß nichts davon.«

»Warum rufst du sie nicht an und sagst es ihr?«

»Auf keinen Fall. Sie liebt mich nicht. Sie hat gesagt, sie würde sich nie in mich verlieben.«

»Wenn man jung ist, sagt man viel.«

Miguel verließ Leopoldos Wohnung spätnachts, stieg ins Auto und betrachtete den in durchsichtige Geschenkfolie eingepackten und mit einem roten Geschenkband verzierten Ficus auf dem Beifahrersitz. Er schnallte ihn mit dem

Sicherheitsgurt an, damit er nicht, nachdem er ihn den ganzen Tag mit sich herumgeschleppt hatte, bei einer Vollbremsung umfiel, und fuhr los. Er bog in die Hauptstraße von Cambria ein, um die Abfahrt zur Autobahn zu nehmen. In der Innenstadt fuhr er nicht zu seiner Wohnung, sondern direkt zum Finanzzentrum, wo er in der Garage parkte. Er nahm den Ficus und stieg aus, steckte seine Mitarbeiterkarte in den Schlitz des Aufzugs und drückte den Knopf für das neunte Stockwerk. Als er ins Büro kam und durch den langen Gang zu seinem Tisch lief, wurde ihm bewusst, dass ihm der Ort, wo er die letzten zehn Jahre gearbeitet und sich noch vor wenigen Stunden aufgehalten hatte, vollkommen fremd vorkam. Der Lärm des Tages war verstummt, und man hörte nur das leise Rauschen der Lüftung der ausgeschalteten Geräte. Es roch nach Putzmittel, das Reinigungspersonal musste erst vor Kurzem die Abendschicht beendet haben. Miguel setzte sich an seinen Platz und schaute wie jeden Morgen vor der Arbeit einen Moment lang aus dem Fenster. Es war sehr spät, nur in wenigen Häusern in der Ferne brannte noch Licht. Er dachte daran, dass er sich schon so oft ausgemalt hatte, wie sich das Leben hinter den einzelnen Fenstern wohl anfühlte. Normale Leben, wie seines, normale Leute, wie er, die jeden Tag mit der Hoffnung aufstanden, dass alles so war, wie es sein sollte: die Milch im Kühlschrank, der Mantel im Schrank, die Schlüssel im Korb am Eingang. Leute, die morgens mit der Hoffnung aufstanden und aus dem Haus gingen, dass die Stadt vor ihrer Haustür noch die gleiche war wie am Tag zuvor, dass ihre Kinder auf dem Schulhof waren, wenn sie sie abholten, dass gegen Schmerzen irgendein Mittel half. Aber manchmal, nicht oft, passierte etwas.

Vorsichtig befreite Miguel die Pflanze, die er zum Geburtstag bekommen hatte, von der Geschenkfolie und goss die Erde mit etwas Wasser aus der Flasche, die er in seiner Schublade verwahrte. Dann rückte er den Ficus vor seinem Tisch beiseite und ersetzte ihn durch die neue Pflanze. Bevor er ging, holte er aus dem Materiallager einen Aktenwagen, stellte den riesigen Ficus darauf und schob ihn den Gang entlang bis zu den Aufzügen am Ausgang. Als er an den Sicherheitskameras im Flur vorbeikam, lüftete er in Cowboy-Manier die Ecke eines unsichtbaren Huts, winkte zum Abschied und ging, zusammen mit seiner alten Pflanze. »Mit diesem Riesenficus wirst du dich nie einsam fühlen, was?«

MIGUEL UND CLAUDIA

»Du bist bestimmt nicht gekommen, um mich zu bemitleiden.« Schon allein bei dem Gedanken daran, dass Claudia aus Mitleid gekommen sein könnte, zog sich alles in ihm zusammen.

»Nein, Miguel, deshalb bin ich nicht gekommen, obwohl es möglich gewesen wäre. Alle wussten, wie sehr du Pecu gemocht hast, und trauern sehr um ihn, aber wahrscheinlich ist nur mir richtig bewusst, wie schmerzhaft das für dich sein muss.«

»Ich weiß, Claudia. Danke.«

Mehr brauchte er nicht zu sagen.

»Wie hast du es erfahren?«

»Über Facebook. Jemand aus der Uni hat die Traueranzeige mit dem Beerdigungstermin gepostet, aber ich war nicht in der Stadt und habe erst zu spät davon erfahren.«

»Ich war nicht in der Stadt.« Wo nicht in der Stadt? In Chile, in Australien, in Argentinien? In wie vielen Ländern war sie ohne ihn gewesen? Vor seinem inneren Auge sah er, wie sie andere Leute kennenlernte, leere Wohnungen zu ihrem neuen Zuhause machte, am Flughafen Koffer hinter sich herzog, Straßen entlangfuhr, im Wörterbuch der neuen

Sprache etwas nachschlug, feierte, dass sie einen Job gefunden hatte. Seine Zeit mit ihr war an jenem Sonntagabend stehen geblieben, als Miguel ihr seine Gefühle gestanden hatte. Doch die Welt hatte nicht aufgehört sich zu drehen, für keinen von ihnen. Als er sie jetzt aufmerksam ansah – und die auseinanderstehenden Zähne, die kupferfarbenen Wimpern, die ungeordneten Wellen ihrer Haarmähne wiedererkannte –, wurde ihm bewusst, dass es tausend Dinge gab, die er nicht über Claudia wusste. Tatsächlich hatte er nie wirklich viel über sie gewusst.

Er wusste, dass sie in ihrer Familie sieben Geschwister waren, sie war die Viertälteste. »Bei mir zu Hause sind wir zig Leute«, hatte sie immer gesagt, als sie noch auf der Uni waren, und dabei die Augenbrauen hochgezogen, als ob sie sich jeden Morgen einem ganzen Infanteriebataillon gegenübersähe. Sie hatte in einem Viertel am Rande der Stadt gewohnt, bei ihren Eltern, die ein kleines Stoffgeschäft besaßen. Auch ihre Großmutter Renata hatte dort gewohnt, eine jung gebliebene Witwe, die ein Kurzwarengeschäft führte und dort Socken strickte. Manchmal fragte Miguel sich, ob Claudia nichts von ihrem Familienleben erzählte, weil es so normal war, dass es nichts zu erzählen gab, oder weil es so außergewöhnlich war, dass es viel zu verbergen gab. Er bevorzugte Letzteres und träumte davon, sie aus einer stürmischen, konfliktbeladenen Vergangenheit zu retten. Es deutete allerdings alles darauf hin, dass Ersteres zutraf. Jetzt wusste Miguel auch, dass Claudia Pablo noch vom Gymnasium her kannte, ein Typ, der eine Musikband gegründet und Informatik studiert hatte und den sie nach der Uni geheiratet hatte. Nichts Außergewöhnliches.

»Wie groß die ist!«, rief sie aus, und strich über die Blätter der Pflanze neben dem Fenster.

»Das ist ein Ficus«, erklärte er.

»Ich weiß. Meine Großmutter hatte super viele Pflanzen auf der Veranda, sie liebte Gartenarbeit.«

»Deine Großmutter Renata, die, die Volkslieder sang.«

»Ja, genau! Dass du dich daran noch erinnerst?«

Woran erinnere ich mich nicht bei dir, Claudia? Ich glaube eher, ich erinnere mich sogar an Dinge, die nie passiert sind.

»Du hast sie gerne nachgemacht und dabei ganz schief gesungen«, antwortete er. »Sag mal, ist Renata noch …?«

»Ob sie noch am Leben ist? Nein, sie ist letztes Jahr gestorben.«

Am Ende stimmte es: Das Leben war das Leben, nichts weiter.

»Oh, das tut mir leid.«

»Ich konnte mich nicht von ihr verabschieden, damals war ich auch nicht hier. Manchmal hab ich den Eindruck«, sagte sie und berührte vorsichtig ihr Ohrläppchen, »dass ich überall zu spät gekommen bin.«

»Hast du deshalb im Café gesagt, du wärst traurig gewesen?«

»Kann sein, obwohl es auch am Frühling gelegen haben kann.«

»Sag so was nicht, im Frühling werden die Felder wieder geboruen und wir auch.«

»Hä??«

»Geboruen! Sie kommen wieder auf die Welt!«, sagte Miguel und lachte. »Ich hatte einen Chef, der das R nicht richtig aussprechen konnte. Ihm zuzuhören war der Hammer. Wir nannten ihn den Enkel, und für mich war er wirklich etwas Besonderes.«

»Du bist auch etwas Besonderues, Miguel«, sagte Claudia sanft. »Ich mag es, wenn du lachst.«

Das hatte er früher immer zu ihr gesagt.

»Wer hat dir den Ficus geschenkt?«

»Meine Kollegen haben mir einen kleineren zu meinem Geburtstag vor ein paar Monaten geschenkt, aber ich wollte ihn bei Ambrosi & Sheep lassen und lieber den hier mit nach Hause nehmen. Er stand während meiner ganzen Zeit dort vor meinem Tisch.«

»Die Unternehmensberatung? Ich wusste nicht, dass du dort gearbeitet hast.«

Auch sie wusste kaum etwas über ihn.

»Ja, ich hab dort mehr als zehn Jahre gearbeitet, am Standort im Finanzzentrum. Es war eine sehr intensive Zeit, und es ging mir nicht schlecht, ich hatte wirklich einen guten Kundenstamm. Aber an Weihnachten hab ich beschlossen, eine Auszeit zu nehmen, und die dauert jetzt schon vier Monate.«

»Wirst du zurückgehen?«

»Ich glaube nicht.«

»Und was willst du dann machen?«

»Leben.«

»Klingt gut.«

Leben und sich um *Ichgeheauchhin.com* kümmern, aber er musste ja nicht alles erzählen. Außerdem standen ihm noch monatelange Verhandlungen mit dem Rest der Partner bevor.

»Wer ist das Mädchen?«, fragte Claudia und betrachtete eine der Fotografien, die im Bücherregal lagen.

»Daniela, meine Tochter.«

»Du hast eine Tochter, natürlich, wieso auch nicht.«

»Und du einen Mann, natürlich, wieso auch nicht?«

»Einen Ex-Mann. Hab ich dir nicht gesagt, dass wir geschieden sind?«

»Nein.«

»Doch, sind wir.«

»Ich habe mich auch getrennt.«

Der Erkenntnis, dass beide von ihren jeweiligen Partnern getrennt lebten, folgte ein langes, unangenehmes Schweigen. Claudia blieb im Wohnzimmer der Mansarde vor dem Regal stehen und tat so, als fände sie ein bestimmtes Buch nicht, und Miguel gab vor, in seiner Musikliste Lieder zu suchen, ohne eine Idee zu haben, was sie hören könnten.

»Warum hast du mich angerufen, Claudia?«, fragte er, ohne nachzudenken.

»Weil ich dich vermisse«, antwortete sie.

»Mich?«

»Dich.«

Da stand er auf, ging zu ihr und küsste sie. Einfach so, als sei alles ganz einfach. Er zog sie an sich und küsste sie. Und als er sie küsste, fragte er sich, in welchem Sinne sie ihn wohl vermisst hatte. Es fühlte sich so an, als hätten all die Jahre ohne sie nie stattgefunden, als wären sie wieder zwanzig und versteckten sich in der Mansarde vor der Welt, wo sie keiner sah, und wo sie eine unvollständige und unerreichbare Liebe leben konnten, die nie zu Ende gehen durfte. Sie lagen auf dem Sofa, erkannten den Geruch ihrer Körper wieder, und zogen das Begehren, das sie spürten, in die Länge, indem sie ihre Zungen über die Haut des anderen gleiten ließen. Sie küssten sich auf die Mundwinkel, Augenlider, Stirn, Wangen, den Hals. Miguel nutzte ein Lächeln von ihr, um sie zwischen ihre auseinanderstehenden Zähne zu küssen und tief in ihren Mund einzudringen, mit dem Wunsch, für immer in ihr zu bleiben. Sie streichelten einander, flüsterten zärtliche Worte und kuschelten sich die ganze Nacht aneinander. Sie wachten ständig wieder auf, um sich zu lieben, mal voller Hingabe, mal voller Verzweiflung über all die Zeit, die sie getrennt gewesen waren.

»Ich will auf dich aufpassen und mit dir zusammen sein, Schöne«, flüsterte Miguel. »Geh nicht mehr fort, bitte. Lass mich bei dir sein – im Frühling, im Sommer, im Herbst und im Winter.«

Mit der Morgendämmerung besiegte sie der Schlaf, und dennoch wachte Miguel ständig auf, um sicherzugehen, dass Claudia immer noch neben ihm lag.

Der Tag lief komplett schief, als er die Augen öffnete und sich auf dem Sofa mit einem Kissen im Arm wiederfand. Es war, als erwachte er aus einem Traum und geriete in einen furchtbaren Albtraum. Er sah auf die Uhr, fast vier Uhr nachmittags. Miguel wusste nicht, wann er endgültig eingeschlafen war, und konnte nicht glauben, dass Claudia gegangen war, ohne sich zu verabschieden. Er lief durch die Wohnung und heulte wie ein verlassener Hund. Er suchte nach einer Notiz, die nicht existierte, sah aufs Handy, ob er vielleicht eine Nachricht hatte, schaute ins Treppenhaus, ob sie gerade hinunterging, aber Claudia war verschwunden. Wie konnte das sein? Er hätte schwören können, dass sie gestern noch gesagt hatte, dass sie ihn liebte, er hatte es genau gehört. Er hätte schwören können, dass sie ihm gestanden hatte, dass sie ihre Gefühle nie zugeben wollte, weil sie befürchtete, dass alles kaputtgehen könnte, und weil sie bei allem immer unsicher war. Weil sie sich nicht getraut hatte, ihre eigenen Gefühle anzuerkennen oder sie ihm zu gestehen. »Die Dinge, die man ungesagt lässt, existieren nicht.« Okay, die Dinge, die man ungesagt ließ, existierten nicht, aber gestern hatte sie gesagt, dass sie ihn liebte, er hatte es genau gehört! Er war doch nicht verrückt. Oder etwa doch – er wusste nicht mehr, was er denken sollte. Wie auch immer, was erwartete er? Sie war noch nie bei ihm geblieben, warum hätte es dieses Mal anders sein sollen? Wenn sie gegangen war, wäre es für ihn die Bestätigung dafür, dass sie beide, selbst zwanzig Jahre später, noch dieselben waren wie damals und sich rein gar nichts geändert hatte. Vielleicht hatte Claudia recht, und es war keine Liebe, sondern nur die Erinnerung daran, und über die Jahre des Getrenntseins hatte er sie in eine Art inneren Zufluchtsort verwandelt, an den er sich retten konnte. Denn Claudia stand für die schönen Dinge, die immer noch geschehen konnten.

Ja, vielleicht wäre es sogar besser, wenn sie gegangen wäre, dann würde er sich nicht sinnlos nach ihr verzehren und könnte endlich frei von der Last unerwiderter Gefühle leben.

Nachdem er eine Weile ziellos durch seine Wohnung gelaufen war, ging er ins Badezimmer, um unter der Dusche den Kopf freizubekommen und mit etwas Glück die Schwere zu vertreiben, die sich mit Claudias Abwesenheit in seinem Herzen ausgebreitet hatte. Er klatschte sich kaltes Wasser ins Gesicht. Seine Augen waren geschwollen, weil er mit Kontaktlinsen geschlafen hatte, und als er die Linsen herausnahm, kam ihm das verschwommene Bild im Spiegel wie eine Metapher für sein eigenes Leben vor: Wenn es aufzuklaren schien, geschah sofort etwas, das es wieder vollständig verwischte. Er sah aufs Handy. Es war sieben Minuten nach vier.

Vor vierundzwanzig Stunden hatte Claudia, die Frau, nach der er sich schon sein halbes Leben verzehrte, angerufen und vorgeschlagen, einen Kaffee trinken zu gehen, und er war aus der Wohnung gerannt, als gäbe es nichts Wichtigeres auf der Welt, als sich mit ihr zu treffen. Sie hatten einen ganzen Tag zusammen verbracht, und jetzt war Claudia weg und er wieder allein. Sie hatten sich wirklich nicht geändert … Aber wie war das möglich? Wie war es möglich, dass sie, nach alledem, immer noch dieselben blieben? Vor dem Badezimmerspiegel suchte Miguel nach dem Mann, der er war.

»Gefühlsmäßig bin ich ein hoffnungsloser Fall«, sagte er laut zu sich selbst. »Früher oder später langweilt mich alles. Meine Mutter erzählt, beim Trinken an der linken Brust hätte ich die rechte nicht aus den Augen gelassen und schon angefangen zu weinen, noch bevor die Brust leer war, weil ich an die andere wollte. Ich hatte mich noch nicht satt getrunken und griff schon nach der nächsten …«

Miguel, der immer das wollte, was er nicht hatte.

Jetzt log er.

Er war nicht mehr der, der vor dem Spiegel sprach.

Ja, er hatte es satt – aber diesmal das Verlieren.

Er drehte den Wasserhahn der Dusche auf, und während er wartete, dass das Wasser wärmer wurde, meinte er zu hören, dass jemand die Wohnung betrat. Er wurde ganz aufgeregt bei dem Gedanken daran, dass er den Schlüssel im Schloss hörte, genau wie damals, als er samstagabends auf dem Sofa saß und naiv darauf wartete, dass sie zurückkam. Er lauschte angestrengt. Drehte den Hahn wieder zu.

»Ich hab was zu essen mitgebracht!«, rief Claudia und stellte die Tüten auf dem Küchentresen ab. »Weißt du, wie spät es ist? Schon nach vier!«

»Ernsthaft?«

»Nein«, sagte sie mit ihrer tiefen Stimme und schaute zu ihm ins Bad, »ernste Gespräche waren doch noch nie unsere Stärke. Aber ja, es ist schon nach vier.«

Sie war zurückgekommen.